KB071227

울며 씨 뿌리는 자

서언

Y대학에서 25년을 보낸 지경은 저의 인생의 중심 무대였습니다.

1995년부터 2020년까지 제가 젊음과 열정을 다하여 가르쳤던 대학. 저뿐만 아니라 모든 교수들이 총장의 마음으로 학생들과 직원들에게 임했던 Y대학. 그래서 방학 기간에는 기업의 신입사원들 교육봉사를 하여 전산과 제자들에게 컴퓨터를 기쁨으로 제공하였습니다. 학생들은 귀한 아들과 딸이었기에 타과 교수들도 같은 마음이었습니다.

아쉽게도 1995년도와 2000년까지의 글이 장비 부실로 인하여 자료가 삭제되어 수록하지 못한 사실이 안타깝습니다.

한국 기독교 역사에 굵은 획을 긋고 사라진 대학, Y대학 거기에 참여한 영광을 누리게 됨에 감사드리며 하나님의 손길이 스쳐 지나간 자국을 나누기를 원합니다.

제일 먼저 김진경 총장님께 감사드립니다. 지난 30여 년 동안 후원을 위하여 불철주야로 때로는 핍박과 조롱을 겪으시며 자금을 지원받기 위해서 수모를 감내하셨던 그 사실을 알고 있기에 더더욱 귀하게 여겨집니다. 그리고 우리 소중한 동역자 여러분은 어디에 계시던 그 기상과 그 기개로 살아가실 줄 믿습니다.

조각공원에 기도하는 돌상이 있는 중국 내 유일한 대학.

하나님께서는 결코 그 위대한 작업을 포기하지 않으실 것입니다.

비록 학교는 문을 닫았지만, 그 정신은 영원히 남아있을 것입니다.

시편 23편 말씀이 돌판에 새겨진 대학, 그래서 ○○당은 결코 넘볼 수 없는 대학.

그 결과 결코 부족함이 없는 대학, Y대학은 영원히 우리의 가슴에 남아있을 것입니다.

귀한 동역자 여러분 감사합니다. 그 수고와 노력은 예수님께서 다 기억하고 계시리라 믿습니다. 그리고 과기대를 거쳐 간 3만 명의 학생들에게 감사의 심장을 전합니다. 자신이 처한 자리에서 정글의 맹수와 세계관 싸움에 우리의 대장이신 예수님을 앞세우고 나아가기를 바랍니다.

결코 두려워할 필요가 없습니다. 우리의 싸움은 승패가 결정된 결전지입니다.

추천사

임형식

(전 연변과기대 교수, 미시간대 화학과 박사, 합동측 선교사
Gordon Conwell Theological Seminary 2021－현재)

예수님과 동행하는 기쁨 충만한 삶으로 초대를 받고 그 영광스러운 부르심에 순종하여 살아가는 김이삭 교수님과 가족들과 제자들과 그리고 항상 곁에서 함께하신 성령 하나님의 죽음을 생명으로 바꾸시는 권세와 능력을 경험하는 모든 분을 우리 주 예수 그리스도의 이름으로 축복하며 기도드립니다.

연변과학기술대학에서 함께 일하였고 학교 기숙사 이웃집에 사셨던 김이삭 교수님께서 귀한 글들을 모아서 책으로 발간하게 된 것을 우리를 부르신 영광스러운 그리스도 예수님께 마음속 깊이 감사하면서 축하드립니다. 이 책에 기록된 내용들은 사람이 만든 펜으로 기록된 것이 아니고 살아계신 하나님의 성령께서 진실로 김 교수님의 마음과 제자들의 마음판에 새기신 그리스도의 사랑의 편지임을 고백합니다.

Corinthians 3:2-4

You yourselves are our letter, written on our hearts, known and read by everybody. You show that you are a letter from Christ, the result of our ministry, written not with ink but with the Spirit of the living God, not on tablets of stone but on tablets of human hearts.

여러분은 우리 마음에 기록되어 있고 모든 사람이 알고 읽는 우리의 편지입니다. 그리고 여러분은 우리 사역의 결과로 나타난 그리스도의 편지라는 것이 명백해졌습니다. 이 편지는 먹으로 쓴 것이 아니라 살아 계신 하나님의 성령으로 쓴 것이며 돌판에 새긴 것이 아니라 사람의 마음속에 새겨진 것입니다.

우리는 이와 같은 확신을 그리스도를 통해 하나님 앞에서 갖게 된 것입니다.

중국 연변에 연변 과학기술대학을
세우신 하나님의 섭리

1992년 중국 연변과학기술대학(Yanbian University of Science and Technology, YUST)을 세우고, 2009년 9월 준공한 평양과학기술대학(PUST)의 운영책임을 맡은 김진경 총장은 1950년 6·25 전쟁 5일 후에 군에 지원했는데, 나이가 15세로 어리다고 거절당했습니다. 손가락을 깨물어 '애국'이라는 혈서를 쓰자 받아주어 대한민국 육군에서 군번이 있는 최연소 군인이 되었습니다. 이후 학도병들은 군번이 없습니다. 전우 800명 중 1952년 17명만 살아남았습니다. 어린 총장님은 낙동강 전투 등 전장에서 수많은 전우를 잃은 후 미군 목사가 건네준 요한복음(3장 16절)을 읽고 하나님의 사랑을 믿게 됐습니다. 죽어가는 전우들의 피가 튀고 신음이 들리는 낙동강 전투 전장에서 그는 살려만 주신다면 남한의 적인 중국과 북한을 위해 자신

의 모든 것을 평생 바치겠다고 하나님께 약속했습니다.

연변에서 김진경 총장은 하나님과의 약속을 현재도 충성스럽게 지키고 있으며, 또한 그와 함께 주 예수 그리스도의 멍에를 메고 사역한 모든 종을 통해서 하나님은 수많은 젊은이들을 나라와 민족들을 지켜나갈 지도자들로 세우고 계십니다.

기적으로 세워질 대학을…

대천덕 신부(R. A. Torrey, 예수원 원장)는 개인적으로 저를 예수 그리스도 안에서 어떻게 일상생활을 해야 하는지를 몸소 실천과 가르침으로 스승이 되어 주신 분인데, 1957년에 한국에 처음 왔을 때부터 개인적으로 기독교 대학 설립의 필요성을 자주 말씀하셨습니다. 그러나 80년대 말에 젊은 기독교인들 중에서 그런 관심을 가진 사람들이 많아짐을 보시고, 대천덕 신부는 하나님이 모든 진리의 근원이시며 성경은 하나님이 우리에게 주신 계시이므로 기독교 대학의 모든 학과는 반드시 하나님의 입장, 곧 성경의 입장에서 가르쳐야 한다고 기독 청년지도자들에게 가르쳤습니다. 하나님을 하나님으로 인정하지 않는 인본주의가 우리의 학교들을 계속 지배하면 이 세계가 망하게 될 것이라고 예견하였습니다.

그래서 대천덕 신부는 한국에서 기독교 대학 설립 동역회가 세워지도록 도우셨고, 젊은이들이 추진하고 있는 모순 없는 기독교 대학이 생기기를 더욱 열심히 기도하셨습니다. 결국 기독교 대학 설립 동역회에서 92년에 연변과학기술대학과 95년에 한동대학을 세워나가는 기초를 마련하였습니다.

1992년에 중국 연변 연길시에 조선족 기술학교와 연변과학기술대학을 세우신 하나님의 섭리는, 1900년 초 조선 민족이 가장 힘들고 어려운 시절에 부흥의 불길이 타오르게 하셨던 연변 땅에, 모든 고난을 하나님 아버지와 예수 그리스도의 말씀을 의지하며 성령의 인내와 탄식으로 이겨내며 살아온 순교자들과 핍박받으며 살아온 후손들의 기

도를 응답하시려고, 연변과학기술대학교를 통해서 새로운 젊은 세대를 세우고 키워서, 하나님의 형상과 성품과 본질을 그들 한 사람 한 사람 모두에게 담게 하시려는 계획과 뜻이 있으셨습니다.

하나님의 형상과 성품과 본질을 예수 그리스도를 통하여 참된 제

자가 된 교직원들을 통해서 하나님 아버지와 아들 예수님과 성령님의 모든 것을 예수 그리스도를 구원자로 믿는 모든 학생에게 담으셨습니다.

하나님의 부르심과 소명에 순종하였던 중방 외방 교직원들과 중국과 외국 학생들 모두가 학교 문이 닫힌 지금도 하나님의 형상과 성품과 본질을 담는 그릇으로 거룩하게 구별되어 온 세상에 생명수를 담아서 생명을 살리는 하나님의 역사에 쓰임을 받고 있습니다.

저의 인생 62년을 살면서 가장 기뻤던 순간들을 돌이켜보니, 예수 그리스도의 십자가 보혈의 공로로 거듭난 사람들 안에서 하나님의 형상과 성품과 본질을 발견할 때였습니다. 택하시고 부르신 사람들 안에서 하나님의 사랑과 은혜가 흘러넘치던 순간들이었습니다. 연변과기대에서 10년을 섬기면서 매일 하루하루가 제 안에 하나님의 형상과 성품과 본질로 채워지도록, 또 하나님의 사랑과 은혜가 흘러넘치도록 우리를 부르시어 소명을 주었고 순종할 수 있도록 성령 하나님께서 항상 도와주셨음을 기쁨으로 고백합니다.

93년 9월에 4년제 대학이 시작되어 본격적으로 전산학과 전공과목을 가르칠 교수들이 절실하게 필요한 95년 여름, 학교에서 전산학과 학생들에게 전공과목을 가르칠 수 있는 김이삭 교수님이 미국 플로리다대학에서 박사학위 논문을 미처 끝마치지도 못하고 회오리바람과 같이 성령 하나님과 예수님의 손길에 끌려서 연변에 오셨습니다. 옆집으로 이사 오신 사모님의 간증을 들어보니 전산과 학생들을 목숨 바쳐서 사랑하신 예수님과 성령 하나님의 급하고 강한 인도하심으로 오신 것이 확실하셨습니다.

플로리다 게인스빌 침례교회에서 주일예배 때 연변과학기술대학에서 인사과장으로 일하시던 송상호 선생님이 말씀을 증거하시면서 전산과 교수가 꼭 필요하다는 소식을 들었지만, 남편 김 교수는 박사학위 논문을 끝마치지 못하여서 강 건너 불구경하는 심정으로 이야기를 듣고 집으로 돌아와 저녁 식사 준비하는데 하늘에서 하나님의 우레와 같은 음성이 들렸고 … 김… 동… 일…

하나님의 거룩하신 임재에 그 자리에서 꿇어 엎드리어 하나님께 순종하시겠다고 말씀하시고 이삿짐을 싸서 바로 연변에 오셨다는 놀라운 간증이었습니다.

지난 세월 연변에서 자신의 생명을 아끼지 않고 예수 그리스도의 생명을 제자들에게 전하신 김이삭 교수님과 가족들과 제자들의 가슴에 새겨진 성령 하나님의 사랑 이야기로 여러분들을 초청합니다.

이 글을 읽으시면서 여러분을 부르시는 예수님의 생생한 음성을 마음속 깊이 들으시고 받아서 간직하시고 온 마음과 몸으로 순종하는 여러분들을 우리 주 예수 그리스도의 이름으로 축복하며 기도합니다.

사랑하는 동역자 김이삭 교수님과
항상 주 안에서 함께 동고동락하는 임형식 드림

차례

1

제자의 방문

샬롬.

손○○ 목사님, 그리고 G교회 형제 · 자매님.

주님의 평안을 전합니다.

그렇게 길 것 같았던 2001년이 벌써 저물어 가고 있는 것을 보면 365 숫자를 세려고 해도 숨이 찰 것 같은데 하루씩 그렇게 쌓여서 어느덧 한 해의 끝에 와 있는 것을 보면 시간이란 참으로 무정하기도 하고 아쉬움을 우리에게 남겨 주고 가는 것 같습니다.

올해는 안식년 가운데서 가장 힘들고 험한 고비를 넘긴 한 해였습니다. 물론 주님의 시간표 안에서 모든 일이 계획대로 하나씩 이루어져 갔지만 믿음이 부족한 자의 눈에는 고비가 올 때마다 난관이 확대되어 앞으로 다가와서 늘 긴장 속에서 주님의 권능의 손이 보이지 않는 것 같은 느낌으로 살아올 때도 있었습니다. 능력이 부족한 자에게 후원하시는 형제 · 자매님들의 기도 속에서 평안과 안식이 넘쳐서 결국 어려운 종합시험을 무사히 통과할 수 있었습니다. 다시 한번 주님께 영광을 돌리옵고 기도하여 주신 여러 후원 형제 · 자매님께 감사드립니다.

얼마 전에 P시에 제가 제일 아끼는 제자 김풍석이 다녀갔습니다. 그리고 그 제자와 함께 감격스러운 예배를 ○○교회에서 같이 드렸습니다. 풍석이는 자기 아버지가 중국에서 종교국 간부로 있습니다. 종교국은 중국에서 기독교 지도자가 공산당 노선과 어긋나는 행동을 하는지를 주기적으로 감시하고 특별히 외국에서 온 선교사나 목사와 협력하여 사역하지 않는지를 지속적으로 관찰하는 역할을 하며, 심지어 경찰서와 합동으로 중국 기독교 지도자를 감금하고 고문하는 기관으로 중국에서 기독교 전파에 가장 크게 압력을 가하는 악명 높은 기관입니다.

그런 가정환경에서 자란 아이가 Y대학에 입학하여 저를 통하여 예수 그리스도를 영접하여 새롭게 변화되어 중국을 변화시킬 준비를 하기 위하여 이곳에서 하나씩 배워가고 있습니다. 중국에 있을 때 부활절에 준비한 성극을 보러 오라고 연락이 와서 뒤에서 조용히 성극에 참관한 적이 있습니다. 막달라 마리아와 예수님을 주제로 하여 예수님의 십자가에 못 박히심과 부활에 대한 성극을 친구들과 같이 열연하는 풍석이를 뒤에서 지켜보면서 얼마나 감격했는지 모릅니다.

중국에서는 외국인과 중국인이 공식적인 석상에서 예배를 같이 드리는 것이 금지되어서 스승과 제자가 교회에서 자리를 같이할 수 없다가 이제 한국에 와서 옆자리에서 열심히 찬송을 부르는 풍석이를 쳐다보면서 눈시울이 뜨거워졌습니다. 위대하신 주님의 권능에 다시 한번 놀라면서 예배를 은혜 가운데 드렸습니다.

올 한 해에도 저희 가정과 하나님의 대학 중국 Y대학에 대한 기도와 후원을 하여 주신 여러 성도님께 감사드리오며, 새해에도 G교회 교회에 선교의 열정과 구주대망의 열기가 늘 같이하기를 기원하면서 형제·자매님들이 가정에 하나님의 은혜와 사랑이 가득하기를 소망합니다.

2001년 12월 30일 한국 포항에서
김이삭 목리브가 선교사 올림.

2

결혼식의 충격

샬롬.

주 안에서 문안 인사 올립니다.

벌써 중국에 입국한 지 두 달이 지나가고 있습니다. 만 5년 동안 생활하였던 곳이라서 순조롭게 적응할 것으로 기대하면서 도착하였지만 9년 전 처음 도착했을 때 이상으로 힘들게 느껴졌습니다. 세월이 흘러서 육신의 연약함으로 인한 것인지 아니면 이곳이 그전보다 더욱더 흑암의 세력이 강력하여진 것인지 헤아리기 어려웠지만, 적응은 예상보다 훨씬 힘들었습니다.

○○공대에서 마무리해야 할 일로 학기 시작 1주일 늦게 도착하여서 수업 준비와 학교에서 마련해 준 주택에 새롭게 정착하는 일이 동시에 이루어져야 했고 1기 사역 시 사용했던 가정용품이 1/3밖에 회수되지 않아서 새롭게 장만해야 하는 일로 대부분의 시간을 보냈습니다. 필요한 물건들이 이곳저곳 흩어져 있고 구매효율이 아주 낮은 상황이라 하루에 물건 몇 개 사면 해는 서산을 넘어가곤 하는 시간 속에 작은 못 조각 하나 접시 하나라도 부족하면 불편함이 어떤지 느껴가면서 인내를 배우며 자본주의 속에서 익숙해진 속도감이

이곳에서 잘 통하지 않는 당혹감과 충격으로 인한 변화를 겪어야 했습니다.

4학년 학생들에게 중국어로 시작한 첫 강의에서 3년이란 시간의 공백이 말해주듯이 말을 더듬고 중국어 단어들이 잘 생각이 나지 않아서 힘들게 진행했지만 이제 조금 적응이 되어서 중국인처럼 유창하지는 않지만 미국에서 중국인 교수가 영어로 강의를 진행하는 정도의 수준에서 학생들을 가르치고 있습니다. 조선족 학생들에게 무리하게 중국어로 전공을 강의하는 이유는 졸업생이 중국 여러 지역에서 전공 중국어가 너무 부족하여서 어려움을 겪고 있다는 소식을 듣고 저희들이 정신 차렸고, 중국어 공부에 사활을 걸고 공부하게끔 주님께서 힘을 주셔서 공부 2년 만에 중국어로 강의를 할 수 있는 기적을 보여주셨습니다. 아직도 부족하지만 전공을 중국어로 학생들을 섬길 수 있게 되어서 감사와 찬양을 주님께 드립니다.

상당수의 조선족 학생들이 중국어 환경에서 오랫동안 공부를 한 연유로 인하여 한국어 강의를 알아듣지 못하고 있기에 하나님께서 주신 능력에 영광을 돌리면서 그들에게 컴퓨터뿐 아니라 복음을 중국어로 지혜롭게 잘 전할 수 있도록 기도 부탁드립니다.

지난 토요일에는 우리 학교 강당에서 결혼식이 있었습니다. 신랑은 연변과기대 한족 졸업생이며 신부는 조선족 졸업생이었습니다. 신랑은 본 대학의 한국어학과 졸업 후에 주중 한국대사관에서 근무하다가 한국 침례신학대학원에 재학 중이고 신부는 미국에서 영어석사 졸업 후에 이곳에서 강사로 학생들을 가르치고 있습니다. 신랑 신부는 모두 다 불신자로 이 대학에 입학하면서 하나님을 알게 되어서 신앙 가운데서 서로 만나게 되었습니다.

이들의 결혼식에서 신랑은 신부에게 앞으로 삶에 어떤 고난이 닥쳐와도 예수 그리스도가 가정의 주인이 되는 가정으로 그 어려움을 이겨나가며 신부를 사랑할 것이라고 맹세하였고, 신부는 신랑에게 완벽한 사랑으로 헌신한다고 약속하기는 어렵지만, 성경 말씀에 따라서 순종과 사랑으로 신랑을 섬기며 살겠다고 선서하였습니다. 특히 신랑은 가정 지키기 십계명을 낭독하여서 눈길을 끌었는데 그리스도를 주인으로 모시고 양가 부모를 똑같이 공경하고 아내와 모든 일을 상의해서 결정하고 부엌 설거지는 본인이 책임진다는 내용 등등으로 이색적이고 웃음을 자아내는 신랑 책임 십계명을 하객들 앞에서 선포하였습니다. 이후에 신부의 스승이 축가로 고린도전서 13장의 내용을 불렀고 주례를 진행하셨던 김진경 총장님께서 울먹이셨습니다.

중국내의 결혼식은 일반적으로 대부분이 신랑 신부가 꽃 풍선으로 장식한 화려한 외제 차에서 내려 음식이 준비된 호텔의 연회장에 들어가면 연예 활동에 종사하는 사회자가 유창하고 오락 섞인 말투로 신랑과 신부를 소개하고 어떻게 만나게 되었는지와 같은 내용으로 인터뷰하면서 농담과 핀잔 섞인 말들로 분위기를 주도하고 신랑과 신부를 양측 부모께 절을 하게 합니다. 그때부터 많은 원탁 테이블에 둘러앉은 하객들이 앞에 차려진 음식을 먹기 시작하고 사회자는 신랑 신부의 부모들을 앞으로 불러내어 같이 춤을 추게 합니다. 또한, 상다리가 휘어지게 차린 상에서 신부에게 음식을 고르게 하여서 어떤 음식을 골랐으니 아들을 낳을 것이라는 예언과 함께 신랑에게는 목이 달린 닭 모가지를 비틀게 하여서 남성의 힘을 과시하게 하여서 여기서 성공하면 아들을 낳는다는 말을 빼놓지 않는 미신적인 어투와 약간의 진한 농담까지 섞인 결혼식이 진행되는 가운데 그야말로 하객과 신랑 신부 가족들을 웃음과 환희 속에 빠져들게 합니다.

이미 문화로 자리매김한 이런 결혼식에 익숙한 하객 800여 명에게 오늘 Y대에서 치러진 이 결혼은 아마 충격과 경악 그 자체였던 것 같습니다. 성경에 손을 얹고 결혼은 하나님께서 맺어준 사이임을 서약하고 처음부터 끝까지 주인공은 결혼식 당사자인 신랑 신부가 아니라 하나님이었다는 사실에 하객들이 처음에는 낯섦과 기이함과 혼돈스러운 눈빛과 생소한 모습으로 가득 찬 결혼식을 바라다보고 있었습니다.

시간이 흘러서 마지막에 신부의 제자들인 Y대 영어학과 재학생 20명이 하나님을 찬양하는 장엄한 축복송을 부르자 하객들의 눈빛은 호기심과 엄숙과 경이로움으로 바뀌고 있음을 느낄 수 있었습니다. 결혼식에는 중국 공산당 간부로 있었으며, 특히 결혼식에 참석한 일부 여자 재학생들은 다음에 자신도 꼭 이런 결혼식을 하고 싶다는 말도 들을 수 있었습니다. 극소수의 크리스천이 존재하는 중국에서 오늘의 결혼식은 800여 명에게 동시에 새로운 세계를 열어 주었고 결코 결혼식이 인간만의 잔치가 아닌 창조와 생명을 주관하시는 하나님께서 중심되심을 다시 한번 선포하는 예배임을 확인시켜 주셨습니다.

한족과 조선족의 갈등을 극복한 민족 간의 결합으로 치러진 결혼식에서 사회를 본 또 다른 제자에 의하여 중국어와 한국어가 동시에 통역되는 그 음성이 귓전에 와 닿았을 때 Y대 와서 경험한 누런 수돗물과 시꺼먼 매연과 황량함으로 힘들었던 시간들이 주마등처럼 지나가고 오늘의 기쁨으로 승화되는 감격으로 가슴이 뜨거워졌습니다. 양측 부모님이 모두 불신자여서 이런 결혼식을 원하지 않았던 어려운 상황에서 꽃 풍선으로 화려하게 장식한 외제 승용차를 마다하고 중국에서 제조한 성냥갑 같은 택시를 타고 당당하게 입장하면서 용기와 믿음으로 결혼식을 추진한 사랑하는 제자들 신랑 이○○ 군과 신부 임○○ 양을 통하여 다시 한번 참제자의 소중함을 느끼며 오늘도 브리스길라와 아굴라 같은 제자를 키우기 위한 발걸음을 다짐하며 입술을 깨물었습니다.

　학교 원칙상 첫 학기는 지도학생이 배정되지 않지만 얼마 전에 4명이 학생이 묘하게 배정되었습니다. 그중 한 명은 현재 교환학생으로 한국에 머물고 있으며 남은 3명 중에서 1명은 이미 교회를 나가고 있습니다. 그 형이 이미 포항공대에서 저의 지도를 받던 학생인지라 저에게 지도받고 싶다고 찾아왔습니다. 윤창수 학생을 그리스도의 참제자로 키우기 위한 사명을 주신 것으로 믿고, 좀 더 구체적으로 어떻게 지도해야 할지 준비 중입니다.
　그리고 나머지 두 학생(현동철, 조득산)을 위해서 기도하고 있습니다. 현동철은 씩씩하고 유머가 넘치고 축구를 좋아하는 호남형입니다. 그러나 축구에 빠져서 성적이 떨어져서 친구와 어울리는 데 시간을 많이 보내서 이번 학기에 학사경고를 받게 되자 부모님이 걱정하고 있습니다. 또한 조용한 조득산 학생은 중국 중경에 있는 군인 사관학교를 다니다가 너무 자유가 없는 환경이 싫어서 1개월 만에 돌아와서 다시 준비하여 이곳으로 왔는데 거의 한국말을 못 하는 상황인지라 중국어로 지도가 필요합니다. 먼저 친하게 지낼 수 있는 기회를 가진 후에 복음을 전할 호기가 주어지기를 소망하고 있습니다.

리브가 선교사는 제한급수와 정착에 필요한 살림살이 장만에 그동안 분주함과 과로로 몇 번씩 자리에 앓아누웠습니다. 그럴 때마다 그분께서 다시 힘을 주셔서 다시 시작하기를 여러 번 하여서 이제는 조금씩 회복되어가고 있으며 다음 학기부터는 어느 부서에서 섬겨야 할지 기도하고 있습니다. 에스더는 새로운 학교환경에 적응하느라 힘들어서 여러 번 울면서 힘들다고 호소하였습니다만, 이제는 우는 횟수가 많이 줄었습니다. 그러는 가운데 한국에서는 만날 수 없었던 귀한 신앙의 친구들을 다시 만나게 되어서 기쁘다고 합니다.

이제 또다시 그 사랑의 복음이 전해지는 서막이 열리는 시간을 가슴 설레면서 기다리며 다음 기도 제목을 나누고자 합니다.

 기도 제목

- 신경질환이 믿음 안에서 잘 극복되도록 이곳에 계신 분들의 권유로 일단 약을 중지하고 물리치료 하면서 계속 기도 가운데 치유될 수 있도록.

– 지도학생(현동철 조득산)의 거듭남.
– 한족 학생들을 위한 사역(한국에서 짐이 도착할 때 복음에 관련된 책자들이 무사히 통관될 수 있도록)
– 졸업생 사역(동역자들과 매주 화요일 기도회를 하고 있습니다. 그제가 없는 동안에 많이 위축되어 있었습니다.)

2004년 5월 16일 중국에서
김이삭 목리브가 올림.

3

하늘나라에 간 동생

샬롬.

2004년의 한 해가 이곳에서도 저물어 가고 있습니다.

12월의 겨울답게 연일 매서운 추위가 몰아쳐서 창문을 얼어붙게 하고 꽤 오래전에 내렸던 눈은 여전히 대지를 하얗게 덮고 있습니다. 급수 사정은 여전히 제한적이라서 간간이 대중목욕탕을 이용한 뒤 머리를 완전히 말리지 못하고 나오면 머리칼 속에 고드름이 생겨서 그 무게를 느끼며 돌아오곤 합니다. 그렇지만 행여나 나태해지는 마음을 바늘처럼 찔러주는 간도의 매서운 바람은 감사하고 또 감사한 고마운 바람입니다.

집집마다 난방 연료인 유연탄 연기로 인하여 연변의 겨울은 마치 통풍장치 없는 터널처럼 매연이 자욱하게 온 시내와 학교를 감싸고 돌고 있습니다. 사방이 아담한 산으로 둘러싸여 있어서 매연을 끌어안고 있는 Y시에서 바람이 없는 날은 바로 가스실에서 고문당하는 것 같은 느낌이 들 정도로 답답하고 매캐한 냄새가 진동하지만 1주일에 한 번 정도로 불어주는 고마운 바람이 있는 날은 마치 잔칫날 같습니다. 바람이 이렇게 고마움을 주는 것인지는 이곳에 오기 전에 그렇게 실감이 나게 느껴 보지 못했습니다. 답답한 매연으로 고여있는 신체적 정신적 영적인 침체가 매서운 바람에 의해 날려질 때마다 왜 예수님께서 성령을 말씀하시면서 바람을 예로 드셨는지가 실감나기도 합니다.

　제가 지도하고 있는 학생 중에 김향숙이라는 학생이 있습니다. 어려서부터 부모님이 이혼하여서 할머님 손에서 자라다가 이제 그 할머님마저도 계시지 않아서 고아 신세가 된 이 학생을 우리 학교에서 장학금과 생활비로 공부를 할 수 있게 하여서 어려운 환경 가운데서 지금까지 열심히 공부를 해오고 있었습니다. 유일한 가족으로는 남동생이 있는데 가정 형편상 초등학교 밖에 나오지 못하고 누나(김향숙)가 한국에 교환학생으로 가 있는 동안 북경에 있는 공장에서 일하다가 누나가 다시 우리 학교로 돌아온 뒤에는 북경에서 그 직장을 그만두고 다시 연길로 돌아와서 월세방에서 살면서 종이공장에 다니고 있었습니다.
　그러나 지난 11월 말에 난방용 석탄가스로 인하여 질식해서 숨진 채 발견되었고 유일하게 남은 혈육인 동생이 세상을 떠난 충격으로 향숙이는 당분간 공부에 집중할 수가 없었습니다. 학교 기숙사에 거주하는 누나와 목요일 저녁 마지막 통화를 하면서 "지금 석탄을 지피고 있어" 하는 통화가 끝난 뒤에 피곤하여서 바로 방에서 잠이 들었습니다. 금요일 내내 밖을 나오지 않는 동생을 이상히 여겨서 집주인이 경찰에 신고하여 토요일에 문을 부수고 들어가 보니 이미 싸늘한 시체가 되어버린 20살의 남동생을 껴안고 향숙은 하늘을 원망하는 통곡과 오열을 쏟아내었습니다. 그녀의 유일한 희망인 동생을 잃어버린 향숙에게 뭐라고 위로의 말을 해야 할지 저 역시 할 말을 잃고 있었습니다. 희망을 잃어버린 향숙에게 더욱더 우려스러운 것은 이제 막 믿기 시작한 하나님을 멀리하지 않을까 하는 걱정이 앞섰습니다. 조심스럽게 향숙이를 만나서 위로의 말을 전했지만 눈은 초점을 잃고 있었습니다. 동생 일로 잠을 잘 수가 없다고 했습니다.

　이 일로 인하여 나 또한 혼자의 기도만으로는 너무 힘이 들어서 매주 화요일 새벽에 학과 기도 모임의 학과 교수님들에게 기도를 부탁을 드리고 향숙이를 위해서 기도를 해왔습니다. 그리고 2주 정도 지난 12월 중순에 향숙이가 우리 집으로 찾아왔습니다. 어젯밤에 꿈에 동생이 나타나서 자기하고 지내다가 이제 갈 시간이 되었다고 하면서 손을 흔들고 떠난 꿈을 꾼 이후에 이제부터 마음속에 평안이 깃들고 동생의 죽음에 대하여 하나님의 뜻을 알 것 같다는 놀라운 고백을 하였습니다. 이제부터 방학 때마다 고아원에 가서 고아들과 같이 지내며 그들을 따뜻하게 돌보고 싶고, 졸업 후 취직하여 어느 정도 자금이 모이면 고아원을 세우고 싶다는 말을 듣는 순간 내 마음을 흔드는 하나님의 놀라운 사랑과 권능으로 인하여 저는 창문을 향해서 고개를 돌려야 했습니다.
　"그래 향숙아, 그것이 바로 하나님이 향숙에게 원하는 비밀스러운 사랑이 아니겠니. 비록 동생을 잃었지만, 그 동생에 대한 사랑을 더 많은 동생에게 베풀라는 십자가의 사랑이 아니겠니." 하고 대견스러운 향숙에게 이야기했지만 저는 십자가를 전하러 왔다가 오히려 제가 배운다는 생각으로 오히려 제가 향숙 앞에서 부끄러운 느낌이 들었습니다.

> 십자가의 도가 멸망하는 자에게는 미련한 것이요 구원을 얻는 우리에게는 하나님의 능력이라(고전 1:18), 하나님의 미련한 것이 사람보다 지혜있고 하나님의 약한 것이 사람보다 강하니라(고전 1:25)

지난 금요일은 그동안 제자훈련을 받았던 박문식 학생이 중국 절강성 영파시로 떠나는 파송 기도회가 있었습니다. 영파시에 있는 LG 화학회사에 근무하게 되어서 졸업과 동시에 이곳을 떠나게 되었습니다. 훈련 기간 너무 짧은 채 보내는 아쉬움이 있었지만 하나님께서 그곳에서 계속 다른 방법을 통하여 훈련할 수 있는 길을 열어 주실 것을 믿습니다. 그동안 요한복음, 로마서 목장훈련 등을 받았으나 목장훈련은 너무 시간이 없어서 다리예화 전도훈련만을 마지막 날 전해 주면서 그곳의 상황에 따라서 목장을 세울 수 있는 길이 열리기를 기도하며 파송하였습니다. 마지막 날에는 재학생 오홍국과 최명국도 같이 참석하여서 떠나는 선배를 기도로 지원하였습니다.

이번 방학에는 그동안 기도하였던 졸업생 사역팀들이 중국의 4개 지역으로 나누어져서 방문할 예정입니다. 북경, 상해, 산동, 광동 지역입니다. 이곳을 방문하여서 지역별로 이루어질 수 있는 고유한 방법의 교회가 세워지기를 바라고 있습니다. 특별히 졸업생들이 현지 교회에 적응하거나 현지에서 영적 성장에 어려움이 따른다는 지난번 방문 보고에 근거하여 이번에는 좀 더 구체적으로 격려와 지원을 할 예정으로 방문 계획을 진행하고 있습니다. 건강상의 이유로 저는 이번 방문에 참석하지 못하지만 계속 기도모임과 계획수립에 동참하였습니다.

　신경질환 증세는 악화 또는 호전된 것은 아니고 현재 상태를 유
지하고 있지만(2003년 6월에 파킨슨씨병이라고 진단받습니다), 겨울철이
되면 떨림이 조금 심하게 일어나는 편입니다. 육신이 연약해질 때마
다 나의 육신의 호흡이 멈추기까지 영혼의 호흡이 없이 살아가는 인
생들을 위한 경주를 게을리하지 말 것을 스스로 다짐하면서 비장한
마음으로 2004년의 마지막 해를 바라다봅니다.

　올해도 아낌없는 사랑과 기도로 후원하여 주신 동역자 여러분께
감사드리오며 새해에도 여러분의 가정에 아낌없는 하나님의 은혜와
축복이 늘 같이하시기를 기원드립니다.

2004년 12월 29일 중국에서
김이삭 목리브가 올림.

4

복음과 교환학생

샬롬,

3주 전에 내린 눈이 아직도 녹지 않아서 온 들판을 하얗게 덮고 있고, 북만주에서 불어오는 바람 소리가 겨울을 더욱더 진하게 느끼게 합니다. 오뉴월 싱싱한 푸른 잎으로 젊음을 자랑하던 학교 근처에 심은 사과배나무와 미루나무 역시 앙상한 모습으로 세월의 흔적을 남기며 얼마 남지 않은 2005년이 지나감을 아쉬워하고 있는 것 같습니다.

자연은 세월과 더불어 적절한 자태를 드러내지만, 인간은 스스로의 어리석음과 교만으로 눈이 닫히고 귀가 막힌 채로 지내는 것 같습니다. 그래서 사람들은 아직도 겨울을 맞을 채비를 차리지 못하고 세밑의 모퉁이에서 시린 겨울바람에 남은 나뭇잎으로 윙윙 소리를 내는 상록수처럼, 가는 세월을 붙잡아 두려고 애써 봅니다. 마치 젊음이 한없이 계속될 것처럼…. 그래서 모두들 세밑 겨울을 음산하고 슬프게 바라봅니다. 특히 눈밑 주름이 늘어나고 책을 보려고 해도 눈이 침침하고 초점이 흐려지거나 일어설 때마다 무릎에서 우두

둑 뼛소리가 들릴 때마다 그 슬픔에 가속이 붙기 시작하여 12월의 겨울은 더욱 외로움을 더하게 합니다.

이런 슬픔은 모두들 시간을 소유해 보려는 마음에서 오지 않을까요? 2005년은 나의 평생에 다시 올 수 없다는 처절한 생각에 더욱더 시간을 잡아두려고 해봅니다. 그래서 많은 사람들이 자신의 모습을 사진에 담아 두려고 하지 않는지요. 상록수의 바람 소리가 낙엽송의 바람 소리보다 더 크고 요란한 이유는 바로 겨울이 되어도 떨어지지 않는 나뭇잎 때문 아닐까요. 그래서 겨울을 기쁘게 맞이하기 위해서는 미루나무처럼 낙엽을 대지로 돌아가게 하고 몸을 가볍게 하여 소유로부터의 자유함을 시도해 봄이 어떨지요. 그러면 비발디의 겨울 찬가가 너무도 아름답게 들릴 것입니다. 도움이 필요한 이들에게 자신의 소유와 시간을 나누어서 낙엽송처럼 자신을 가볍게 한다면 이번 겨울은 행복한 겨울이 될 것입니다.

한국에서 줄기세포 사건으로 세상이 떠들썩했듯이 이곳도 공산당들이 부패와 모순을 해결하기 위해서 자아비판을 시작하였습니다. 공산당원들에게 자신의 잘못 5가지와 남의 잘못 5가지를 의무적으로 쓰게 하여 서로 비교하여 일치하지 않으면 문책과 비판을 당하는 혹독한 방법으로 공산당을 재정비하려고 애쓰고 있습니다. 그렇지만 이런 방식은 진정으로 뉘우침으로 개혁하기보다는 상호의심과 불신을 조장하는 한계를 가지고 있습니다. 오히려 저희들이 학교에서 강조하는 정직성 살리기 움직임에 학생들이 학교 식당에서 감시자 없이 자유스럽게 돈을 내고 식사하거나 시험 기간 중에 무감독 시험으로 정직성을 키우고 있습니다. 제가 가르친 과목에서 어느 학생이 다른 학생으로부터 카피하여 제출한 일에 대하여 정직성의 중요성을 설명하며 반성문을 적게 하였는데 그 일부를 소개합니다.

"내가 왜 눈앞의 작은 유혹에 나 가슴속에 여태껏 쌓아왔던 정직을 배반하였는지 나도 모르겠습니다. 한 사람의 마음속의 정직은 그 사람의 자존심 같은 존재입니다. 정직을 잃는다는 것은 자존심을 버리는 것 같습니다. 내가 눈앞의 작은 유혹에 이리 정직을 버린 데 대하여 지금 진심으로 뉘우치고 있습니다. 이번 이 일을 통하여 나 자신에 대해 다시금 생각해 보게 되었습니다. 이 일을 가슴속 한구석에 새겨 놓겠습니다. 수치가 아니라 이런 일에 다시 직면했을 때 다시는 범하지 않겠다고 귀띔해 줄 수 있는 동력이 될 수 있게 말입니다. 미안합니다. 학교 학생으로 미안하고 교수님께도 미안하고 나한테도 미안합니다. 정직을 되찾으려 하니 한 번만 절 더 믿어 주시고 기회를 주시길 바랍니다."

자신의 과오를 거울삼아서 정직한 사람이 되려고 애쓰는 흔적이 역력히 묻어나는 내용이라서 이런 학생들이 졸업하여 중국 사회에 나가서 하나님의 방식으로 살아갈 때 거기서 그들을 보고 하나님의 살아 계심을 증거하는 소망을 해봅니다.

올해에 와서 가장 인상적인 하나님의 섭리 가운데 하나는 중국 삼협대학에서 교환학생으로 우리 대학에 온 왕하오라는 학생입니다. 부친이 중국 신장에서 정부 관리이자 공산당원이라서 오랫동안 공산당 교육에 익숙한 학생이 처음 이곳에 왔을 때 주위에 믿는 학생들이 교회로 데려가도록 전도하려고 애를 썼지만 그에게는 너무도 생소하고 다른 가치관을 전하는 기독교에 거부감이 있어서 완강하게 거부하였습니다.

또한 중국어밖에 모르는 그가 한국어 환경인 이곳에 적응하는 과정에서 중국어를 사용하는 교수를 만나면 마치 고향에서 온 친척을 만나는 기분이라고 했습니다. 이런 환경적인 요인으로 인하여 왕하오는 자주 제 사무실에 들러 전공 서적도 빌려 가고 자연스럽게 대화하던 어느 날, 저는 왕하오가 존경하는 위대한 과학자인 뉴턴을 비롯한 많은 과학자들이 하나님을 믿는 사실을 알고 있느냐고 복음의 포문을 열었습니다. "아 그랬습니까?" 하면서 호기심에 찬 눈으로 저를 쳐다보며 하나님께서 그의 마음을 움직이고 계심을 직감하고 성경을 같이 공부하자고 제안하자 선뜻 동의하였습니다.

그로부터 저 역시 중국어로 성경과 관련 서적을 읽고 준비하고 같이 공부하는 데 집중하였습니다. 중국어로 전공을 가르치고 있지만, 중국어로 성경을 가르치는 것은 이번이 처음인지라 떨리기도 하고 서툴기만 했습니다. 특별히 기도하는 것은 더욱더 힘들게 느껴졌습니다. 성경을 중국어로 준비를 하고 배운 적이 없기에 그 산은 높기만 하였습니다. 다행스럽게도 중국에 다시 들어올 때 준비해 둔 『크리스천 중국어』란 책을 가져왔기에 그 책을 통하여 기도하고 전도하고 영접하는 내용을 접할 수 있었습니다.

공부를 시작한 5주째가 되는 날은 교제에 따라서 영접기도가 있는 날이었습니다. 바로 지난 11월 27일 주일 날이었습니다. 영접기도를 중국어로 외우고 또 외우고 수도 없이 반복하였습니다. 나이가 들수록 기억력이 감퇴함을 절실히 느끼며 자신의 한계에 더욱더 낮아지며 오직 그분께 모든 것을 맡길 수밖에 없다는 고백과 함께 왕하오와 함께 영접기도를 드렸습니다. "왕하오, 오늘 이 시간 이후로부터 하나님의 자녀가 되는 기도를 같이 드리고 예수님을 주로 영접하겠는가"라고 떨리는 목소리로 물었을 때 저의 마음은 대학교 합격자 발표 명단에 내 이름이 있는가를 확인하는 것보다 더 절박하게 그 목소리를 기다리고 있었습니다. "쓰더(예)"라는 대답이 들렸을 때, 마치 천사가 와서 찬송하는 목소리가 들리는 것 같았고 그 이후에 저는 저도 잘 알 수 없이 중국어 영접기도가 시작되었고 왕하오는 또박또박 따라서 자기의 신앙을 고백하였습니다. "마지막 천국을 갈 때까지 왕하오의 삶을 인도해 주시옵소서"라는 기도가 끝나고 왕하오에게 하나님의 자녀가 된 것을 축하한다고 말을 마치고 담소한 후에 왕하오를 보내자마자 긴장과 설렘 속에서 온몸이 해방된 느낌으로 맥이 풀려 옴을 감지할 수 있었습니다.

물론 Y대에 한족 학생이 20%가 있지만 모두들 오자마자 한국어과에서 한국어를 열심히 배워서 2년이 지나면 한국어로 의사소통이 가능하기 때문에 성경적인 대화는 모두들 한국어로 해왔습니다. 그러나 최근부터 중국대학에서 교환학생이 온 후에 중국어로 말씀을 나누어야 하는 상황이 발생하면서 하나님께서 제가 중국 온 지 10년 만에 한족 학생을 중국어로 전도할 수 있게 해주셨습니다. 주님께 감사의 기도를 드렸습니다. 사용해 주심에 감사함의 표현이었습니다. 그리고 지난 크리스마스 때 성경공부와 함께 마지막으로 왕하오와의 만남이 있었고 조금 전에 그의 학교까지 이틀 걸리는 12시 기차로 돌아간다는 전화를 하고 떠났습니다. 4개월의 짧은 과기대 생활이었지만 왕하오는 여기서 예수님을 만나는 인생의 소중한 경험을 하였고 아마도 하나님께서 그를 필요한 곳에 귀하게 쓰실 것으로 믿습니다. 다음은 왕하오와 마지막 헤어지면서 찍은 사진입니다.

최명국과 오흥국은 한 학기 열심히 빠짐없이 참된 삶의 목적 순종 부분에 대한 공부와 훈련 부분을 잘 감당하였습니다. 오흥국이 크리스마스 때 보내준 카드 내용의 일부입니다.

"이번 학기도 교수님의 가르치심에 더 한 층 하나님에 대한 믿음을 굳게 하였고 내가 온전하고 정직한 삶을 살 수 있게 하였습니다. 저도 이젠 이런 행복을 다른 사람과 나누고 싶습니다. 다음 학기도 계속 훈련하여서 다른 사람들에게 전할 수 있도록 도와주십시오."

최명국의 카드 내용입니다.

"교수님과 사모님 두 분께 여태까지 많은 관심, 배려 사랑을 베풀어 주셔서 진심으로 감사드립니다. 다른 이들과 함께 나누는 것으로 보답하겠습니다."

이번 학기 중간쯤에 처음으로 시작한 4학년 김영미와 명이화도 제자 훈련 교제로 하나님과의 교제를 시작하였습니다. 지도하였던 분들이 떠난 지가 오래되어서 그 동안 교회마저도 나가지 않고 있었습니다. 두 학생은 이제부터 말씀으로 제대로 배워서 그분께서 온전하게 쓰실 수 있는 제자로 양육되기를 기도하면서 조금씩 그분께 다가가는 모습으로 변해가고 있습니다.

이화는 부모님이 이혼하고 혼자서 동생을 돌보며 웃음을 잃지 않고 열심히 공부하여 학과에서 1등을 차지하는 모범을 보이며 계속 공부하여 과기대에 돌아와서 교수로서 봉사하고 싶다는 야무진 꿈을 가지고 있습니다. 김영미는 졸업 후 경험을 쌓아서 레스토랑을 경영하여 불쌍한 사람을 돕고 싶다고 합니다.

졸업생을 위한 모임에 계속 관여하고 있습니다. 제가 건강의 어려움으로 현지 방문을 하지 못하는 것을 안타깝게 여기시고 일부 졸업생 사역팀 동역자께서 매주 3번씩 우리 집에서 파킨슨병이 나을 때까지 기도하겠다고 9월부터 지금까지 기도하고 있습니다. 하루를 빠지지 않고 찾아오시는 동역자들 통하여 하나님의 사랑이 얼마나 진한지 깨닫고 있습니다.

중국 내에는 지역별로 졸업생 책임자들이 결정되어서 이제부터는 좀 구체적으로 상황을 파악하여 문제점을 보완하여 지원과 함께 현지 사정에 부합되게 재학생들을 훈련하려고 계획하고 있습니다. 12월 초 한국 출장 중에 숭실대에 유학하고 있는 졸업생들을 만났습니다. 매주 수요일마다 과기대 유학생이 신앙 훈련하면서 헌금하여 캄보디아에 있는 화교 출신 목사님께서 담임하고 있는 교회를 돕고 있었고 방학 때는 일부 학생이 캄보디아에 가서 봉사를 한다고 했습니다.

리브가 선교사 역시 기도하여 주신 덕분으로 매주 8시간의 교양 영어 강의를 무사히 마쳤습니다. 좀 성격이 독특한 동역자로 인하여 여러 동역자들이 어려움을 겪고 있지만, 이 일 역시 자신을 되돌아보고 그분을 닮아가는 과정에 필요한 과정으로 긍정적으로 받아들이며 늘 회의 전에 기도로 무장하여 준비한 결과인지 갈등을 조금씩 해소해 나가고 있습니다.

2005년에도 저희 가정을 위해서 기도와 물질로 사랑을 보내 주신 동역자 여러분께 감사드리오며 늘 기도 가운데 교통하기를 원합니다. 2006년도 여러분의 가정에 하나님의 은혜와 사랑이 늘 같이하시기를 기원합니다.

2005년 12월 27일 중국에서
김이삭 목리브가 올림

5

제자훈련

샬롬.

이곳에는 4월 말에 함박눈이 내리고 5월과 6월은 쌀쌀하고 한기 넘치는 기운으로 감돌더니 7월에 접어들자 따가운 햇빛으로 등에 땀이 흐르게 하는 날씨로 돌변하여 봄을 빼앗긴 채 여름을 맞이하고 있습니다.

6월 24일에는 그동안 영적 지도했던 4학년 학생들과 비밀스러운 수련회를 다녀왔습니다.

장소 문제로 기도했습니다. 그러나 기도 가운데 수련회 장소는 3년 전에 어느 동료 선교사님이 학생들과 성경 말씀을 나누고 있었는데 갑자기 경찰들이 들이닥쳐 그 선교사님은 체포되어서 구금되어 있다가 추방당하여 지금까지 가족과 헤어져 있게 만든 그 장소였습니다. 왜 같은 장소를 택하여 위험한 길을 가야 하는지 처음에는 망설임과 주저함도 있었지만 계속 기도 가운데 마지막 마무리 수련회가 필요함과 절실함이 커져서 결국 감행하게 되었습니다. 수련회의 주제는 예수님 닮기였습니다.

말씀과 질문, 묵상, 침묵, 유언장 쓰기가 계속되며 밤 2시까지 계속된 수련회에서 학생들은 회개와 감사의 눈물로 변화되는 성령의 역사를 체험하게 되었습니다. 다음은 수련회 소감의 일부를 소개합니다.

> (중략) 지금까지 제가 너무 많은 사람을 부정하고 저의 감성적인 마음으로 판단한 죄에 대하여 회개합니다. 제가 너무 욕심이 많았던 것 같았습니다. 욕심부려서 노력하여 쟁취하려고 하고 남의 좋은 성과를 보면 질투심의 마음으로 나도 그런 성과를 얻으려고 하였고 그런 성과를 쟁취하였지만, 그 결과에 기쁨이 없었습니다. 그동안의 말씀 공부와 수련회를 통하여 이후에는 예수님의 심정으로 살아가려고 노력하겠습니다.
>
> − 명이화 −

명이화는 지난 기도 편지에서 성경공부도 싫어지고 하나님도 싫어지고 오직 자신 스스로 인생을 헤쳐나가야 하겠다는 마음을 가진 학생으로 기도를 부탁드린 학생입니다. 이번 학기에 로마서 공부를 통해서 복음을 제대로 깨닫게 되었습니다. 소녀 가장으로 이번에 전산학과를 수석으로 졸업하였습니다. 이전에 수석들은 모두 한국의 명문대학원을 지망했지만, 이화는 최고의 학생들과 경쟁하여 쟁취해야 하는 좋은 성적과 무리한 연구로 자기 영성과 인격이 망가질 가능성이 높은 일류 대학원을 포기하고 한국 숭실대학교 대학원을 지망하겠다고 하여 주위 사람들이 놀라고 있습니다. 제가 기억하기에는 지금까지 수석 졸업한 학생 중에서 가장 낮게 지원한 결정이었습니다. 명이화의 그런 결정에 저 자신도 주님께 감사의 눈물 흘렸습니다. 봄학기 전만 해도 하나님을 부인하고 서울대, 카이스트, 포항공대 아니면 다른 대학원은 절대로 가지 않겠다고 강한 의지를 보이던 명이화는 예수님의 사랑을 알고 이 세대를 본받지 않고 마음을 새롭게 하여 변화가 된 모습을 하고 있었습니다.

바로 천사의 얼굴이며 천국 시민이었습니다.

다음 글은 그동안 같이 말씀으로 훈련해 왔던 최명국 학생의 글입니다.

> (중략) 수련회를 통하여 하나님에서 진정으로 우리에게 원하시는 삶(예수님 닮는 삶)이 어떤 것인지, 또 그런 삶을 살려고 할 때 하나님께 붙잡힌 바 되어서 매일매일 하나님께 어린아이처럼 매달려 사는 것이 얼마나 중요한가를 깨닫게 되었고 이래야만 나의 삶이 풍성해지리라 믿습니다. (중략) 정말 인간 사이의 사랑은 너무나 조건적이고 가식적인 것 같습니다. 이런 사랑으로 어떻게 이 세상에 나아가서 지금도 죽어가는 영혼들에게 하나님 사랑을 전할 수 있겠습니까? 이제부터는 주님께서 주신 말씀을 가슴에 새기기를 원합니다. 이웃의 고통과 슬픔에 귀 기울이기를 원하오니 주님의 음성을 듣게 하소서….

최명국은 복음을 들고 7월 2일 반도체 제조회사가 있는 상해로 떠났습니다.

여학생 김영미의 소감이 이어집니다.

> (중략) 예수님을 믿고 따르는 것이 행하는 믿음인데 말로는 믿고 구원의

확신은 있다고 했으나 진정한 그리스도인으로 살지 못했습니다. 이번 수련회를 통하여 예수님을 닮아가기 위해 진지한 마음으로 그분을 갈망하며 하나님 나라 백성의 눈으로 세상을 보며 진리를 전하는 삶을 살겠습니다.

영미는 전산과를 좋은 성적으로 졸업했지만 주님의 제자로 좀 더 훈련을 받아 그분께서 부르시는 곳으로 가겠다고 열악한 연길에 남아서 교회를 섬기고 있습니다. 전산과를 졸업하면 대기업에서 서로 스카우트하려고 혈안이 되어 구미에 당기는 조건들을 제시하지만 영미는 모든 기회를 마다하고 학교에서 아르바이트생으로 일하면서 후배들을 영적으로 양육하는 일을 당분간 하겠다고 이곳에 머물고 있습니다.

처음으로 이번 학기에 믿게 된 주연화의 글입니다.

(중략) 하나님의 사랑을 느끼게 한 좋은 시간이었습니다. 이전에는 다른 친구들이 눈물 흘리는 것을 보고 어떻게 저렇게 눈물까지 나는 것인지 많이 궁금하고 이해가 가지 않았지만, 저도 이번 수련회를 통하여 처음으로 눈물의 기도가 어떤 것인지 깨닫게 되었습니다. 유언장 쓰기를 통하여 제가 지금까지 살아오면서 부모님께 소홀하고 부족했던 점, 후회스러웠고 부모님이 얼마나 나를 사랑하고 소중한 분들인지 다시 한번 뼈저리게 느꼈습니다. 그리고 저에게 하나님의 진리를 깨우쳐 주시려고 끝까지 포기하지 않으시는 교수님의 모습 속에서 하나님 사랑이 스며들어 있음을 알 수 있었습니다. 교수님 감사합니다. 그리고 사랑합니다.

연화는 한국 교환학생으로 온 한국인 남자 친구를 알게 되어서 결혼을 위해서 7월 2일에 한국으로 떠났습니다. 말씀 안에서 거듭난 가정이 될 뿐 아니라 앞으로 육적인 자녀는 물론 영적인 자녀를 모두 잘 돌보는 가정이 되어야 한다는 성경적 가정관에 동의하여 그렇게 살겠다고 다짐하며 이곳을 떠났습니다.

7월 포항공대 가는 김장식의 고백입니다.

> 수련회를 통하여 이 전에 몰랐던 성경적인 가치관이 무엇인지 알게 되었습니다. 진리의 말씀으로 세상을 볼 때 달라지는 현상이 있다는 것을 알게 되어서 좋았습니다.

장식은 졸업한 지 1년이 지난 졸업생이지만 그동안에 하나님의 세계에 전혀 관심이 없는 그런 모습으로 살아오다가 이번 학기부터 말씀 공부를 시작하였습니다. 이번 수련회에서 가장 영적으로 힘든 청년이었습니다. 지식으로 머물러있는 상태에서 가슴으로 예수님을 만날 수 있기를 기도 부탁드립니다.

최명국의 여자친구 지설매의 글입니다. 설매는 그동안 동료 선교사님으로부터 복음을 듣고 교회를 열심히 다니고 있던 여학생입니다.

> (중략) 예수님을 믿는다고 하면서 너무도 많은 부분에서 예수님의 성품인 사랑과 믿음의 부족함을 느꼈습니다. 좌로나 우로나 치우치지 않게 주님만 바라보아야 하는 시각, 그 성경적 세계관에 대하여 알게 되었고

제가 머물러있던 세상의 시각이 그것과 얼마나 다른지 알게 되었습니다. 그런 세계관 속에서 제가 죽어가고 있음을 발견하였습니다. 유언장을 쓰면서 가장 큰 감동과 감사 그리고 슬픔을 느꼈습니다. 별로 생각해 본 적이 없는 죽음, 세상을 떠나면서 최선을 다하지 못한 점에 대한 아쉬움과 부족했던 점에 대한 미안함. 사랑하는 부모님의 구원문제에 대한 안타까움, 하지만 나중에 이런 것을 통하여 깨달은 내 삶의 의미가 너무 감사하고 좋은 시간이었습니다. 하나님께 감사와 영광 돌리고 수고하시고 애쓰신 교수님께도 감사드립니다.

지설매는 최명국이가 근무하는 상하이에서 약 2시간 떨어진 무석에 위치한 기업으로 며칠 후에 떠날 예정입니다.

경찰의 위험을 감수하며 진행되었던 수련회를 진행하라고 하신 주님의 뜻을 이제야 알게 되었고 아무런 사고 없이 모두들 무사히 돌아왔습니다. 그리고 한 학기 동안 로마서 말씀으로 매주 1시간씩 만났던 시간들이 수련회를 통하여 체인처럼 연결되는 느낌을 받았습니다. 수련회에서 돌아오는 시골길에 밝은 태양 빛이 차창 밖에서 부서지는 모습 속에 주님의 사랑이 너무 깊어서 그 사랑에 취한 채 말없이 그분의 임재를 느끼며 돌아왔습니다. 그날 새벽에 한국과 스위스 간 월드컵 경기가 있었다는 사실을 까맣게 잊은 채로….

이번 학기 한족 고등학교 출신인 조득산과 성경공부를 중국어로 시작하였으나 2번 만남에서 득산이가 도저히 받아들이기가 힘들다고 하여 더 이상 만남이 진행되지 못하고 있습니다. 기도가 부족하였습니다. 한 영혼이 양우리를 뛰쳐나가 방황하고 있는 모습 예수님께서 얼마나 안타까워하실지 그 마음의 조금이라도 제가 알기를 원합니다. 저의 중국어에도 한계가 있음을 절실히 느꼈습니다. 기도 부탁드립니다.

수련회 사진입니다.

제가 가르친 과목 중 2006년도 마지막 수업

다음은 2006년 겨울에 있었던 제가 담당하는 연구소 학생들과 겨울 MT에서 찍은 사진입니다.

연구소 지도학생 MT
여기에서 다음 학기에 예수님을 따르는 제자들이
많이 나오길 바랍니다.

전공 지식에 대한 연구 발표와 함께 인격적 성숙에 관한 특강을 마친 후에 정박아들이 모여 있는 동산원을 방문하여 찍은 사진입니다.

그리고 그 정박아를 위하여 연구소 학생들이 컴퓨터를 가르쳐 주는 모습입니다.

리브가 선교사 역시 40여 명의 대학생의 영어를 주당 8시간씩 가르치며 가사일을 돌보느라 심신이 지치고 힘들었지만, 순간순간 그분께서 돌보셔서 무사히 학기를 마칠 수 있었습니다. 사랑하는 기도의 동역자 여러분 늘 그 기도와 사랑의 후원으로 저희 가정이 오늘까지 이곳에서 기쁨으로 이 땅을 밟을 수 있게 하여 주심에 감사드립니다.

기도 제목

1. 파킨슨병이 악화하지 않도록
2. 방학 중에 영육 간에 재충전 되도록
3. 다음 학기 한족 고등학교 출신을 위하여 좀 더 잘 준비할 수 있도록
4. 6명의 졸업생이 각각 맡은 지역에서 모두 예수님의 마음으로 살아갈 수 있도록
5. 성경 말씀을 같이 나눌 수 있는 새로운 재학생을 주님께서 보내 주실 수 있도록

사랑의 주님이 동역자 여러분의 가정에 늘 같이하시기를 기원드리오며

2006년 7월 4일 중국에서
김이삭, 목리브가 올림

6

존경스러운 제자

샬롬,

주 안에서 문안 인사드립니다.

학교 뒷동산에는 누런 옥수수와 진한 자줏빛을 띤 가지가 주렁주렁 열려서 농부들의 마음을 풍성하게 하고 있습니다. 사과와 배 맛을 모두 가진 이곳 특산물인 사과배도 붉은빛과 초록빛을 수줍게 드러내며 눈길을 끌고 있습니다. 언어도 소리도 없지만 은총이 온 땅에 흘러내려 그 말씀이 육신이 된 신비와 경이감이 이 땅에도 넘쳐 흘러내립니다. 은은하고 잔잔하며 장엄하고 경외스럽지만 표현할 수 없는 매력으로 끌리게 하는 하나님께서 이 땅과 사람들 사이에 같이 계심을 발견할 수 있다는 축복을 누릴 수 있게 된 것에 감사드립니다.

10월 초 국경절에는 이곳 대학의 15주년 기념 졸업생 귀교 모임이 있었습니다. 30여 명의 졸업생이 학교를 방문하여 그동안의 모아두었던 이야기들을 쏟아 놓았습니다. 그중에서도 93년도 입학한 L군에 대한 반가움은 남달랐습니다. 93년 입학 당시 중국 대학에서는 지체부자유한 학생에 대한 입학을 금하고 있어서 L군은 입학을 할 수도 없었지만 유일하게 본 대학에서 입학을 허용하였습니다.

그러나 4년 동안 그를 위해 계속해서 발이 되어 줄 사람이 없으면 허용을 하더라도 학교에 다니기에는 불가능했습니다. 그러자 L군과 가장 친한 D군이 다른 대학을 포기하고 자신이 그 친구의 발이 되겠다고 자청하여 4년 동안 교실, 화장실과 기숙사로 업고 다녔습니다. 모두들 저와 같은 학과가 되어서 수업시간에 같이 만날 수 있었습니다. 그리고 L군는 같은 과의 건강한 C양을 만나서 결혼하게 되어 지금은 두 아이의 아빠가 되어서 돌아왔습니다.

졸업하자마자 부부는 중국 N시에서 복음사역을 위해서 떠났고 떠난 지 1년이 되었을 때 제가 그곳을 방문하였습니다. 1년 동안에 N시에 있는 몇 명을 대학생을 전도하여 그들의 가정집에서 주기적으로 만나고 있었습니다.

1998년 영상 38도를 오르내리는 N시에 도착하여 숙소에 집을 풀고 있는 사이에 우리 일행을 안내했던 L이 전도한 N시의 대학생은 기다리는 시간이 아까웠던지 숙소 대기실에서 성경을 읽느라 넋이 나가 있었습니다. L군의 집으로 같이 가서 성경묵상에서 대하여 가르쳐 주자 반짝이는 눈과 열정으로 질문을 했습니다. 통역은 L군이 했었고 선풍기도 없는 그 방에서 이미 제 등은 땀으로 흠뻑 젖어 있었습니다.

그 이후 L군 부부는 몇 명을 더 전도한 뒤에 모든 사역을 그들에게 물려 주고 P시를 향하여 떠났습니다. 떠난 후 1주일도 안 되어서 그곳에 중국 경찰이 들이닥쳤지만, L군 가족은 이미 떠났기 때문에 위기를 모면할 수 있었습니다.

그리고 P시에서 지금은 장애인 학교를 설립하여 현재 24명의 장애인에게 애니메이션을 가르치며 예수님의 사랑을 전하고 있습니다. 이번에 만났더니 9년 전에 만났던 N시의 그 학생이 지금은 교수가 되어서 100명의 학생과 함께 복음을 위해 삶을 나누고 있다는 소식도 들었습니다. L군은 이 장애인 학교를 주신 하나님의 뜻을 통하여 자신이 장애인이 된 것에 감사하고 있으며 자신이 그리스도 안에서 자라가라고 주신 장애인 학교로 알고 겸손한 마음으로 장애인들을 섬기고 싶다고 했습니다.

> 유대인은 표적을 구하고 헬라인은 지혜를 찾으나 유대인에게는 거리끼는 것이요 이방인에게는 미련한 것이로되 오직 부르심을 입은 자들에게는 유대인이나 헬라인이나 그리스도는 하나님의 능력이요 하나님의 지혜니라 하나님의 미련한 것이 사람보다 지혜 있고 하나님의 약한 것이 사람보다 강하니라.(고전 1장 22-25)

라는 말씀이 시리게 와닿습니다. 한때 장애로 비관된 삶을 살았던 L군에게 다가오셔서 구원과 소망의 손길을 내미신 하나님을 찬양합니다.

올해에는 유달리 이곳에도 여름에 흐린 날이 많았습니다. 가을이 되어서 자주 비가 오고 흐린 날이 많아서 맑은 날을 많이 그리워했습니다. 빛은 생명을 자라게도 하고 우리의 마음을 밝게 하여 주어서 언제나 사모의 대상인 것 같습니다. 캠퍼스 내의 공원에 몇 그루

되지 않은 소나무가 호젓하게 서 있습니다. 흐린 날에는 보이지 않은 자신의 그림자를 드리운 채 자신의 생명을 푸르게 품고 있었습니다. 그런데 빛이 밝을수록 더 또렷하게 자신의 그림자 자취를 드러내고 있었습니다.

중국이 빨라지고 있습니다. 사거리 건널목을 보통 걸음으로 걸으면 신호를 기다리고 있던 차들이 으르렁거리며 달려옵니다. 종종걸음이 아니면 살기 힘든 곳이 되었습니다. 모두들 황금을 위해서 바쁘게 뛰지만, 그 삶 속에 어두운 그림자 있음을 잊고 살고 있습니다. 자신의 활기참에 대견해하고 손재주에 감탄하고 지각을 자랑하면서 인생의 곡예 운전을 즐기고 있습니다. 마치 이런 반복이 영원히 계속될 것 같은 야릇한 안도감에 갇힌 채로 어디론가 가고 있습니다. 인구 30만 변방 도시인 이곳에 매일 50대의 차량이 새롭게 등록되고 있습니다.

며칠 전에는 대낮에 술에 취한 차량이 역주행하여 길을 건너던 리브가 선교사가 크게 다칠뻔하였습니다. 평소 차조심을 잘하는 사람이라 좌우를 잘 살폈는데 좌회전 역주행하는 차를 못 보고 그 자가용의 백미러가 오른팔을 스쳐 타박상을 입었습니다. 그 차는 서지도 않고 그냥 달아났습니다. 은혜의 빛을 거부하면 자신의 그림자는 보이지 않고 자만감이 자신을 끌고 갑니다. 승승장구, 파죽지세가 자신들에게 어울리는 옷이 되어 욕망의 레일에 몸을 올려놓고 가속기를 밟습니다. 이 중국 땅에도 죽음을 잊고 사는 잘 나가는 영혼들에게 자신의 죽음의 그림자가 또렷해지도록 그 긍휼의 빛이 느껴지기를 기도합니다. 그분의 사랑에서 멀어지게 하는 30층 빌딩들과 승용차의 소유에서 오는 가증스러운 오만의 먹구름이 걷히고 육신의 유한함을 드러내는 겸손의 그림자와 진리의 무지개를 볼 수 있기를 기도합니다.

새롭게 신입생 4명이 지도학생으로 배정되었습니다. 상대적으로 물질적인 어려움이 적은 환경이 오히려 복음의 진보에 방해가 되지 않기를 기도 부탁드립니다. 지난 학기 한어로 성경공부를 했던 리매는 지역교회로 인도되어 매주 교회 예배와 대학부 모임에 나가고 있습니다. 계속해서 김세용과 박민호는 창세기 말씀으로 은혜를 나누고 있습니다.

신경질환은 조금씩 심해져서 약효가 떨어지면 걷기가 힘든 상태입니다. 그래서 약효를 잘 활용하여 강의와 구역모임, 주일예배를 드리고 있습니다. 그 어둠의 그림자가 또렷할수록 믿음으로 은혜의 빛이 더 강렬해지기를 원합니다. 육신의 약함이 하나님의 강함이 되어 오늘도 집 나간 작은아들을 기다리는 아버지 마음과 공명되어 한 영혼의 돌아오심을 간절히 기뻐하는 모습으로 살기를 원합니다. 집 나간 영혼들의 방황함을 같이 괴로워하면서….

2007년 10월 7일 중국에서
김이삭 목리브가 올림

7

중국의 어두운 그림자

샬롬.

이번 학기에도 학교에서는 계속되는 공산당과의 영적 싸움이 있었습니다. 공산당 당원 학생이 복음을 전한 선교사님을 고발하고 수위들은 끊임없이 감시 보고하여 몇 분의 동역자들이 강제 출국을 해야 할 위기에 놓여 있었습니다. 온 공동체가 기도로 매달린 결과 하나님의 주권적인 도움으로 이분들이 떠나지 않게 되었습니다.

3일 전에 치른 기말고사에서 35명 중에 무려 7명의 학생들이 부정에 연루되었습니다. 학교에서 오랫동안 정직을 강조해 왔기에 이렇게 많은 학생들이 부정한 방법으로 시험을 치렀다는 사실이 충격이었습니다. 그 날따라 중국 신문에 "로또 복권 5억 원에 당첨된 학생이 학업을 포기하고 귀향하다"라는 제목과 중국 "대학생 46%가 논문을 표절하여 작성하고 일부 학생들은 1학기에 걸쳐 작성해야 할 졸업논문을 반나절에 끝내버림"이란 기사가 더욱 크게 들어왔습니다. 대양 속에 외로운 고도처럼 느껴졌던 제가 소속된 학교 역시 외부로부터 흘러들어 온 유혹과 거짓의 난타가 얼마나 강력한지 실감할 수 있었습니다.

제 사무실은 경찰서 강력계 형사실이 아닌가 싶을 정도로 처음에는 엄중하게 부정사실을 밝혀내야만 했습니다. 처음에는 '설마 무감독 시험인데 교수가 알 수 있겠나' 하고 태연하게 들어온 학생들이 증거를 제시하자 고개를 숙이며 용서를 빌었습니다. 백지를 내기가 너무 미안해서, 다른 학생들이 부정행위를 하니까 자신도 은연중에 따라 하게 되었고 오픈 북인데 책을 가져오지 않아서 책을 빌려준 친구가 고마워서 등등 사연은 달랐지만 모두들 순간의 유혹에 이기지 못하여 저질렀던 것입니다.

특히 그중에 교회에서 열심히 활동하고 신앙이 좋은 학생으로 알려진 박학철이 연루되었을 때 제 마음은 더욱 아팠습니다. 평소 신앙으로 우월감에 차 있는 학생이라 제 앞에서 당당한 모습을 보였습니다. 그러나 예수님을 위해서 목숨을 걸어야지 이런 일에 생명을 걸어서 사탄의 포로가 된 것이 부끄럽지 않으냐고 조용히 타이르자 눈물을 흘리며 탄식하는 모습을 보였습니다. 이곳 남학생이 함부로 울지 않는데 그날 학철의 눈물은 또다시 예수님의 옷자락이 지나가는 흔적을 느낄 수 있는 감동을 주었습니다. 모두들 부정행위에 대한 책임(F학점)을 지게 하였고 학생들은 반성문을 썼습니다. 그리고 헤어질 때는 새로운 사람으로 변하여 살아보겠다는 다짐의 포옹을 하여 취조실로 시작하였다가 아쉬운 작별의 장소가 되어 그들을 보내 주었습니다.

다시 한번 분지 형상을 띤 매연 가득한 이곳에 내린 하얀 눈이라는 은혜의 감동이 진하듯이 죄가 더하는 곳에 하나님의 은혜가 넘친다는 진리가 확인되었으니 하나님의 사랑의 도가 얼마나 깊고 넓은지요!

가을 학기에는 계속해서 김세용과 박민호와 함께 창세기 말씀으로 은혜를 나누어 오고 있습니다. 민호는 그동안에 품어왔던 하나님에 대한 의문들을 계속 질문하면서 영적인 부분에 지속적인 관심을 보이며 그 해결함을 받았을 때 그 얼굴에 기쁨이 가득한 미소를 짓곤 합니다. 세용이는 병약한 몸으로 인하여 계속 참석하지 못하였지만, 복음의 씨앗이 심기어졌음을 알 수 있습니다.

그리고 L과 R과 함께 모임을 이번 학기에 시작하였습니다. 아직 저학년이고 한족 고등학교 출신이라서 언어 전달에 어려움이 있지만, 기도 가운데 성령께서 그들의 마음의 문이 열리기를 간구하고 있습니다. 중국 과학도가 쓴 하나님에 대한 글을 읽으면서 변화를 기대하고 있습니다.

저는 걷는 것과 손 떨림이 여전하지만, 그 떨림이 계속될 때마다 마음을 빼앗으려는 사탄의 공격을 무력화시키고 세상에 뿌리를 두지 말라는 하나님의 메시지로 바꾸어 해석할 수 있기를 기도합니다. 목리브가 선교사도 저의 건강을 위해서 헌신적으로 애쓰고 있으며 마리아는 한동대에서 마지막 계절학기를 듣고 있고 에스더는 대전에서 학기를 끝내고 이곳에서 크리스마스와 연말을 같이 보내고 있습니다.

올 한 해도 기도와 물질로 섬겨주신 사랑하는 동역자님께도 주 안에서 연말 즐겁게 보내시고 새해에도 하나님의 사랑과 은혜가 충만하시기를 소망합니다.

2007년 12월 28일 중국에서
김이삭 목리브가 올림.

8

올림픽과 복음

샬롬.

이곳은 여름 봉사자들로 캠퍼스가 활기가 넘치고 있습니다. 뜨거운 여름 태양의 열기만큼 봉사자들의 가슴은 사랑의 불길로 가득합니다. 그리스도 안에서 합쳐지는 진리의 횃불이 며칠 후에 펼쳐질 올림픽 성화와 대조적으로 이곳에서 타오르고 있습니다. 중국 사람들은 8이라는 숫자를 너무 좋아합니다. 아마도 재물을 모은다는 뜻의 단어와 발음이 같아서 8을 좋아하는 것 같습니다. 그래서 올림픽은 2008년 8월 8일 8분 8초에 열리게 됩니다.

일주일 전에는 올림픽 성화가 이곳 변방까지 내려와서 점화식과 성화 봉송이 있었습니다. 그러나 외국인은 물론 중국 일반 백성까지 성화 근처에 가까이 가지 못하게 하여 일반 백성들의 불만이 컸습니다. 소수민족 지역에서 열리는 행사라서 만일의 사태에 대비하여 초대받은 일부 사람만 참여하고 나머지 백성은 텔레비전으로 봐야 하는 해프닝이 있었습니다. 참석 못 한 대다수 백성들은 평생에 한 번 올까 말까 하는 성화봉송식을 직접 볼 기회를 막는 정부 관계 당국에 대한 불만을 토로하였습니다.

그날따라 장대비가 쏟아져 봉송식이 더욱 애처롭게 느껴졌습니다. 물론 빗속에서도 꺼지지 않는 특수 횃불을 들고 달렸지만, 올림픽 폐막과 함께 꺼져버릴 성화보다 그들에게 간절히 필요한 것은 엘리사의 사환이 보았던 불말과 불병거처럼 영원히 꺼지지 않는 진리의 횃불임을 알 수 있게 해 달라는 기도가 절로 나왔습니다.

며칠 동안 계속된 여름비로 뒷동산 옥수수는 사람의 키를 넘기며 자라서 그 푸른 빛이 짙게 흘러내리고 있었습니다. 몇 주 전만 해도 위에서 내려다보았던 옥수수가 이렇게 자란 모습에 생명의 신비가 궁금해졌습니다. 하나님께서는 밀가루 반죽하는 어머니의 손길처럼, 바람과 빗물과 흙을 짓이겨서 옥수수를 키우십니다. 그저 옥수수는 받아먹기만 하면 푸르게 그 잎이 하늘로 올라갑니다. 그러나 인간은 이동의 자유를 남용하여 불순종으로 인하여 공급이 끊어져 영적 성장을 하지 못합니다. 자유와 순종은 서로 긴장 관계에 있어 보이지만 동전의 양면처럼 같은 몸에 존재합니다. 가장 자유로운 곳에 늘 순종이 같이하는 것 같습니다.

베드로를 보면 부활하신 예수님을 만나기 전에 귀신도 쫓고 물 위도 걸어본 경험을 통하여 그의 열정은 하늘을 찔렀습니다. 그러나 자아도취적인 인위적 열심이었기에 예수님 체포 후에 거짓과 배신의 치욕을 치르게 됩니다. 그렇지만 부활 후 예수님을 뵙고 그는 순종이 무엇인지 알게 되었고 리베랴 해안가에서 예수님의 3번 질문에 괴로워하면서 진정한 자유를 누리며 순종의 길에 접어들게 됩니다.

개혁 개방한 후에 20년이 지나면서 중국 사람들은 개인재산이나 소유가 인정되면서 급속한 경제 발전을 이루었습니다. 경제적 자유가 주어진 이후 넓어진 도로, 치솟는 건물, 넘치는 상품, 화려한 옷차림, 현란한 간판 등으로 자유의 효과가 여기저기서 드러나고 있습니다.

그러나 이 자유는 엄밀한 의미에서 진정한 자유는 아니었습니다. 주인만 바뀐 또 다른 속박이었습니다. 집단의 속박으로부터 황금과 성공이란 주인으로 바뀐 것입니다. 사람들이 바빠지기 시작하였습니다. 택시 운전사도 자전거 타는 사람도 길을 걷는 사람도 모두들 황금의 노예가 되어서 각자의 길을 걸어갑니다. 보행자가 혹은 다른 차가 언제 튀어나올지 알 수 없는 상황 아래서 곡예 운전이 탄생하고 보행자는 오는 차를 전혀 쳐다보지 않고 길을 건너기에 하루에도 셀 수 없는 위험한 순간과 사고가 일어납니다.

이런 혼란의 극치를 막기 위해서 중국 정부는 8가지 영예스러운 일과 수치스러운 일에 관한 강령을 선포하였습니다. "국가를 사랑하는 일은 영예롭고 국가에 해악을 끼치는 일은 수치스럽다."라고 시작하여 7번째 강령이 "규율을 잘 준수하며 법을 잘 지키는 일은 영예로운 일이며 법을 위반하고 기강을 문란케 하는 일은 수치스러운 일이다"라는 초등학교 도덕시간에 볼 수 있을 것 같은 내용을 선포하였습니다. 그러나 선포한 지 2년이 지난 지금 그렇게 큰 변화를 느끼지 못하고 있습니다. 길거리 질서는 오늘도 차를 타면 등에 식은땀이 날 정도의 상태로 우측 창문 위에 달린 손잡이를 힘껏 잡고 발에 힘을 주면서 타곤 합니다.

성공이란 주인의 힘도 막강한 것 같습니다. 매년 6월에 있는 통일

고사(대입학력고사)를 치를 때마다 고등학교 정문 앞에 붙여 놓은 엿의 양이 어마어마합니다. 처음에는 벽과 정문에 붙여서 후유증이 커지자 이제는 아예 따로 임시 나무 벽보판을 설치하여 이곳에 엿을 붙이고 있습니다. 그리고 대학입학 선발이 끝나자마자 고등학교 정문 옆 벽에 일류대학교에 합격한 사람의 이름을 부착하여 1년 동안 그 자리를 차지하고 있다가 1년 후에 일류대학에 합격한 후배들에게 자리를 넘겨주고 있습니다.

중국은 평등과 나태와 무관심의 나라에서 황금과 성공의 속박 속에서 그들의 자유를 잃어가고 있습니다. 문제는 진정 자유를 잃고 살아가고 있다는 사실을 모르고 오늘 하루도 거대한 기계 속으로 빨려 들어가고 있습니다. 자신의 가치와 목적을 잃고 살아가는 젊은 중국 대학생의 자살이 급속하게 증가하고 있는 사실을 보아도 자신과 자유를 잃어버린 삶에서 어떤 보람과 영적 정신적 성장을 기대할 수 있을는지 알 수가 없습니다. 아마도 8가지 영예로운 일과 수치의 강령은 그들의 현재 상태를 알려 주는 시금석이 아닌가 싶습니다. 하나님을 외면한 채 인간의 힘으로 이상사회를 건설해보려는 공산당 정부의 한계가 이곳저곳에서 드러나 보입니다.

설상가상으로 5월에 있었던 사천성 대지진은 21세기 최고의 재앙이라고 할 정도로 엄청난 파괴력을 가진 지진이었습니다. 지진을 통해서 헤아리기 어려운 고통과 슬픔이 중국대륙을 덮었습니다. 해안의 경제 기적을 이제 서부로 향하게 한다는 기치 아래 시작된 경제의 서진정책에 엄청난 타격을 가한 지진으로 인하여 그 복구 작업은 몇 년이 더 걸릴지 알 수 없을 정도로 심각하였습니다. 무엇보다도 희생자 가족에게 일어난 참사들은 말이나 글로 표현하기 어려울 정도입니다. 부모를 잃은 고아가 수만 명에 이르고 가족이 지진 속에 사라지는 모습 속에서 사람들은 절규했습니다.

다행스럽게도 당산 대지진과는 달리 공산당 정부가 발 빠르게 현장에 도착하여 수습책을 마련하고 참사현장을 외국 언론에 일부 공개까지 하여서 신속한 초기대응으로 민심을 수습할 수 있었습니다. 그러나 아직도 많은 구호의 손길을 절실하게 요구하고 있어서 이곳에서도 많은 학생들이 봉사활동을 하기를 원하지만 여러 가지 원인으로 인하여 현지에 들어가지 못하고 있습니다.

하필이면 제가 지도하였던 과기대 졸업생 부부가 지진 현장에서 얼마 멀지 않은 곳에서 버스로 통과하다가 지진을 만나게 되었습니다. 그들은 사천성의 아름다운 산에 신혼여행을 가다 지진을 만난 것입니다. 그들이 신혼여행을 떠나기 전에 저희 집에서 작별 인사를 하고 떠난 후에 저희들은 지진 소식을 듣게 되어서 바로 핸드폰으로 전화를 했으나 연락이 되지 않았습니다. 그래서 그들의 부모님과 연락을 취했으나 거기도 아무런 연락이 없었습니다.

하루 이틀 연일 방송에서는 대대적인 지진 피해와 사망한 사람의 상황이 전해졌습니다만 실종된 지 사흘이 되어도 C 부부로부터 소식이 없었습니다. 제 마음에 서서히 불안감이 감돌았습니다. 아직도 할 일이 태산같이 많고 주님을 위해서 쓰임 받을 수 있도록 훈련 받은 부부가 혹시라도 잘못되지 않았을까 하는 마음과 함께 제발 목숨만은 살아 있게 해 달라고 기도에 매달렸습니다.

실종 사흘 만에 그들 부부로부터 살아 있다는 소식을 듣고 얼마나 감격스럽고, 감사했는지 그 순간 잊을 수가 없습니다. 지진 발생 당시 버스를 타고 있었는데 앞 버스들이 지진으로 굴러온 바위로 내려앉는 사고에도 불구하고 자신들이 탄 버스는 무사하였고 온통 길이 막히고 오도 갈 수도 없어서 버스 속에서 사흘을 지내면서 제대로 먹지도 못하여 고통 속에 지내오다 복구팀이 도착하여 길이 뚫려서 성도(사천성 수도)로 돌아와서 자신이 근무하고 있는 상해로 간다고 연락이 왔습니다. 그리고 구사일생으로 산 목숨이니 하나님의 뜻에 맡기는 삶을 살겠다는 결연한 의지를 보였습니다. 나의 반석이요 산성이신 하나님을 체험한 그들이 더욱더 하나님을 깊이 알아서 남은 생을 하나님의 뜻대로 베드로처럼 순종하는 삶이 되기를 기도합니다.

말씀으로 교제하였던 박민호는 이제 졸업하여 숭실대학교 대학원에 진학하여 계속 공부하게 됩니다. 박민호와 김세영은 창세기 22장까지에 이르러 모리아 산으로 같이 가서 아브라함과 이삭의 믿음을 지켜보며 같이 은혜를 나누었습니다.

마리아는 졸업하자마자 바로 이곳에 와서 본인이 다녔던 국제학교의 후배를 가르치며 한 학기를 섬겼습니다. 처음 가르치는 일이라 두려움과 걱정도 있었지만 학기가 끝나면서 학생들로부터 재미있게 잘 가르친다는 반응과 관심을 받게 되어 사랑의 열매가 맺어 가고 있어서 그분의 인도하심에 감사함으로 지내고 있습니다.

저와 목리브가 선교사의 육신의 건강을 위해서 계속 기도 부탁드립니다. 파킨슨병의 영향으로 계속되는 떨림에도 불구하고 그분의 신실하심에 의지하며 살 수 있기를 바랍니다. 갱년기 장애로 쉽게 피곤해지고 잠을 깊이 자지 못하는 목 선교사의 육신적인 어려움이 잘 극복되기를 소망합니다.

그리스도 안에서 늘 은혜와 평강이 함께하시기를 기원드립니다.

2008년 7월 31일 중국에서
김이삭 목리브가 올림.

9

실로아의 물

샬롬.

2008년이 저물어 가고 있습니다. 윙윙 창문을 흔드는 바람 소리가 겨울을 더욱 시리게 만들고, 억새 풀의 마음을 흔들어 놓고 지나가고 있습니다. 크리스마스 주간에 수업도 하고 기말고사를 치러야 하는 이 땅에 언제쯤 성탄절이 모두에게 의미가 있는 날로 다가올지 알 수 없는 현실을 바라다보면서 이사야 선지자의 안타까움이 그대로 밀려옵니다.

유다의 왕, 아하스 왕에게 하나님께 징조를 구하되 깊은 데서든지 높은 데서든지 구하라고 하나님 말씀을 대언했지만 아하스 왕은 징조를 구하지 않겠다고 거부하였습니다(사 7장). 초월적인 하나님의 능력보다는 정치적 외교적 수단을 강구하여 아수르의 도움으로 이스라엘과 아람의 연합군을 물리칠 결정을 하였습니다. 아하스 왕은 천천히 흐르는 예루살렘의 실로아 물(실로암)이 주는 연약함과 답답함에 견디지 못하여 거대하며 창일하는 유브라강을 택하여 역사와 운명의 주관자가 하나님이 아니고 칼과 창에서 나온다고 믿었기 때문입니다.

　오늘날 이곳에서도 실로아 물은 너무도 미약하고 미미하게 여겨집니다. 자신의 운명과 이 땅에서의 행복을 누리게 하는 데 전혀 도움이 될 것 같지 않기에 모두들 유브라강을 찾아 나서서 그 물을 마시기 원합니다. 심지어 이곳 캠퍼스 내에도 공산당으로부터 많은 금액의 장학금이 내려와 학생들이 그것을 받기를 원하고 있으며 이번 연말 학생회 행사에서 공산당 혁명가가 울려 퍼지는 등 옛날 분위기와는 다르게 많은 학생들이 공산당원이 되는 데 관심이 많아지고 있습니다. 아마도 학교 행정을 담당하는 임무를 중국 현지인이 많이 담당하게 되는 체제로 바뀌어 가고 있고, 중국 경제가 발전되면서 상대적으로 정부로부터 지원이 많아지고 학생들에게 대거 금전 공습으로 그동안에 열세였던 자신들의 지위를 확보하려고 하는 움직임이 커져 가고 있기 때문인 것 같습니다.

　그러나 아하스가 의지했던 앗수르가 오히려 적이 되어 침략하여 약탈과 파괴를 자행했듯이 중국 사람들이 믿고 의지하는 양자강이 범람하여 많은 사람을 죽음으로 몰아가는 일을 잊은 듯 지금도 이곳에서는 배부르게 지낼 수 있게 해주는 중국식 사회주의에 경의를 표하며 살아가고 있습니다. 그들에게 필요한 것은 진정 영원히 목마르지 않은 물, 실로아의 물임에도 불구하고 사망과 죽음의 물인 양쯔강 물을 의지하여 자랑스러워하며 만족하고 있습니다.

12월 9일에는 중국의 명문 칭화대학교 남학생이 6층 기숙사에서 뛰어내려 생명을 잃었고 한 달 전에 같은 대학에서 여학생이 투신자살한 사건이 있었습니다. 대학생 자살 사건이 심각한 사회현상이 되어서 이곳 당국은 문제해결에 골머리를 앓고 있습니다. 인간은 사망의 물인 양쯔강으로 결코 영혼을 만족시킬 수 없습니다.

Y대학 지하수 물은 그림처럼 작은 콘크리트 덮개로 덮여 있어서 외부 사람이 와서는 식별이 잘 안 될 정도로 미미하고 왜소하고 초라한 모습을 하고 있습니다. 그럼에도 불구하고 이곳에 이 물을 마신 자들은 생명과 영원, 거룩함의 진정한 의미를 알아서 참 진리를 아는 기쁨으로 살아갑니다. 이런 소박한 실로아 물이 중국 백성에게 진정 필요한 생명수가 되어 거룩한 씨앗들을 곳곳에서 움트게 하고 있습니다. 이 물을 마신 자는 영원히 목마르지 않은 화평과 영생을 맛보게 되는 것입니다.

지난번 편지에서 소개드린 지도학생 향숙이가 과기대에 들어왔을 때 그녀는 이미 부모로부터 버림받고 남동생과 함께 할머니 손에서 자랐습니다. 입학 후에 그 누나가 그리워 북경에 일을 그만두고 이곳에서 직장에 다니던 남동생마저 셋집의 석탄가스 누수로 생명을 잃었습니다. 동생의 죽음 앞에 한없이 절규하며 고통스러워하던 향숙이는 이 과기대 실로아 물을 마시며 회복하고 무사히 졸업했습니다. 삼성 SDS에 근무하면서 지금은 자신의 전공인 컴퓨터 관련 직무뿐만이 아니라 방황하는 신입사원의 상담까지 해주는 사람으로 회사에서 인정받을 정도로 성장했습니다. 얼마 전에 향숙이는 자신을 버리고 떠났던 어머니를 용서하고 복음을 전하여 다시 어머니를 되찾은 기쁨에 살아가고 있습니다.

오늘도 이 중국에서는 양쯔강을 의지하며 자신의 앞길에 흉사가 없기를 기대하며 살고 있는 이 광활한 땅에 진정 점보다 작게 보이는 샘물이 과연 어떤 영향을 미칠 것인지 마치 거대한 공룡 앞에선 개미와 같은 모습으로 여겨집니다. 그러나 우리는 역사를 통하여 영원할 것 같았던 로마제국이 무너진 대신에 나사렛의 목수셨던 그리스도는 지금도 그 나라를 계속 확장하고 계심을 알고 있습니다.

2학년인 정병군, 최장석, 전연희, 남석태와 함께 이번 학기 첫 모임을 가졌습니다. 첫 모임에서 창조론과 진화론에 관한 서적을 놓고 서로 이야기하는 시간이 있었습니다. 뉴턴이 자신의 친구에게 지혜롭게 하나님이 계심을 깨닫게 하는 일화와 우주와 태양계가 우연히 만들어지기에는 불가능에 가까운 현상들을 소개하며 학생들의 진화론적인 생각에 도전을 주었습니다. 그러나 그들의 반발은 만만하지 않았고 창조주가 아닌 자연적으로 존재할 수 있다는 자신의 생각을 피력했습니다.

공부가 끝난 후에 20년 이상 품어온 그들의 생각에 큰 도전을 주었던 것에 위로받고 그들이 한 이야기를 정리하다가 문득 느낀 것은 암흑의 세력이 얼마나 강력하게 창조주를 부인하게 만들고 있는지 통렬하게 깨달았습니다. 제가 좀 더 기도와 순종으로 만남에 임하지 못하고 너무 이성적으로 접근한 것에 회개하며 주님 앞에 불쌍히 여겨달라고 기도하였습니다.

기도로 준비하여 몇 주 후에 4명의 학생과 2차 만남을 가지게 되었습니다. 이번 내용은 유전자 정보에 관한 것과 생명의 신비 그리고 영혼이 존재한다는 저자의 체험담을 적은 글이었습니다. 그동안 준비한 유전자 코드의 조합은 우연에 의하여 인간이 만들어질 확률은 거의 영에 가깝고 창조주가 존재한다면 100%인데 우리는 과학자이면서 왜 100%를 믿지 않고 영에 가까운 생각에 운명을 걸어야 하느냐고 도전했습니다.

첫 모임과 달리 두 번째 모임에서는 침묵으로 조용히 듣고 있었습니다. 놀라운 것은 그사이에 강하게 반발했던 최장석이 교회를 다니기 시작했다고 고백했습니다. 그리고 공산당에 입당하겠다고 했는데 무슨 마음인지 결정적인 순간에 입당을 하지 않게 되었다고 했습니다. 하나님께서 이 그룹에 계속 은혜를 부어 주시고 주님을 모두가 알아서 귀한 제자들이 되기를 소망합니다.

그리고 4학년인 김세용과는 로마서 제5장까지 공부를 같이했습니다. 감사하게도 4장에 나오는 아브라함은 이미 창세기에서 공부를 한 내용이어서 그런지 더욱 흥미를 가지고 믿음에 대한 관심을 보였습니다.

2008년 한 해 동안 보여주신 주님의 사랑이 날이 갈수록 얼마나 큰지 때로는 감당하기 어렵습니다. 비록 저의 육신은 조금씩 움직임이 힘들어 가지만, 속 사람을 강건해 주시는 주님, 그 무한한 사랑 때문에 좌절과 절망 가운데서도 일어설 수 있었습니다. 이 모든 것이 그분의 은혜이며 동역자이신 여러분들의 기도와 간구로 이 시간까지 올 수 있었습니다. 특히 올해는 리브가 선교사가 심한 갱년기 장애로 불면의 밤을 고통으로 보냈습니다.

또한 저의 건강의 어려움으로 한 발자국 딛기가 천근 쇠를 옮기는 것처럼 힘들 때마다 좀 더 건강한 몸을 주시면 주신 사역을 좀 더 잘 감당할 수 있을 수 있으련만 왜 이렇게 힘든 상황이 계속될까 하는 원망의 마음이 앞서기도 했습니다. 그러나 지난 10년을 통해 주님께서 공급하여 주신 재료가 생명의 집을 지어가는데, 한 번도 최선이 아닌 것이 없었다는 것을 경험하였기에 비록 지금 공급된 재료가 이해가 되지는 않지만 분명히 그분의 인도로 가장 아름다운 집을 지을 것이라고 믿음의 눈으로 바라보게 된 영적인 축복을 받았습니다.

그리고 하나님 사랑 안에서 맺어진 동역자 여러분의 귀한 기도가 이곳에서 향기롭게 피어나 이 젊은 영혼들을 흔들어 놓는 기적의 역사를 보는 감격을 나눌 수 있게 해주신 주님께 감사드립니다. 저물어 가는 2008년을 의미 있게 보내시며 새해에도 동역자 여러분의 가정에 주심의 사랑과 은총이 함께하시기를 기원드립니다.

2008년 12월 24일 중국에서
김이삭 목브리가 올림.

10

연변대와 연변과기대

주 안에서 문안 인사드립니다.

4월에 접어들었지만 아직은 찬 기운과 북풍의 기세에 눌려서 이곳의 수목과 대지는 아직도 기지개를 켤 준비를 못 하고 숨죽이며 엎드려있습니다. 그러나 꿈을 가진 젊은이들의 함성이 봄을 재촉하고 있는 캠퍼스 안에서만은 새로운 생명력으로 가득 차 있습니다.

이번 학기 시작은 에베소서 말씀으로 채우기 시작하였습니다. 2장 14절에 "그는 우리의 화평이시라 둘로 하나를 만드사 원수된 것 곧 중간에 막힌 담을 자기 육체로 허시고"라는 말씀 속에서 그리스도 십자가의 능력이 보석처럼 빛나고 있음을 보여주고 있습니다. 하나님께서 이스라엘 백성을 택하실 때 그들을 통하여 이방인도 구원을 이루려 하시려는 무한한 사랑을 나타내려고 하셨지만, 유대인들은 오히려 자신들이 선택받은 특권을 자랑하며 이방인을 짐승처럼 여기고 높은 담을 쌓아서 오히려 이방인을 차별하여 하나님께 접근을 못 하게 하는 죄를 짓게 되었습니다.

하나님을 떠난 인간의 전형적인 모습은 바로 가인처럼 에녹성이

나 담을 쌓아서 다른 사람의 접근을 막고 자신을 구별하려고 하는 죄성을 가지고 있다는 것입니다. 여기서 담 안에 있는 자는 특권과 능력을 소유하는 은밀한 우월감에 사로잡혀 담 밖의 인간을 배척하고 경멸하게 되고 담 밖의 인간들은 소외감과 허탈감으로 시기와 분노의 칼을 갈게 됩니다. 그 결과 사람 사이의 화합과 평화가 깨어지고 세상의 삶은 피투성이 전쟁터가 되는 것입니다.

이곳에는 중국 교육부가 통괄하는 연변대학과 전 세계에 흩어진 그리스도인들의 헌금으로 운영되고 있는 연변과학기술대학이 있습니다. 물론 연변과학기술대학 역시 연변대학의 도움과 합작으로 이루어진 대학이기 때문에 연변과학기술대학 학생들도 의무적으로 마르크스 사상론, 모택동 사상, 사회주의 경제론 같은 과목을 들어야 합니다. 그래서 언뜻 보기에 외형적으로 별로 차이 없어 보이지만 자세히 살펴보면 큰 차이를 발견하게 됩니다. 왼쪽 사진처럼 연변대학의 경계 지점에는 기다란 담이 쳐져 있고 오른쪽 사진처럼 연변과학기술대학에는 담이 거의 없다는 사실입니다. 유일하게 담이 있는 곳은 아파트와 인접한 동쪽 일부 구역입니다. 그 담 역시 학교 측에서 세운 담이 아니라 아파트가 최근 건설되면서 주택업자들 스스로 세운 것입니다.

그래서 연변과기대에는 늘 외부인들이 아무 제한 없이 들어와서 공원에서 산책하고 운동장에서 조깅하며 학교 내 살구나무 열매를 따 먹기도 합니다. 때로는 도난사고가 너무 자주 발생하여 담을 치든지 보안을 강화해야 한다는 말도 중국 직원 측에서 나오지만, 이 담이 주는 엄청난 비밀을 알고 있는 우리로서는 결코 학교 경계를 담으로 막지 않을 것입니다.

서양 선교사 선배들이 제국의 힘을 등에 업고 전한 복음에 본국의 강한 영향력이 오히려 중국 백성들에게 장애물인 담이 되어서 하나님 앞으로 나아간 것을 방해하였다는 사실을 알고 있기 때문입니다. 실제로 본 대학 학생 중에 뛰어난 학업성적을 발휘하고도 그가 미국 유학을 포기한 일이 있었습니다. 그 학생은 침략자 나라에서 공부를 할 수 없다는 강한 반발 의식 때문에 이곳 선생님들의 권고에도 불구하고 유학을 포기하고 지금은 북경에 있는 회사에 다니고 있습니다. 이곳에 와서 늘 두려운 것은 실제로 보이는 담이 아니라 저와 이곳 동역자들이 자신도 모르게 세운 마음의 담이 이곳 현지인들을 하나님 앞으로 가는 데 방해하는 죄악을 짓고 있지 않는가 하는 것입니다.

겉으로는 섬긴다고 하지만 은연중에 찾아드는 문화인답지 못한 행동을 하는 현지인에 대한 무시하는 마음과 자신들을 위하여 이렇게 헌신하는 공도 모르고 식사 초대에도 응하지 않는 학생에 대한 강한 불만, 은근히 자신의 의로움을 드러내고 싶은 마음 등등 수도 없이 많은 담들이 저 자신과 현지인들의 사이를 가로막는 담이 되어서 하나님 앞으로 가려고 하는 그들을 가로막고 있다면 사도 바울의 말씀처럼 저 자신과 이곳 동역자들이 유대인과 무슨 차이가 있는지, 그들과 닮아가고 있음에 소스라치게 놀라지 않을 수 없습니다.

저 역시 미국 유학 시절 믿음이 없는 상태에서 스위스에서 온 백인 친구와 함께 미국교회를 나간 적이 있습니다. 10명 정도 되는 성경공부 모임이었는데 그룹 리더는 처음 방문한 우리 두 사람 중에서 스위스에서 온 제 친구만 소개하고 저는 소개하지 않는 수모스러운 일을 당한 적이 있었습니다. 그리고 며칠 후 그 리더를 제가 다니는 학교에서 우연히 만났는데 직감적으로 이곳에서 가르치는 교수 신분이라는 것을 알았습니다. 그 가증스럽게 미소 짓고 가는 모습 속에서 당신이 믿는 하나님이 그런 분이라면 믿고 싶지 않다는 마음으로 저는 그를 째려보며 지나갔습니다.

그러나 그 후 하나님께서는 다른 귀한 미국 친구를 통해서 그 벽을 조금씩 허물어 가게 하셨습니다. 그는 저의 석사과정 디펜스 때 회사 시간을 쪼개어 참석하였으며, G교회를 떠나 중국으로 선교 간다는 소식을 듣고 4시간 동안 차를 몰고 찾아와서 저의 가정이 가는 길에 축복 기도를 해준 Steve Taylor는 그중에 한 분이었습니다. 제가 믿음이 없음에도 불구하고 계속 격려해주시고 G교회로 이사 오기 전에 이별 선물로 1500page Strong 성구 사전을 선물하셨던 미국교회 목사님이 또 다른 한 분이었습니다. 선물을 받을 때만 해도 믿음이 없었기에 받은 선물을 거들떠보지도 않았지만, 그 후 3년이 지난 7월에 하나님을 만나고 G교회 교회를 나가게 되었습니다. 교회를 나간 후에 그 선물이 생각나서 첫 페이지를 열어보니 "그동안 우리 교회와 맺은 우정에 감사하고 저의 미래에 의미 있는 일이 있기를 기도하겠습니다"라는 내용의 글이 목사님 친필로 적혀 있었습니다.

믿음 없이 그저 미국 생활의 호기심 때문에 교회에 나갔던 불신자인 저를 그들은 하나님 사이에 막혀 있는 벽을 허물게 하도록 쓰임받은 귀한 사람들이라는 것을 오랜 시간이 지난 뒤에 알게 되었습니다.

저의 가정이 중국으로 온 이후 그 교회는 어느 해 백인과 흑인이 같이 예배드렸다는 이유로 KKK(백인 민족차별주의자 집단)가 저지른 것으로 추측되는 방화로 건물이 완전히 전소해 목사님과 교인들은 뿔뿔이 흩어졌습니다. 지금 공터가 되어버린 그 교회지만 제 마음속에 남아서 제가 지금 빚진 자의 심정으로 살아가게 하고 있습니다. 하나님은 그런 하나님이십니다. 그런 하나님 앞에서 은혜를 입은 제가 만약 또 다른 담이 되어 오는 영혼을 가로막는다면 얼마나 배은망덕한 모습이 되겠습니까? 바울 사도의 고백이 제 고백이 됩니다. 오호라 난 곤고한 사람이로다. 이 사망에서 누가 나를 건져내랴.

다시 한번 십자가로 나아가서 그 깊고도 깊은 사랑을 회복하기를 원합니다. 십자가 앞에 나아가 허물어진 담을 넘을 때 아! 저의 조건과 아무런 상관없이 저를 부르셨다는 사실을 받아들일 때 진정으로 차별 없는 사랑이 가능하기 때문입니다. 그 은혜만이 또 다른 은혜를 불러서 이곳에서 구원의 역사를 이루어가기를 기도합니다.

경제 한파가 이곳에서도 심각하여 학교 부서별로 구조조정이 이루어지고 있어서 분위기가 어수선합니다. 벌써 중국 직원 수십 명이 그 대상이 되어서 조만간에 학교를 떠날 수밖에 없는 상황입니다. 다음으로는 외국에서 온 우리 동역자들에게도 적용될 예정입니다. 이런 일이 생길 때마다 이 땅에서 진정한 안식과 평안은 이루어질 수 없음을 새삼 깨닫게 됩니다.

지난 학기에 이어서 고학년인 김세용과 로마서 5장 말씀을 두고 나누고 있습니다. 하나님의 영광을 바라보기 위해서는 고난과 인내가 필수과목이란 말씀에 세용이는 많이 수긍하고 있습니다. 자신에게 일어나고 있는 어려움에 대한 새로운 해석과 소망으로 위로받으며 스펀지처럼 그의 영혼이 부드러워가고 있음을 보여주고 있습니다.

3학년 학생들과는 창조론의 마지막 부분에 대하여 공부하고 있습니다. 그중에서 리명은 열성적으로 교회를 나가고 있으며 현동철도 몇 번은 참석한 적이 있다고 했습니다. 남은 량균도 권유하여 리명과 함께 같은 교회를 참석하겠다고 약속하였습니다. 2학년 4명은 아직도 창조론 초기 단계에 머물고 있지만 조금씩 반감이 줄어들면서 관심을 보이는 분위기이지만 최장석이가 공산당 예비단계인 학생회에서 활동하고 있기에 조심스럽습니다. 정병군은 어머님이 뇌출혈인 데다 숙사에서 많은 돈을 도난당했고 열심히 했는데 F학점이 나왔던 지난 학기에 대한 불만 때문에 자신의 신세를 한탄하고 있습니다. 이들에게 하나님의 영이 함께하셔서 마음의 문이 열리기를 기도합니다.

목 선교사는 그동안의 갱년기 장애가 조금씩 회복되어가고 있어서 불면의 밤은 어느 정도 극복한 것 같습니다. 큰딸 마리아는 계속해서 이곳 국제학교에서 봉사하면서 하나님의 인도를 받고 있습니다.

저의 건강에는 큰 변화 없이 그 상태를 유지하고 있습니다. 제한된 시간이지만 계속 학생들을 가르칠 수 있고 섬길 수 있는 힘을 주시고 계시는 하나님께 감사드립니다. 그리고 계속해서 기도하여 주시고 사랑으로 격려하여 주시는 후원 동역자님들이 계시기에 든든한 마음으로 그 사랑을 전할 수 있음에 감사드립니다. 그 사랑의 빛을 진실되게 전할 수 있기를 간절히 소망합니다.

2009년 4월 중국에서
김이삭 목리브가 올림

11

참 뿌리

샬롬.

사랑하는 동역자님께 문안 인사드립니다.

여름학기가 지난 7월 말로 끝이 났습니다. 7월 한 달 안에 한 학기에 배워야 할 내용을 다 배워야 하기에 학생들이 힘들다고 하였지만 여러 나라에서 자신의 시간과 물질을 들여서 봉사하러 오신 분들이 사랑과 열정으로 교실을 채우시며 떠나가셨기에 떠난 자리가 아름답게 보였습니다. 물론 중국의 명문대학도 개방의 물결을 타고 여름학기가 생겨서 해외학자를 초빙하여 여름학기도 쉬지 않고 강의가 진행되고 있습니다. 그러나 어디까지나 거기에는 거래가 있어야 가능합니다. 가르친 대가로 고액의 강사료가 없으면 이루어질 수 없는 여름학기여서 이곳과는 분위기가 사뭇 다른 편입니다.

8월에 접어들자 이곳의 특산물인 사과배 열매가 탐스럽게 커가고 있습니다. 불과 2달 전에만 해도 앵두보다도 더 작았는데 이제 큰 귤만 하게 자랐습니다. 아무리 계속 쳐다보아도 자라는 것 같지 않은데 며칠 지나서 보면 커져 있다는 것을 알게 됩니다. 조금씩 조금씩 자라는 열매를 통해 조급한 결과를 탐하는 제 모습이 죽어야 함을 배웁니다.

지난봄에는 가지치기를 해 땅에 떨어진 사과배 나뭇가지를 주워다 페트병에 담아서 키워보았습니다. 잎도 나고 꽃이 핀다는 말을 듣고 집에서 사과배 꽃을 감상할 겸 사흘에 한 번씩 물을 갈아주면서 기다렸습니다. 그러자 2주쯤 지나서 잎이 나고 한 달이 지나자 꽃이 피었습니다.

그러나 그 꽃은 피자마자 다음 날 시들기 시작하여서 오래 감상할 수 없는 아쉬움을 남겼습니다. 물론 열매는 꿈도 꾸지 못하고 결국 다 버릴 수밖에 없었습니다. 나뭇가지가 줄기에 붙어있지 않아도 잎이 나고 꽃은 피지만 그 잎과 꽃은 열매를 맺는 데 도움을 주기에는 너무 역부족이었습니다. 인간이 하나님으로부터 독립하여 스스로 꽃피워 자랑하려고 하지만 결코 다른 이들에게 유익을 주지 못하는 열매 없는 삶을 하나님께서는 자연을 통하여 드러내 주셨습니다.

다음은 중국의 최고 명문인 북경대 학생이 졸업을 앞두고 쓴 글입니다.

> "옛 친구는 이미 취직도 하고 여자친구도 있고 곧 결혼할 집을 장만한다고 하는데 부러워 죽겠다. 나는 아직도 내 인생의 목표를 이루기 위해서 고독하게 싸우고 있다. 나는 그날이 너무 멀리 느껴진다. 유학한 후 졸업하고 진급을 위해서 일해야 하는 인생이다. 그러나 내가 기대하고 고대하는 내일이 무슨 의미가 있는가? 어차피 종국에는 손을 놓고 빈손으로 가야 할 인생인데…."

연변과기대는 중국에서도 입학성적을 고려할 때 100위 안에도 못 들어가는 중국의 변방 대학입니다. 제 지도학생 중에는 이 대학마저도 꼴찌로 들어온 학생이 있었습니다. 창수는 이 대학이 취직이 잘 된다는 것을 알고 지원하였고 학습 면에서 고등학교 때부터 수석을 달리는 자기 형과 비교하여 너무 형편이 없어서 주위에서 인정받지 못하고 주눅이 든 삶을 살아왔습니다. 그는 공부는 못하지만, 돈을 많이 벌어서 그동안의 서러움을 역전시켜 보려는 야심으로 가득 차 있었습니다.

그런 그가 여기서 예수님을 만났습니다. 성경 말씀을 접하고 교회 정기모임에 지속적으로 참여하면서 그는 자신의 목표가 문제가 있다는 것을 알게 되었습니다. 그러면서 연구소 지도학생 MT를 끝내고 정신박약아 보호기관인 동산원에 방문하여 정박아 어린이들과 같이 시간을 보낸 적이 있는데, Y는 그때부터 졸업하기까지 2년 동안 매주 토요일 정박아 어린이들에게 컴퓨터를 가르쳐 주었습니다. 바로 가는 버스가 없어서 버스를 갈아타고 가야 하는 먼 길을 예수님 사랑에 붙잡혀 마치 줄기에 붙어있는 나뭇가지처럼 사랑의 열매를 동산원에서 나누어 주었던 것입니다.

Y의 말에 의하면 몸도 제대로 가누지도 못하고 손도 제대로 잘 움직이지도 못하는 아이들이 컴퓨터 자판에 글자 한 자를 치기 위해서 혼신의 힘을 다하는 모습을 보면 자신이 부끄러워지고 거기서 새로운 생명의 물줄기를 받고 온다고 하였습니다. 마치 헨리 나우웬이 전신불구자 아담을 돌봐주려고 시도하다가 아담을 통하여 오히려 말할 수 없는 위로와 평화를 배웠던 것처럼 그 역시 정박아 어린이를 통하여 인생을 배웠습니다.

열매를 충실하게 맺은 사과배 나무를 주인이 극진히 아껴 거름도 주고 약을 쳐서 병충해를 막아 보호하듯이 인생은 서로 사랑을 주고받도록 하나님께서 지으셨습니다. 그러나 아무 열매를 맺지 못하고 스스로 서려고 했던 페트병의 사과배 가지는 결국 뽑아서 쓰레기통으로 사라졌습니다. 아무리 명문대 대학생이라도 그리스도 안에 있지 않으면 열매 없는 허무한 인생입니다. 열매를 통하여 씨앗이 맺히고 그 씨를 통해서 영생으로 이어지기 때문입니다. Y는 그 이후 황금이 목표였던 인생을 수정하여 회사가 아닌 유학의 길을 택하여 한국에서 석사과정을 잘 끝내고 지금은 자신이 어떻게 살아야 많은 열매를 맺는 삶이 무엇인지 그 길을 알고 걸어가고 있습니다.

이번 학기를 마지막으로 졸업을 앞두었던 박수희에게 그동안 학기마다 복음을 소개하였습니다. 지도학생으로 MT와 그룹모임회를 통하여 친분을 맺은 관계로 복음을 적극적으로 거부하지 않으면서 신앙적 모임은 회피하며 미루어 왔습니다. 이번 학기가 마지막이기에 최후 기회라 여기고 기도로 준비하여 민호에게 신앙 없는 인생이 얼마나 비참한지 예를 들어 소개하면서 예수님에 대하여 관심을 가져보라고 권유하였습니다.

감사하게도 수희는 마음의 문을 열고 성경 말씀을 나누는 데 관심을 보여서 동역자 여성 교수님께 소개하여 이번 학기에 그분과 함께 성경 말씀을 나누는 시간을 가졌습니다. 그리고 그동안 못다 한 시간이 아쉽다고 일주일에 두 번씩 만나는 열심을 보였습니다. 4년 만에 변한 수희를 보면서 한 영혼이 주님 앞으로 나오는 것이 이렇게 힘들고 애타는 일인가 하면서도 동시에 벅차고 감격스러웠습니다.

그런데 갑자기 학기 끝나기 1달 반 전에 취직된 회사에서 일이 많은 부서가 생겼으니 학기 중이지만 올 수 있는 사람은 오라는 통보를 받자 수희는 다른 친구도 가니 자신도 가고 싶다고 했습니다. 저는 안타까운 마음에 회사에서 꼭 와야 한다는 것보다 올 수 있으면 오라고 했으니 졸업 후에 가도 크게 문제 되지 않을 것이며 이제 막 불이 붙은 성경 말씀 공부를 좀 더 하고 떠나면 어떻겠냐고 권고하였습니다. 그러나 수희는 자기가 가고 싶은 부서에 지금 가지 않으면 기회를 잃고 다른 부서에 배치될 것 같다고 하면서 가겠다는 의지를 보였습니다.

학과의 배려로 졸업프로젝트 발표를 미리 하게 하여 수희를 포함한 4명의 학생이 북경을 향할 준비와 함께 머물 숙소도 미리 알아보아서 결정해두고 떠날 준비를 하고 있었습니다. 저는 수희에 대한 안타까운 마음과 회사의 요청에 휘둘리는 학과의 결정이 그렇게 바람직하지 않다는 생각이 들어 아쉬운 느낌이 있었습니다. 그런데 그들이 북경을 향하기 3일 전에 회사로부터 통보가 와서 모든 계획이 취소되어서 졸업 후에 와도 된다는 연락이 왔습니다. 그래서 수희는 졸업 때까지 계속하여 성경 말씀을 배우는 축복을 누렸습니다.

그런데 졸업식을 얼마 남겨 놓지 않는 날에 그 회사에서 또 연락이 와서 사정이 생겨서 7월 초에 입사 예정인 그들에게 9월 중순에 오라는 연락이 온 것입니다. 제가 이곳에 온 지 15년째를 맞이하는 동안 졸업 전에 학생들을 불러 간 적은 꽤 있었지만 이렇게 졸업한 후에 2달이 지나서 불러 간 적은 한 번도 없었습니다. 수많은 중소기업이 학생들을 선발해갔지만, 이번 일은 참으로 생소하게 여겨졌습니다. 그리고 수희를 선발한 그 기업이 바로 한국을 대표하는 큰 회사라는 사실에 더욱 놀라지 않을 수 없었습니다. 그 덕분에 수희는 9월 15일까지 계속해서 성경공부를 할 수 있게 되었습니다. 하나님께서 수희를 얼마나 사랑하시는지 뒤늦게 예수님을 알게 된 수희에게 예사롭지 않은 사건을 만드셔서 좀 더 훈련받고 떠나라는 기회를 주신 주님의 한 영혼 사랑이 얼마나 큰지 실감하게 되었습니다.

이번에 졸업하는 라향미는 지도학생이며 공산당 당원이었습니다. 그리고 작년에 졸업한 활동적인 공산당 당원이었던 B는 저희 모임에 감시자 역할을 향미에게 남기고 떠났고 향미는 지도학생 모임에 열성적으로 참여하였습니다.

MT와 모임을 주관했던 향미가 모범적인 제자임은 틀림없으나 늘 제 마음속에서는 공산당원과의 영적인 전투를 하고 있다는 긴장감이 있었기에 개인 면담시간에도 전공과 기타 형이하학적인 이야기밖에 할 수 없었습니다. 그러나 그마저도 졸업이 얼마 남지 않아서 기도와 준비된 마음으로 마지막 개인 면담시간에 복음을 소개하고 공산당은 영원히 풀 수 없는 죽음의 문제와 영생에 관한 것과 하나님 나라에 대한 이야기를 나누었습니다.

그동안의 쌓은 개인적 관계가 커서 그런지 열심히 듣고 있었고 뭔가 알 수 없는 심연의 갈등도 엿볼 수 있었습니다. 그리고 그녀의 반응은 아직 잘 모르겠다고 했습니다. 며칠 후면 심천으로 떠나는 향미에게 기도해도 괜찮겠냐고 동의를 구하고 기도하는데 저도 모르게 눈물이 흘러내렸습니다. 주님께서 예루살렘 성을 보시고 우셨던(누 19:41) 그 심정이 제 마음을 사로잡아 집 나간 탕자가 돌아오기를 기다리는 아버지의 마음으로 전달되어 애통의 눈물 되어 흘러내렸습니다. 그리고 향미는 심천을 향해 떠났고 저는 그녀의 뒷모습을 보며 언젠가 주님 앞으로 돌아오기를 소원하며 아쉬운 작별을 하였습니다.

로마서 말씀으로 만났던 고학년인 세용이는 이번 학기를 마지막으로 졸업하였습니다. 쉽지 않은 졸업이어서 그런지 기쁨과 감사가 넘쳐나 있었습니다. 그동안 로마서 말씀을 통하여 인간이 어떠한 처지에 있었으며 왜 그리스도가 필요한지 알게 되었고 어떻게 살아야 하는지도 배웠습니다. 지금부터는 하나님 말씀이 그의 인생을 주도하며 살기를 바라며 말씀이 살아서 숨 쉬는 그의 삶이 되기를 소망합니다. 3학년 학생들과는 지난 학기 사용하던 교재로 영생의 삶이 어떤 것인가를 소개하며 나누었습니다.

동철은 교회 예배를 통하여 채우지 못했던 하나님에 관한 지식을 많이 알게 되어서 이 시간이 소중했다고 고백하였습니다. 남학생인 성실한 성격인 리명은 교회도 정기적으로 참석하며 하나님의 존재에 대한 의식이 있어 보입니다. 내성적인 남학생 량균의 마음은 아직도 열려있는 것 같지 않습니다. 그러나 한족학교를 졸업한 그는 이 말씀 공부에서 가장 큰 혜택을 보고 있습니다. 교재가 중국어로 되어 있어서 어려운 내용이 나와도 그가 지적으로 제일 잘 이해하는 조건을 가지고 있기 때문입니다. 량균이가 좀 더 영적으로 열리기를 기도 부탁드립니다.

2학년 4명과 이번 학기도 과학과 창조론에 관한 내용으로 만났습니다. 날이 갈수록 분위기가 조금씩 좋아져 간다는 느낌이 듭니다. 그리고 3학년과는 달리 적극적으로 활발한 성격의 학생들이 많아서 대화에 활기가 넘칩니다. 그러나 좀 많이 영적인 것에 관심을 가지기를 소원합니다. 최장석은 공산당 예비단계인 학생회에서 활동하며 바쁘게 시간을 보내고 있으면서 너무 바쁘게 사는 것이 바람직한 것 같지 않는 것 같다고 하며 3학년부터는 활동을 줄이려는 마음을 먹고 있는 것 같았습니다. 장석이가 공산당 당원을 아직 지원하지 않고 있는 것에 감사하고 있습니다. 계속 이 모임에 참석하여 주님의 제자가 되기를 기도 부탁드립니다. 경제적으로 심적으로 어려움이 많았던 B는 이번 학기부터 도서관에서 아르바이트도 하고 저희 모임에 계속 나오면서 안정을 찾은 것 같습니다. 기도하여 주셔서 감사합니다.

　리브가 선교사는 불면증세가 많이 호전되었습니다. 그러나 몇 주 전부터 심한 기침 증세를 보이며 아직 회복되지 않은 상태입니다. 저 역시 계속해서 손 떨림과 불편한 걸음걸이와 싸우고 있습니다. 육신의 아픔 넘어 계시는 주님의 얼굴을 구하며 새 힘을 얻어 하루를 감사로 마무리하며 새날을 맞이하곤 합니다. 영원과 초월이 현실과 서로 마주하고 있는 사실을 가슴으로 아는 이상의 축복은 없겠지요. 아직도 저에게는 희미한 모습이지만 언제가 거울로 보는 그날이 오기를 소망하며 가슴 벅찬, 그날이 기다려질 때 그만큼 주님에 대한 사랑의 크기가 커지기를 고대합니다.

　주 안에서 늘 생각하여 주시고 기도하여 주시는 정성에 감사드리오며 주님 사랑과 평강이 함께하시기를 축복합니다.

2009년 08월 07일 중국에서
김이삭 목리브가 올림.

12

파킨슨의 맹공과 졸업생의 반격

샬롬.

주 안에서 문안 인사드립니다.

지난 10월 초에 갑작스러운 불면 현상이 찾아들어 밤과 낮에 잠이 오지 않게 되었습니다. 파킨슨 증세는 악화되고 손 떨림이 심해져서 잠을 방해하고 떨림이 강해지고 잠은 더 오지 않는 악순환이 계속되자 그나마 절뚝거리며 자주 드나들던 화장실마저도 갈 수 없는 상황에 처하게 되었습니다.

불면으로 뜬눈을 새우는 시간이 6일 동안 계속되자 밤이 찾아오는 공포와 함께 침대를 쳐다보는 것마저 고통을 느끼게 하였습니다. 한국에서 계속 약 처방을 받은 관계로 한국행 비행기를 타야만 무언가 실마리를 찾을 것 같은데 비행기를 타기에는 너무 약해진 탈진 상태였습니다. 비행기표 구입을 결정하는 순간에도 침대에서 의식이 혼미한 상황이었습니다. 그런데 너무도 감사하게 그날 밤에 처음으로 2시간 정도 밤에 잠을 주셔서 다음 날 비행기를 탈 수 있었습니다. 비행기를 탈 수 있다는 것이 이렇게 감사한 일인지 평생 처음

으로 깨닫게 되었습니다. 그 결과 가족과 함께 한국에 도착한 후에
는 잠을 부분적으로 잘 수 있게 되었습니다.

이렇게 부분적으로 불면이 해결되자 그 전에 파킨슨병을 고칠 수
있는 가능성이 있다는 정맥주사 방법을 소개한 분의 추천으로 어느
개인 병원에서 치료를 시작하였습니다. 파킨슨병을 앓은 지 6년이
되면서 약물치료의 효험이 떨어져서 활동의 장애의 강도가 커지면
서 완치에 대한 갈망이 커지고 있는 상황에서 들은 소식인지라 선택
의 여지 없이 시도하고 싶었습니다. 그리고 그 치료를 통해서 잘 알
려진 목사님이 치유되었다는 소식은 더욱더 강하게 다가왔습니다.
책으로 발간된 정맥주사 방법은 왜 그 방법이 세상의 의사들로부
터 인정받지 못하고 있는지에 대한 현실적 모순을 지적하면서 설득
력 있게 방법의 유효성을 자세하게 적어놓았습니다. 담당 의사는
CT검사를 통하여 동맥경화가 심각하니 정맥주사를 통하여 동맥경
화를 치료하는 것이 더 시급할 수 있다고 하였습니다.

그러나 치료를 받은 이후에 불면은 다시 시작되었고 파킨슨병은
오히려 조금씩 더 악화되기 시작하였습니다. 인간은 고통이 심해지
면 그 고통을 완화하기 위한 본능이 때로는 영적인 분별력을 잃게
하는 것인지 이번에는 정맥주사의 부정적인 면을 몇몇 형제님의 권
고가 있었지만 받아들이지 않고 계속 진행하다가 병이 더 악화되었
던 것입니다. 밤에는 식은땀과 숨 가쁨, 떨림, 불면으로 정신마저
혼미한 상태에 이르게 되었습니다. 어떤 때는 과연 내일 아침에 정
상으로 깨어날 수 있겠는가 하는 어둠의 공포가 몰려왔습니다. 약물

이 정상적으로 작용하는 시간마저도 시간에 쫓기는 다급함으로 초조감과 불안이 엄습하였습니다. 그럴 때마다 동역자들이 방문해서 위로해 주셨고 말씀과 기도와 찬송으로 순간순간을 넘겼습니다.

그러나 어떤 때는 아무런 응답 없이 어둠에서 처절하게 남겨져 있어야 했습니다. 하나님의 은혜가 임하지 않으면 저 자신이 얼마나 보잘것없고 비참한 존재인지를 처절하게 체험하였습니다. 그 고통이 시편 77편에 그대로 나와 있었습니다. "내가 하나님을 기억하고 불안하여 근심하니 내 심령이 상하도다. 주께서 내가 눈을 붙이지 못하게 하시니 내가 괴로워 말할 수 없나이다(시 77:3-4)." 고개를 돌리신 하나님으로 느끼는 고통 가운데 시편 기자는 과거에 자신을 인도하시는 하나님을 기억하고 위로하였습니다. 저 역시 과거부터 지금까지 하나님께서 인도하신 그 손길이 너무나 분명함을 다시 보면서 고통의 순간을 넘기는 데 큰 힘이 되었습니다.

또한 이런 죽음의 순간까지 갈 수 있다는 가능성이 엄습하는 상황에 이르게 되자 사는 데 있어서 가장 소중한 것이 무엇인가가 새롭게 정립되었습니다. 가깝게 지냈던 사람들과 얼마나 순수한 사랑으로 대하면서 살아왔던가에 대한 회개가 몰려왔습니다. 가장 가까운 가족마저도 판단의 마음이 한구석에 도사리고 있으면서 대하였던 자신의 모습이 드러났습니다. 저 자신이 십자가에서 완전하게 죽지 못하고 옛 자아가 살아 맹렬하게 활동하던 모습이 죽음의 순간을 넘나드는 순간에 또렷하게 드러났습니다. 주님, 저를 완전하게 죽게 하소서라는 기도가 나올 수밖에 없었습니다. 손에 쥐고 있던 그 어느 것도 심지어 복음 사역마저도 그 순간에는 순전한 사랑 앞에 밀려날 수밖에 없음을 깨닫게 되었습니다. 가족을 다시 볼 수 있는 눈을 열어 주신 주님께 감사드렸습니다.

저의 부족함으로 인하여 파킨슨 증세가 악화되는 가운데서 여러 분들이 방문하셔서 주님의 살아계심을 증거하셨습니다. 특별히 항상 사랑을 주어야 한다고 생각했던 연변과기대를 졸업한 학생들이 찾아와서 위로하고 기도해주고 물질적으로 도와주게 되었습니다. 졸업생들이 방문하였을 때에 제가 받은 느낌을 나누고자 합니다. 하나님께서 저의 부족함을 선하게 인도하셔서 졸업생들을 통하여 하나님 사랑을 나누게 하셨습니다.

파킨슨병이 심하게 악화되어 휠체어가 동원되고 밤에 침대에서 일어나기 힘들 정도가 되자 정맥주사 방법을 중지하고 파킨슨병을 진단하였고 6년 동안 약을 처방해왔던 세브란스병원을 찾았습니다. 휠체어를 타고 들어온 저를 보고 주치의는 놀란 눈빛으로 입원을 권유하였고 11월 25일에 병원에 입원하게 되었습니다.

입원 후 저처럼 거동이 힘든 환자에게 절실하게 필요한 사람은 간병인인데 아내마저 갱년기를 맞이하여 체력이 약해진 관계로 돌볼 수 있는 사람이 없게 되었는데 과기대 졸업생이 입원 첫날부터 같이 하여 교대로 간병을 하게 되었습니다.

입원 첫날 담당 간호사가 저의 인적 사항을 입력하는 동안 자녀가 딸 둘이라는 저의 진술을 듣고 난 후에 그림 옆에 서 있는 청년이 아들이 아닌가라고 물었습니다. 제가 대학 시절에 가르쳤던 제자라고 하자, 간호사의 눈이 갑자기 커지면서 아니 어떻게 대학교 제자가 간병하러 올 수 있느냐고 충격받는 얼굴로 "부럽습니다."라고 하였습니다. 그 이후 간병인이 구해질 때까지 과기대 졸업생이 5박 6일 동안 12시간 2교대로 9팀이 간병을 하여 세브란스병원 11층에 있는 다른 환자, 간병인, 간호사들에게 신선한 감동의 물결을 일으켰습니다.

이 각박한 세상에 자녀들도 간병을 꺼리며 간병인에게 맡겨 버리는 사태가 자연스럽게 되어버렸습니다. 더욱이 신종플루 때문에 병원에 오기를 꺼리는 분위기가 팽배하던 무렵에 찾아와서 기쁘게 간병하고 방문하는 제자들을 보고 어떻게 가르쳤기에 졸업생들이 찾아오느냐고 물었습니다. 기독교의 위상이 땅에 떨어져 있는 한국 땅에 복음으로 변화된 졸업생들의 희생정신이 빛을 발했습니다.

10일 동안 세브란스에 입원하는 동안 각종 검사와 새로운 약물 적용, 재활운동을 하였습니다. 다행스럽게 대부분의 검사에서 양호한 편으로 나타났고 전립선이 부어있다는 진단이 나와서 파킨슨 약과 함께 복용하고 있습니다. 현재 새로운 파킨슨 약은 강도가 강해서 그런지 저혈압 증세가 있었고 대뇌를 혼미하게 하는 성향이 있어서 하루 종일 정신이 멍해진 상태여서 또 다른 변화에 도전받았습니다. 강한 신경성 약물이 뇌를 지배하는 동안에는 집중하기 힘들어서 책을 읽을 수가 없었고 만사가 다 귀찮게 여겨지는 텅 빈 마음을 일으키게 하였습니다. 심지어 성경을 읽어도 감동이 없고 무감각하고 냉담한 느낌을 불러일으켰습니다.

이런 정신 상태가 힘들어서 주치의에게 호소하자 담당 주치의께서는 한 달 정도 적응 기간이 지나면 괜찮아질 것이라고 하였습니다. 퇴원 후 숙소에 돌아와서 약물 적응 그리고 불면과 씨름하는 동안 팔과 다리가 저절로 움직이는 이상운동이 부작용으로 나타나서 결국 새로운 약물 일부는 포기하고 다시 새로운 처방으로 적응하고 있습니다. 그 뒤 정신이 많이 맑아져서 이렇게 기도 편지를 쓸 수 있음에 주님께 감사드립니다.

이번 12월 23일은 목 선교사와 결혼한 지 25년이 되는 은혼식이 되는 날이었습니다. 약물 적응과 부작용으로 기력이 쇠약하여진 제가 아내에게 할 수 있는 일은 외식 정도였습니다. 그러나 외식마저도 장소가 마땅치 않아서 포기할 수밖에 없었습니다. 아무것도 할 수 없는 제 마음이 아팠습니다. 그러나 그날 점심에 G교회에 머물렀던 자매님께서 맛있는 음식을 잔뜩 장만하셔서 가져오셨습니다. 얼마나 풍성했던지 저녁에까지 먹고 남을 정도였습니다. 마리아, 에스더는 얼마나 맛이 있었던지 평생 잊을 수 없다고 했습니다. 그 식탁은 은혼식을 아름답게 장식시켜주신 하나님의 손길에 감격해하며 자녀들이 준비한 미니 케이크, 선물과 카드로 가장 의미 있는 은혼식으로 남게 되었습니다.

2009년이 저물어 가는 시간에 아직도 끝나지 않은 약물 적응과 불면과의 싸움이 계속되고 있는 고통스러운 지난 몇 달의 과정을 통해서 끊임없이 섬세한 손길로 인도하여 주신 하나님께 감사드립니다. 그리고 방문해주시고, 전화해주시고, 물질과 기도로 아낌없는 사랑으로 도와주신 동역자 여러분께 깊은 감사의 말씀드립니다. 2009년을 의미 있게 정리하시기를 바라오며 새해에도 동역자님의 가정에 하나님의 은혜와 평강이 계속해서 함께하시기를 소망합니다.

2009년 12월 29일 서울에서
김이삭 목리브가 올림.

13

어머님의 영접기도

사랑하는 동역자님께

2010년의 한 해가 벌써 저물어 가고 있습니다. 12월 16일에는 저희 가정과 함께 같은 건물에 계시면서 사역하시던 정유화 선교사님으로부터 아래와 같은 메일을 받았습니다.

> 감사합니다.
> 제 아내는 이제 근심도 고통도 없는 평안한 곳으로 갔습니다.
> 임 목사님과 일행이 집에 도착하고 10분 후에 눈부신 아침 햇살을 받으며, 목사님과 큰빛성도들이 지켜보는 가운데 조용히 숨을 거두었습니다.
> 참으로 감사한 일이었습니다.
>
> 금년에도 교수님 가정과 하시는 사역 위에 하나님의 은총이 늘 함께하시길 기원합니다.
> 캐나다 토론토에서 정유화 드림

그동안 사모님이 지병인 암으로 투병하시다가 상황이 악화되어 2년 전에 사역지를 떠나 캐나다로 가신 후에 소천 소식을 접하게 되었습니다.

금요일만 되면 바쁜 일정 가운데 구역모임에서 서로 교제하며 사랑을 나누던 분이었고 학생들에게 엄하게 대하시지만, 깊은 애정으로 지도하시던 정유화 선교사님이셨습니다. 사모님은 언제나 묵묵히 자신의 자리를 지키시며 미소로 반겨주셨던 분이셨습니다. 그런 분을 더 이상 이 세상에서 존재로 뵐 수 없다는 사실에 마음에 파문을 일으키게 하였습니다. 그런데 보내신 글 속에 죽음 가운데 감사라는 단어를 접하고 생각에 잠기지 않을 수 없었습니다.

우리는 살아오면서 많은 죽음의 소식을 접하고 특별히 가까운 분의 죽음의 현장까지 가서 시신을 보기도 하지만 장례식장 문밖을 나오면서 쉽게 내가 그 자리에 올 것이라는 사실은 잊어버립니다.

그 증거가 바로 오늘 사람들의 삶 속에서 선택하는 모습에서 여실히 드러납니다. 고국에 와서 자동차 사고가 난 것을 여러 번 목격한바 있는데 모두들 차에서 내려서 고함과 욕설과 멱살로 심하면 주먹으로 끝나는 과정을 목격하면서 과연 저들이 내일 죽는다고 하면 저럴 수 있을까라고 묻게 됩니다. 멀리 갈 것 없이 저 자신부터 그런 미래에 당연하게 닥칠 일에 대한 준비를 하고 있느냐고 묻게 됩니다.

죽음의 그림자가 덮쳐오던 1년 전을 회상하면서 다시 한번 선택의 우선순위를 재조정하게 되었습니다. 모든 것을 사랑에 기초하지 않은 것은 뒤로 밀어내는 원칙입니다. 이것이야말로 감사 중의 감사였습니다. 주님의 지혜와 계획과 선하심의 크기가 얼마나 대단한지는 아직도 헤아리기 어렵지만 분명한 것은 미래에 다가올 그 시간을 망각하고 살면 언제든지 자신의 안락과 안정과 헛된 것이 선두로 나서서 우선순위가 바뀌어 버릴 수 있다는 것입니다.

나이 차이가 7살이 나지만 이제 에스더가 벌써 고3이 된 뒤에는 언니와 자주 말다툼을 하며 서로에게 불만을 가지는 일이 있습니다. 언니 이야기를 들어보면 실컷 도와주었는데 동생이 고마운 표시를 안 한다고 하고 동생 이야기를 들으면 언니가 도와주고 너무 생색낸다고 합니다. 자녀를 통해서 인간의 모습을 거울처럼 들여다보게 됩니다. 매일 계속되는 가정예배를 통해서 조금씩 자신의 모습을 말씀 안에서 보게 되면서 자신 안에 문제가 있는 것을 발견하였지만 아는 것과 그것을 실천하는 것은 또 다른 차원이라서 그런지 여전히 종종 다투곤 했습니다.

그러던 어느 10월 중순에 장용철 집사님께서 저희 가정이 너무 여행도 못 하고 집에만 있는 것 같다고 바쁘신 일정 가운데 시간을 내셔서 저희 가족을 태워서 대전에 있는 국립현충원을 방문하였습니다.
장 집사님의 원래 의도는 가을 단풍을 즐기는 것이었습니다. 오래간만에 가족사진도 찍고 단풍과 연못가에 어우러진 나무들과 함께 즐거운 시간을 가졌습니다.
그리고 차를 타고 돌아 나오는 길에 차에서 내려 수를 셀 수 없는 무덤을 바라다보았습니다. 특별히 천안함 사고 희생자들이 묻혀있는 곳을 우연히 발견하여 잠시 머물러서 아직도 헌화와 유품이 놓여 있는 무덤 앞을 지나가게 되었습니다. 분단의 아픔과 전쟁이 결코 먼 나라의 이야기 아님을 실감하였습니다. 특별히 초등학교 2학년 학생이 아버지를 잃은 슬픔을 적은 편지가 놓인 곳에서 마리아와 에스더가 열심히 읽고 있었습니다. 죽음이 주는 깊은 의미를 가슴에 담은 것일까요?

현충원 방문에서 돌아온 자매의 태도는 달라져 있었습니다. 평소 같으면 서로 화를 내고 언쟁을 했을 일이 계속 생겼는데도 평온하게 지나갔습니다. 죽음이 주는 놀라운 역설적인 진리 앞에만 사람은 그 내면이 변화합니다. 바로 십자가 죽음으로 시작해서 부활로 돌아오듯이 사도 바울이 매일 죽노라고 외쳤던 복음이 오늘도 우리에게 도전합니다. 죽음 속에 숨어있는 진실된 감사스러운 일을 아내의 죽음 이후에 감사란 표현으로 나타내는 정유화 선교사님의 편지는 오늘을 부활 된 삶을 살고 있는지 묻고 있었습니다.

형님께서 뇌출혈로 돌아가신 이후 당신보다 먼저 간 형님을 불효자라 하시며 틈나면 뒷산에 묻혀있는 형님을 부르시는 어머님의 고뇌가 너무 크셔서 제가 한국에 거주함에도 불구하고 저의 병세에 충격받을 것 같아서 그동안 어머님을 방문하는 것을 미루어 왔습니다.

올해 85세인 저의 어머님은 어렸을 때 자신의 어머님을 잃고 계모 슬하에서 10년을 지내시다 18세에 50리 남쪽으로 떨어진 저의 고향으로 시집오셨습니다. 저의 아버님은 5대 종손이신지라 어머님은 그 많은 제사를 시집오신 이후부터 60년 동안 차려내야 했습니다. 시아버지는 동네 이장을 하셨기 때문에 손님이 사랑방에 끊어진 날이 없었고 자정을 넘긴 시간에도 수시로 손님 접대용 따뜻한 술상을 차려야 했습니다.

어머니의 하루는 첫닭이 울기 전 일어나서 식어버린 시어머니 온돌방의 아궁이 불을 지피는 것으로 시작했습니다. 우물을 집 안에 파면 재앙이 온다는 속설 때문에 집 안에 우물이 없어서 어머님은 첫새벽에 물을 길으러 동네 앞 우물가에 나가서 여러 번을 길어와야 했지요. 대가족 아침쌀을 씻어 가마솥에 올리고 때로는 습지에 지어진 집이라 부엌에 물이 들어와 덜 마른 볏단이나 솔잎으로 불을 지필 때는 연기가 부엌에 가득하여서 매운 눈물을 쏟아 내기도 하셨습니다.

가마솥에 김이 무럭무럭 나면 시아버지와 식객들, 시어머니 시동생들 아이들 밥상이 차려집니다. 모든 식구들이 아침밥을 다 먹기 시작했을 때 어머님도 부엌 부뚜막에 걸터앉아 자신의 숟가락을 잡습니다. 그러나 한술도 뜨기 전에 숭늉 가져오라 김치 달라 사방에서 불러대니 당신은 제대로 식사를 할 기회도 없었지요. 그 많은 그릇 설거지가 끝나자마자 논일이나 밭일하러 부리나케 나가셔야 했습니다.

모내기가 시작되면 모 심다가 부엌으로 돌아와 못꾼들의 술상과 식사를 차려서 머리에 이고 좁은 논둑을 걸어가서서 못꾼들의 시장함을 달래주었습니다. 여름철 뙤약볕에 무한정 자란 잡초를 뽑다 보면 허리가 아파 하늘 한번 쳐다보시고 허리 굽혀 또 피(잡초)를 뽑는 무한의 인내를 요구하는 일을 반복하다 보면 이마와 등에는 구슬땀이 흘려내려 온몸은 땀에 젖게 되었습니다.

허수아비가 등장하는 들판이 노랗게 물들 무렵, 어머니께서 가을

추수에 해가는 줄 모르고 낫질하였습니다. 캄캄한데 들어와서 저녁을 하려면 쌀인지 보리인지 구분이 가지 않을 정도로 컴컴한 부엌에서 저녁 준비 하는데 남정네들은 저녁이 늦다고 소리를 질러대곤 했지요. 시아버지는 며느리가 온 뒤에는 절대로 시어머니가 지은 밥은 먹지 않겠다고 선언하신 이후에 시어머니도 부엌 출입을 일체 하지 않았습니다. 시어머니 밥과 반찬 솜씨에 평생 고통받은 시아버지께서 며느리 음식 솜씨에 감탄하여 시어머니를 더 이상 부엌에 얼씬도 하지 말라고 엄명을 내려 시아버지 칭찬은 받았지만 시어머니의 질타는 날이 갈수록 더해져서 저희 어머님만 더 고달프게 되었습니다.

가을걷이가 끝나면 또 그리고 곧 시작되는 밭농사에 호미질과 괭이질로 어머니의 팔과 허리는 쉴 틈이 없었습니다. 하루는 그 바쁜 시집살이 중에서 다리를 절뚝거리며 걷고 있었는데 자신이 절뚝거리고 있다는 사실도 모르고 일을 하고 있었습니다. 그런데 큰삼촌이 왜 형수님 다리를 절고 있느냐고 하면서 왼쪽 다리를 들어보라고 하더랍니다. 그래서 다리를 들었더니 왼쪽 발바닥에 가시가 박혀서 다리가 곪아들어가고 있었습니다. 가시를 빼고 고름을 짜내고 나무뿌리를 짓이겨서 붙이고 며칠 지나니 호전이 되었습니다.
가시가 들어간 것은 신발이 없어서 맨발로 다니셨던 것이 원인이었습니다. 신발이 없으셔서 부엌에서 일하실 때나 물을 길으러 동네 가실 때나 논밭에 가실 때에 맨발로 다니셨다는 말씀에 더욱 충격받았습니다. 짚신을 장에서 팔고 있었지만 비싸서 엄두를 내지 못하고 동네 대부분의 사람들이 벗고 다녔다고 하더군요. 아프리카에서 있을법한 생활상을 저희 어머님이 겪으셨다니 다시 한번 현대에 사는 저는 가족을 위해서 온 일생을 불사르신 어머님의 고초에 놀라지 않을 수 없었습니다. 그리고 그것을 보답해 드리지 못하는 불효자의 고뇌가 저를 엄습하였습니다.

그러나 가장 고통스러운 것은 4살 아들(저의 형님)과 1살짜리 딸(저의 누님)을 두고 일본에 가서 돌아오지 않는 남편이었지요. 농사보다는 일본에서 일자리를 구하는 것이 좋을 것 같다고 일방적으로 통보하고 떠난 남편은 언제 돌아올지 기약도 없었기에 그동안 남편 없는 서러움은 어찌 말로 다 할 수 있었겠습니까? 특별히 저의 할머님인 시어머니는 시집올 때부터 시작된 구박이 남편이 없자 더더욱 심해집니다.

그때만 해도 옷은 살 수 있는 물건이 아니라 직접 해 입어야 했기에 밭에서 나온 목화를 말려서 실을 뽑아서 베틀로 옷감을 짜야 했지요. 지금도 제 고향에 가면 나무로 된 베틀 조각이 집 창고에 자신의 흔적을 알리며 그 시절의 고달픔을 말해주고 있습니다.

이제 얼마 남지 않은 설날에 온 식구들이 입을 옷을 베틀로 짜야 하는 우리 어머님은 낮에는 부엌일과 호미질로 이미 체력이 바닥났지만 그래도 밤중에 식구들을 위해서 탈진한 몸으로 베틀에 앉아서 오른발로 베틀신을 당기고 손으로 북(실통)을 잡고 움직여 봅니다. 창호지가 귀한 시절 문틈으로 찬바람이 밀고 들어와서 손은 시려오고 호롱불은 있지만 바람에 흔들려 베틀의 무명실은 희미하게 보입니다. 그래도 혹시나 저의 아버지께서 이번 설에 오실 것 같아서 아버지 옷감을 위해서 베틀에 앉았으나 호미질로 손에 힘이 빠져 있어 베 짜는 일이 힘에 부쳐옵니다.

게다가 피골이 상접한 둘째 딸아이가 젖을 못 먹어서 배가 고파 목놓아 울어댑니다. 일손 멈추고 없는 젖을 물려 보았지만 안 나온 젖에 화가 난 아이는 더욱더 목청 높여 울었습니다. 이 소리에 잠이 깬 시어머니 방문을 밀어젖히고 들어오셔서 "젖이 없는데 쓸데없는 가시내는 와 낳았노! 그냥 갖다 버려라!"라고 삿대질하시며 고래고래 고함치셨습니다.

어머니는 할 수 없이 베 짜기를 멈추고 둘째를 등에 업고 밖으로 나옵니다.

남편 없는 서러운 겨울밤 시집살이 고달파 이미 세상을 떠난 자신의 어머니를 그리며 고향 하늘을 바라보고 있는 저의 어머님의 마음이 어떠했을까요. 어머니로부터 옛날부터 들은 이야기이지만 한국에 와 있어도 그동안 찾아뵙지 못한 고통이 너무 크다 보니 제가 어머님의 시집살이 고통을 헤아리며 시를 지어 달래었습니다.

시집살이

창백한 문풍지를 비웃고 넘어온 동짓달 삭풍에
북실 달래는 손끝은 시려오고

가물거리는 호롱불의 장난끼가
환갑 지난 베틀은 버거워서 비틀비틀

씨실과 날실이 천 번은 만나야
우리 님 설옷은 첫울음 우는데

황토밭 호미질에 팔목은 천근만근
베틀 넘나드는 맥박은 희미하고

배고파 울어대는 계집아이 파리한 입술에
시집살이에 마른 가슴 들이대어도
말라버린 샘물에 타는 목이라
분노한 응애 소리 문설주도 신음하는데

단잠 깬 시어머니 불호령
삭풍의 칼 되어
내 가슴 도려내누나.

우는 아이 들쳐 업고 사립문을 나오니
단소 소리 어우러진 님 없는 겨울밤
연민 어린 부엉이 청송곡을 노래하네.

달빛 떠난 밤아 총총 빛나는 별들아
내 고향 하늘은 어느 쪽이더냐?

울다 지친 아이의 새록새록 숨소리
내 귓전에 아득하게 맴도는데.

문득 북녘 하늘 가로지르는 한 줄기 유성은
정녕 먼저 떠난 어머니의 눈물이던가?

　　아들이 둘이 있고 결혼까지 했으니 당연히 며느리가 둘씩이 있지
만 현대화 바람이 불어서 농촌에 살 수 없는 며느리인지라 며느리를

보고도 어머님께서 더 이상 며느리로부터 시집살이 헌신을 받지 못하는 시대적 희생을 겪으셔야 했습니다. 그리고 자신의 시어머니가 86세로 돌아가실 때까지 47년간 모시고 살아야 했고 직장생활 하는 며느리가 제사를 모실 형편이 안 된다고 당신 80세까지 제사를 준비하여 도합 62년을 죽은 조상을 위해 희생하셨습니다.

그런 어머님을 한국에 두고 18년 전에 유학길에 올라 수년을 보내고 선교사로 부름으로 다시 중국으로 해외생활을 하며 어머님께 불효한 저인지라 첫 번째 안식년 때는 1달에 한 번씩 가족과 함께 찾아뵙고 그동안의 한을 풀었지만, 이제는 악화된 몸으로 어머님을 만나는 것 자체가 또 다른 불효인 것 같아서 병이 호전되기를 기다리고 있었습니다. 호전이란 오히려 약물 적응이 잘 되는 것이었는데 그것마저 쉽게 되지 않았습니다.

지난 10월에 접어들면서 약효가 듣지 않는 상태에서 화장실을 가야 하는 경우가 자주 있게 되었습니다. 어느 날 화장실에서 손을 씻고 몸을 돌려서 걸려 있는 수건을 집으려고 하는데 몸이 돌아가지 않아서 수 분 동안 씨름을 하여 겨우 몸을 돌려 수건을 잡으니 손에 물기는 이미 말라 있었습니다. 좌절과 허탈로 휩싸여 한동안 멍하게 벽을 바라보았습니다. 어머님을 만나기 위해서 이렇게 애를 쓰고 있는데 오히려 힘들어져 가는 상태가 계속되자 어머님 방문의 시간은 자꾸 연장되었습니다.

파킨슨병이 조금이라도 호전되면 어머님을 뵐 것이라고 차일피일 미루다가 도저히 견딜 수가 없어서 12월 중순에 무리를 해서라도 가야겠다고 마음을 먹고 준비하였습니다. 이러다가 더 큰 불효를 할 것 같은 느낌이 들었기 때문입니다.

고향 가는 길에 오심과 멀미와 요실금 때문에 버스에서 곤욕을 치르고 고향에 도착하였습니다. 가장 두려운 것은 제가 약효가 떨어졌을 때 어머님께서 지켜보셔야 하는 아들의 모습이었습니다. 그래서 평소보다 약을 과하게 먹고 방문하였습니다. 평소에 약을 과하게 먹으면 몸이 흔들리고 목과 팔다리가 자기 마음대로 문어처럼 흐느적거리기 때문에 약을 많이 먹을 수 없는 상황이었지만 그래도 장거리 여행 때는 움직일 수 없는 것보다는 나은 상황이기 때문에 약을 더 먹고 출발하였습니다.

그런데 고향에 도착하여서 어머님을 뵙고 지내는 동안 그렇게 심한 증상이 나타나지 않아서 어머님께서 저의 고통스러운 상황을 눈치채지 못하셨습니다. 도착하여 1시간 정도 되었을 때 심하게 나타나려고 했을 때 제가 잠시 아버님 산소에 다녀오겠다고 자리를 피하여 순간을 모면한 뒤로는 별로 큰 이상 없이 저녁을 보내고 밤이 깊어 갔습니다. 그러나 약은 밤중까지 결코 지속되지 않기 때문에 누우면 저의 왼손은 자동으로 떨리게 되어 있었습니다.

그런데 그 날따라 이전과 다르게 자는 위치를 바꾸어 어머님께서 저의 오른편쪽에 누우시도록 이불을 펴자고 하셨습니다. 또한 어머님께서도 화장실 가기 불편하시다고 요강을 사용하신다고 하셨습니다. 그래서 저는 가방 속에 넣고 가져왔던 페트병을 잘라 만든 요강을 꺼낼 필요가 없었습니다. 자리에 누워있으니, 왼손은 떨려왔지만, 평소보다 강도가 약하여 오른손에 전달이 되지 않았습니다. 모든 일에 하나님께서 간섭하셔서 어머님께서 힘들어하는 저의 모습을 보시는 것을 막으셔서 오래간만의 모자 상봉을 보호하고 계신다는 것을 직감할 수 있었습니다.

2년 만에 어머님 손을 만져보았습니다. 어머님의 따스한 손으로부터 그 온기가 전해져 왔습니다. 평생 대식구를 위해서 헌신한 그 손은 까칠하고 굳은살이 박여 있었습니다. 그러나 이 손이야말로 이 세상에서 가장 아름다운 손이었습니다. 그 손은 비바람과 눈보라 속에서 우리 가족을 살린 위대한 역사를 지닌 보배로운 손이었습니다.

어머님과 같이 누워서 마저 못다 한 이야기를 나누었습니다. 모자가 2년 만에 만났으니 할 이야기가 많이 쌓여 있어서 이런저런 이야기로 꽃을 피웠습니다. 그러나 가장 가슴 아프게 생각한 것은 그렇게 자신을 불태우시며 가족을 위해서 헌신하신 분이 하나님을 믿지 않고 계신다는 사실이 늘 마음에 걸려서 올 때마다 하나님과 예수님을 믿으시라고 권고하였지만 강하신 어머님은 별로 달갑게 생각하지 않으셨습니다.

그날도 예전처럼 안타까운 마음으로 "어머니, 하나님을 믿으셔야 천국 가십니다. 하나님이 어머니를 얼마나 사랑하시는지 알고 계세요?"라고 말씀드렸더니

"그래 하나님이 계시지 않으면 우리가 일분일초라도 살 수 있것나? 우리가 길 가다가 돌부리에 차였을 때 '에그머니' 하는 것도 다 하나님을 부르는 소리"라고 말씀하셨습니다. 저는 그 말에 너무 놀라서 정신이 번쩍 들었습니다. "예 어머니, 그 하나님이 예수님을 보내셔서 어머님 죄를 대신하여 십자가에서 죽으셨답니다. 그리고 그 사실을 믿으셔야 천국 가실 수 있으니 어머님 저의 기도를 따라 하시겠습니까?"라고 하였습니다. 모든 자연인이 이 십자가의 대신

죽음을 인정한다는 것은 자신을 하나님 앞에 항복하기 전에 불가능한 것이고 이성으로 설명하기도 불가능한 세계이기에 성경에 나와 있는 진리를 전파할 뿐입니다. 그것이 어머니의 경우에도 예외일 수는 없는 것이기에 저의 이성을 넘어서는 세계를 전해야 했습니다. 그러나 그 세계가 있다는 것을 확실하다고 믿는 저에게는 영원의 세계가 지상의 짧은 시간보다 훨씬 소중하기에 이 말씀을 전하지 않을 수 없었습니다. 제가 하나님을 만나고 어머님을 위해서 기도한 지 20년이 걸려서 이 순간까지 오게 되었기에 너무도 설레는 순간이었습니다.

"오냐, 따라 하마"라고 하셨습니다. 어머니의 영접기도는 저를 따라 하며 끝이 났습니다. 말로 표현할 수 없는 환희와 감사가 제 몸에서 흘러나왔습니다. 한평생 고생하신 어머님이 천국에 갈 수 있도록 해달라고 간절하게 기도한 지난 20년이기에 그 세월을 돌이켜보며 감격에 젖을 수밖에 없었습니다. 또한 선교사로서 먼 곳에서 복음을 전하면서 어머님을 하나님 앞으로 인도하지 못하는 모순에 찬 삶을 괴로워한 지난 20년의 고통스러운 멍에를 벗는 순간이었습니다. 반드시 찾아올 죽음에 대비하며 사는 삶이야말로 가장 복된 것이기 때문에 저는 어머님의 변화에 제 인생의 최대의 행복을 느끼며 감사했습니다.

하나님께서 고국에서 육체적 아픔으로 지내고 있는 시간에도 그것과 비교할 수 없는 귀한 선물을 주신 것입니다. 모세가 자신의 동족을 위한 기도와 바울이 이스라엘 민족을 위해서 한 기도가 무슨 뜻인지 그동안 어머님의 구원을 위해서 기도한 세월 속에서 어렴풋

이 느낄 수 있었습니다.

　이렇게 단조롭고 밋밋한 2010년의 대부분의 시간이 하나의 생명을 잉태하기 위한 땅속에서의 썩음이었음을 알게 하여 주신 하나님께 감사드립니다. 아무리 사망의 음침한 골짜기라도 하나님께서 오늘도 창조주로서 그 책임을 우리에게 다하고 계신다는 믿음이 우리 모두에게 있기를 소망해 봅니다.

　한 해가 저물고 있는 이 시간에 그동안 저희 가정을 위해서 기도하여 주시며 영적인 교감으로 만나셨던 동역자 여러분께 감사드립니다. 2011년도 한결같은 하나님의 사랑의 깊이와 높이가 좀 더 깊고 넓게 다가와서 동역자님 가정에 진정한 축복이 함께하시기를 기원드립니다.

2010년 12월 26일 대전에서
김이삭 목리브가 올림.

14

스마트폰의 동기화(2013년 4월)

주 안에서 문안 인사 올립니다.

샬롬.

4월이 되었지만, 이곳은 아직도 겨울은 쉽게 자리를 내놓지 않을 듯 어제는 함박눈이 내렸고 오늘은 세찬 바람이 몰아쳐 창문을 흔들어대었습니다. 겨울이 18년 전 이곳에 처음 왔을 때보다는 짧아졌지만 그래도 북간도답게 휘몰아치는 바람은 흙먼지 회오리를 남기며 옷깃을 여미게 합니다. 30만 평이나 되는 황량한 캠퍼스가 온통 회갈색 땅으로 덮여 겨울의 진수를 보이고 있지만 캠퍼스 귀퉁이에 군데군데 심은 소나무는 그 푸르름으로 생명을 품어내고 있습니다. 마치 거대한 중국 땅에 복음의 생명력을 키우고 있는 변방의 대학처럼….

만주 바람이 옷자락을 밀치며 지나가는 오후에 본관 근처에 심은 소나무 가로수길을 걷다 보니 국기 게양대에 높이 붉은 바탕에 하얀 별이 박혀있는 중국 오성홍기가 강한 바람에 찢어들 듯 펄럭이고 있었습니다. 18년 전 이 땅을 처음 밟았을 때 보았던 그 국기는 저의 가슴을 철렁하게 하였습니다. 저 국기를 앞세우고 압록강을 건너고 서울을 빼앗은 군인들이 인해전술로 밀고 왔던 그 국기를 보는 순간 '내가 어디에 와 있는가'라는 의문과 각성과 일말의 회의감이 들었습니다. 감히 비교하기 어렵지만 하박국 선지자나 요나 선지자의 의문과 의구심이 제 마음속에 남아있었습니다. 그러나 18년이 지난 지금은 국가적으로 중국은 고국과 가장 가까운 나라가 되었습니다.

국기 게양대 맞은편 본관 건물 입구에는 본교에서 일하고 있는 교직원들이 소속된 국가의 국기가 게양되어있습니다. 미국, 독일, 호주, 뉴질랜드 등 13개 국가에서 온 교직원들이 오늘도 이 땅에서 소금이 되어가며 학생들을 가르치고 있습니다. 그런데 자세히 보니 오늘은 이전과 다른 국가가 펄럭이고 있었습니다. 정중앙에는 중국 오성홍기가 그리고 오른쪽에는 대한민국 국기가 그리고 왼쪽에는 북한 인공기가 나란히 펄럭이고 있었습니다.

최근에 북한에서 파견되어 본교에서 6개월간 머물고 있다가 며칠 전에 떠난 북한 교수 일행과 평양과기대에서 사역하고 있는 우리 동료들을 상징적으로 표현하는 국기지만 막상 인공기가 대한민국 국기와 나란하게 있는 것을 보니 18년에 전에 받은 충격이 되살아났습니다. '6·25를 피로 물들게 했던 그 국기가 아니었던가'라는 역사적 반추신경이 되살아나며 생각에 잠기게 하였습니다. 그러나 역사의 주인이신 하나님이 가장 최선의 방법으로 열방에 간섭하고 계심을 보여주셨습니다.

하나님께서는 이 작은 변방의 대학에서 평화와 화해와 위로와 나늠의 역사를 시작하고 계셨습니다. 사상과 이념과 정치의 장벽에 갇혀있는 백성들을 구원하는 것은 바로 하나님의 손으로 가능하다는 것을 보여주고 계셨습니다. 그 구원의 손길 아래 이 대학은 15년 동안 북한 고아원을 직접 찾아다니며 식량과 의복을 나누어 주었습니다. 불경기와 정치적인 상황에 흔들림 없이 꾸준히 배고프고 헐벗은 백성을 도울 수 있었던 것은 바로 창조주 하나님께서 간섭하시며 시작하신 것 때문이었습니다.

며칠 전에 평양을 다녀온 동역자님은 매스컴의 긴장과 위기감과는 다르게 평양 시내는 잔디심기가 한창이었고 고아원을 방문하는 데도 하등 어려움 없이 잘 다녀왔다고 했습니다. 하나님의 역사는 눈물을 흘리는 자의 눈물을 닦아주는 자들을 통해서 도도히 이어져 내려감을 다시 한번 증거해 줌을 보여주었습니다. (마태 25:34-40)

요즈음 이곳 학생들 사이에 눈에 뜨이는 변화가 바로 대부분 스마트폰을 사용하고 있다는 것입니다. 이제 학생들과 MT를 가도 쉬는 시간만 되면 스마트폰을 들여다보는 진풍경이 펼쳐지고 있습니다. 중국에서는 스마트폰 보급이 빠르게 진행되고 있습니다. 스마트폰도 이제 중국이 세계 최고의 시장이 되었고 지금 매달 3,000만 대 이상 팔려나가고 있습니다. 이제 대학생들은 거의 스마트폰으로 자신의 통신기기를 바꾸어가고 있습니다. 또한 중국 회사와 노키아를 제외하고는 이제 대부분의 외국산 브랜드는 일반 핸드폰을 생산하지 않고 오직 스마트폰을 판매하고 있기 때문에 조만간에 중국은 가정에서 아버지는 휴대폰을, 아들은 스마트폰을 쓰는 상황이 될 것으로 예상됩니다. 특별히 8억이나 되는 농촌인구를 감안할 때 이 현상은 당분간 지속될 것이며 세대 간의 정보습득 능력과 거리는 더욱더 벌어질 것 같습니다.

스마트폰을 사용하다 보면 예전에 사용하지 않던 용어 중에서 동기화란 말이 등장합니다. 동기화란 여러 지역에 흩어져 있는 자신의 정보들을 가장 최근의 정보로 통일시키는 것입니다. 사실은 아날로 그 시절에도 동기화는 존재하였습니다. 자신의 전화번호나 집 주소가 바뀌면 멀리 떨어져 있는 부모님이나 친척들에게 일일이 전화를 해서 새로운 전화번호나 주소를 알려주곤 하였습니다. 이제 디지털 시대가 되면서 이런 정보들이 자동으로 최근의 것으로 알려주게 되는 것이 바로 동기화입니다.

물론 동기화라는 말은 이런 곳뿐만 아니라 프로그램을 공동으로 개발하는 곳이나 또는 컴퓨터 통신과 하드웨어에서 널리 쓰이는 말입니다. 그런데 좀 더 넓게 생각하면 이 동기화는 사람들 사이에 폭넓게 존재합니다. 수중에서 두 사람이 같이 연기하는 싱크로나이저 (수중발레)를 번역하면 바로 동기화인 것입니다. 사람들이 좋아하는 유행 역시 동기화에 의한 것입니다. 아무 생각 없이 다른 사람들이 하니까 최근 것으로 갈아치우는 모습 속에서 동기화의 부작용을 발견하게 됩니다. 왕따 문화 역시 동기화가 가져오는 극단적인 폐해 가운데 하나인 것입니다. 반대로 불우이웃을 돕고 금 모으기 운동 같은 선한 영향을 주는 동기화도 접하기도 합니다.

이런 측면을 고려해보면 동기화는 누구와 하느냐에 결과가 달라지는 것 같습니다.

사탄과 동기화를 하게 되면 인간은 하나님을 멀리하고 어둠을 좋아하게 됩니다. 그 결과 온갖 죄악스러운 생각과 행동을 하게 되는 것입니다. 로마서 12장 1절에 사도 바울은 이 세대를 본받지 말라고 했는데 바로 이 세대를 본받는 것이 사탄과 동기화하는 것이 될 것입니다. 인류의 불행은 바로 모든 인간이 사탄과 동기화하면서 살아온 결과입니다. 믿음의 사람들도 사탄과 동기화하면 바로 죄악에 빠지게 됩니다. 사울이 바로 그런 모습으로 살다가 죽임을 당했습니다. 믿음 좋은 다윗 역시 밧세바(Bathesheba)와 불륜적인 행위와 우리아를 살해하는 행동은 모두가 어둠의 세력과 동기화한 결과인 것입니다. 사탄의 동기화는 인간이 전혀 눈치채지 못하게 하는 은닉성 동기화의 특징을 가지고 있기 때문에 사람들이 눈치채기가 어렵습니다.

반면에 하나님과 동기화하는 것으로 자신을 생명의 길로 걷게 합니다. 하나님께 기도하는 것 자체가 바로 하나님과 동기화하는 가장 대표적인 신앙적 훈련입니다. 연약한 인간에게 나의 손에 가득히 육신의 고통과 환경의 어려움과 현재의 슬픔이 동기화의 방아쇠가 됩니다. 그리고 나의 문제와 딱한 처지를 먼저 내밀어 이런 것이 깨끗이 사라질 수 있도록 하나님을 동기화시키려고 합니다.

그런데 하나님은 때때로 이런 동기화에 침묵하십니다. 그리고 동기화가 계속 진행될 동안에 현실의 문제는 달리는 차창 밖 풍경처럼 뒤로 사라지고 대신에 자신이 소유하고 누리고 있는 환경들이 보이기 시작합니다. 과거에 감격했던 일, 상급학교 진학, 취업, 결혼, 자녀출생 등등이 작은 기적이 되어서 지나갑니다. 주위의 부러운 시선과 인정 가운데 쏟아진 박수 소리에 반전의 역사가 일어나면서 흥분이 몰려옵니다.

그런 뒤에 평범한 일상의 삶이 보입니다. 동창으로 들어오는 아침 햇살, 카톡으로 날아오는 자녀의 묵상 글, 사무실로 향하는 발걸음과 인사하는 학생들, 동료들의 밝은 미소 그리고 저녁 식탁에서 가족끼리 나누는 대화가 동기화의 주제가 되면 이제 감사의 순도는 점점 높아갑니다. 마음에 평강이 흐릅니다. 그리고 하나님을 행복의 마술사와 같다고 고백합니다.

동기화는 이제 절정을 향해 달립니다. 나를 중심으로 일어난 기쁨은 뒤로 가고 주님의 영광을 보게 되는 동기화에 들어갑니다. 이사야 선지자가 보았던 그 영광이 엄습하며 그 장엄함에 경외심으로 고개를 숙이고 숨을 죽입니다. 두려움과 왜소함으로 자신이 움츠러들지만, 결코 주눅이 들어 도망가고 싶은 공포감이 아닌 거룩하고 찬란한 모습을 기대하며 바라보는 간절함이 서려 있는 단계까지 이르는 동기화가 시편의 대부분을 차지하고 있습니다.

사탄의 동기화는 경쟁과 탐욕과 이기심으로 파당을 불러일으켜 인간들 사이에 끊임없는 싸움을 일으키지만 하나님의 동기화는 희생과 사랑으로 사람들에게 평화와 안식을 안겨줍니다. 사탄의 동기화는 통일이라는 미명 아래 사람을 획일화시키고 인간의 개성을 대패로 문질러 기계화시켜 다른 집단에 적개심을 가지게 하지만 하나님의 동기화는 개성을 존중하면서 스스로 하나님의 품성에 동기화하기를 인격적으로 실행하시기 때문에 다른 집단을 긍휼한 마음으로 대합니다.

바로 이곳에서 저와 동역자들은 매 순간 이 사역지에서 서로 다른 동기화를 바탕으로 출발하는 모습의 차이를 절감하고 있습니다. 미인대회를 개최하려는 학생회와 후원하는 외부 세력, 오병이어팀이 운영하면서 섬겼던 식당이 외부 업체로 넘어가면서 학생들의 발걸음이 줄어들고 배달을 시키자 이전에 없던 문을 만들고 수위를 세워서 배달을 단속하는 모습들. 수시로 숙사에 불온서적(성경, 기독교 서적)이 있는지 단속하는 숙사관리위원회 등등 행정 일선에서는 다른 동기화에서 출발한 그룹 간에 충돌이 일어납니다.

동기화가 다른 그룹은 학생을 바라다보는 시각이 판이합니다. 학생이 관리의 대상이냐 아니면 사랑의 대상이냐로 나뉘게 됩니다. 사랑의 대상으로 여기는 이유는 바로 예수님이 그리하셨기 때문입니다. 철저하게 하나님의 뜻과 동기화하셨기 때문입니다. 마태복음 4장에서 예수님께서 시험을 받으셨을 때 예수님은 모든 소유와 권한은 하나님 아버지께 있음을 믿으시고 순종하셨습니다. 시험의 내용은 모두 다 한결같이 자신이 신이 될 수 있다는 사탄의 유혹이었습니다. 그것이 가장 큰 죄악이고 인간의 불행은 여기서 출발하고 그 결과 사랑이 없는 상태 즉 죄악 속에 빠지게 됩니다. 그래서 사랑의 반대어는 미움이 아니라 죄인 것입니다. 사랑을 하지 않으면 죄를 짓는 것과 같은 것입니다.

하나님과 계속적인 동기화를 하지 않으면 우린 성경이 말하는 사랑을 할 수 없게 되는 것입니다. 예수님은 이 유혹에서 승리하셨기 때문에 하나님과 완벽한 동기화를 이루셨습니다. 그 동기화 덕분에 어둠 가운데서 사탄과 은밀히 동기화하는 많은 백성들이 구원의 길로 나오게 된 것입니다. 중국에는 스마트폰 동기화는 빠르게 진행되고 있지만 영혼의 동기화는 암흑상태입니다. 그래서 중국에서는 스마트폰 동기화보다는 예수님과의 동기화가 절실합니다.

박석철과 김재섭은 지난 학기에 이어 이번 학기 계속해서 중국어로 로마서를 같이 공부하고 있습니다. 간간이 성경에 관련된 자료와 책을 같이 읽으며 성경에 대한 이해가 깊어지는 훈련을 하고 있습니다. 두 학생 모두 진지한 자세로 하나님에 대한 진리를 알려고 애쓰는 모습이 역력합니다.

지난 학기 PC방에 살다시피 한 최광서는 조금씩 호전되어가고 있습니다. 거의 매주 만나서 산책하면서 자신의 이야기를 들어주고 하나님에 대한 필요성을 이야기해주고 있습니다. 아직도 신앙을 신념으로 이해하고 있는 광서가 안타까워서 애가 타기도 합니다. 영민하고 천재적 기질을 가진 그가 이성 문제에서 생애 처음으로 좌절하자 그의 인생이 무너져내리는 것 같은 상태가 되어버린 광서에게 하나님의 긍휼함이 임하기를 간절히 기도 부탁드립니다. 오늘은 광서에게 지적장애인들에게 컴퓨터를 가르치는 봉사를 해보라고 권했습니다. 생각해 보겠다고 하며 미소를 지었는데 봉사하면서 하나님과 삶의 의미를 깨닫는 인생이 되기를 기대합니다.

김진규는 다재다능하고 판단력이 빠릅니다. 밴드부 소속에다가 본인이 담당하고 있는 연구소 회원이다 보니 늘 바쁘게 보입니다. 이번 학기 진규에게도 복음을 전하고 성경공부를 같이 해보기를 기도하고 있습니다. 진규가 마음의 문을 열고 복음을 받아들일 수 있기를 기도 부탁드리겠습니다.

마리아는 대학영어회화반을 지난 학기에 이어 계속해서 가르치고 이곳 동역자들 모임이 있을 때마다 서양에서 오신 분들을 위하여 동시통역을 하고 있습니다. 체력이 좀 더 사역을 바쳐주기를 바라고 있습니다.

에스더는 건강에서 많이 회복되어 열심히 학교에 다니고 있습니다. 아침마다 날아오는 에스더의 묵상 글을 카톡으로 읽으며 하나님의 때와 섭리에 감격해하고 있습니다.

지난 2월에는 사랑하는 동역자 2분의 뼈를 이곳 부활 동산에 묻어야 했습니다. 40대 50대 초반의 연령으로 한창 일할 나이인데 일찍 암으로 소천하셨습니다. 그중에 한 분은 저와 같은 과에서 21년을 근무하신 선교사님의 사모님이신지라 더욱더 안타까웠습니다. 그래서 그 안타까움과 심정을 다음과 같이 썼습니다.

> 아! 복음의 동지이며 그리스도의 제자요 사랑의 천사였던 사모님. 믿기 어려운 소식에 한동안 넋이 나갔습니다. 당신의 사랑을 받아야 할 가족과 학생들이 애타게 회복을 기다렸건만…. 이제 그동안의 고통을 뒤로하시고 주님의 품에 안기셔서 눈물을 씻어 주시는 그분의 따스한 손길에서 안식하소서. 우리 역시 허송세월 보내지 않고 순례길을 걸어 그 환한 곳에서 뵐 것을 소망합니다. 주님의 위로가 함께하기를 기도합니다.

늘 기도로 함께해주시는 동역자님들의 사랑 어린 정성에 감사드리오며 주님의 평강이 늘 함께하시기를 기원드립니다.

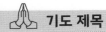 **기도 제목**

1. 최광서 학생이 봉사활동을 통해 주님의 사랑을 알도록
2. 김재섭, 박석철 학생의 영적 진보
3. 파킨슨병을 잘 이겨내도록

2013년 4월

15

흉물스러운 구조물

샬롬.

8월의 무더위가 여기도 한창 기승을 부리고 있지만 그래도 간간이 불어오는 바람 속에는 가을의 기운이 약간 묻어있는 듯하여 이제 여름 더위도 마지막 횡포를 부리고 있는 느낌이 듭니다. 올해 들어서 이곳도 열대야로 인해 밤잠을 설치다 보니 일부 현지인들도 에어컨을 구입하고 있는 실정이라 지구의 온난화를 실감 나게 합니다.

캠퍼스 동남쪽 골짜기에 들어선 13개 동의 아파트 공사는 밤과 낮을 가리지 않고 시작하여 이제 내부공사에 들어가는 단계에 이르렀고 1주일 전에는 외형공사의 마무리를 알리는 폭죽은 약 10분 동안 천지를 진동하였습니다. 이곳에서 폭죽의 의미는 축하보다는 오히려 굉음을 듣고 귀신들이 접근하지 못하게 하는 액운을 피하는 의미가 더 강하게 담겨있기 때문에 소리는 가능하면 크게 낼수록 효과가 있는 것입니다.

과거 공동묘지 자리로 북망산이라고 쳐다보기조차 꺼렸던 이곳은

서쪽에 8차선 도로와 함께 신흥주택지가 조성되었고 동쪽으로는 조만간 내부공사가 끝나면 역시 새로운 택지가 들어설 예정입니다. 그러나 남쪽 방향으로 학교에서 지은 주택과 이웃하고 있는 곳에 문제의 지역이 10여 년 동안 방치되고 있습니다.

이곳은 경마장의 부속 건물로 사무실과 편의시설이 들어설 예정으로 경마장의 트랙과 함께 야심 차게 공사를 시작하였지만, 발주자의 부도로 인하여 공사가 중단되어서 10여 년 동안 빛바랜 시멘트와 앙상한 철근이 경마장을 덮고 있습니다. 사진에는 경마장 트랙 부분만 소개되었습니다. 이처럼 트랙과 부대시설의 철거 비용이 만만치 않아서 그 누구도 손을 댈 생각하지 못한 채 10년 동안 방치된 채로 행인들의 미간을 찌푸리게 하면서 흉물스럽게 오늘도 버티고 있습니다.

이 경마장은 물론 바로 학교 앞에 도박을 장려하는 장소가 들어오는 것을 막으시려는 그분의 간섭이 계셨음에 한편으로는 감사하게 여기고 있습니다. 그리고 이 현장을 바라보면서 드는 생각은 엄청난 양의 철근과 콘크리트가 건물을 짓는 데 필수적이지만 오히려 그것이 시기와 용도에 맞지 않으면 애물단지가 된다는 것입니다.

우리 자신의 삶 속에서 얻은 지식과 경험들은 사리 판단과 결정을 하는 데 중요한 역할을 하지만 하나님의 선하신 목적과 상관없이 자신의 유익을 위하여 쌓아 올린 지식과 경험은 오히려 하나님 나라의 확장에 방해가 되는 것을 현지에서 자주 목격합니다. 율법을 받은 이스라엘 백성이 이 율법을 잘못 이해하여 오히려 복음의 방해꾼이 되듯이 참복음을 인간의 사상의 부산물로 여기는 거짓 복음들이 바로 오히려 참복음으로 나아가는 데 방해하는 흉물스러운 구조물이 되고 있습니다.

하나님께서 말씀하시는 것에 무관심하고 자신의 세상적 욕망을 종교적 본능에 담아서 읊조리는 행위가 종교적 활동으로 쌓여가면 그것이 바로 이런 흉한 고착물이 되어버리는 것입니다. 그래서 바울은 자신이 날마다 죽는다고 했습니다. 매일매일 이런 구조물을 헐어버리는 작업을 계속했던 것입니다.

자신의 자존심을 끌어 올리거나 방어하는 모든 신앙적 활동 역시 자신의 내부에 콘크리트처럼 두꺼운 바벨탑의 기둥을 세우는 것입니다. 급한 볼일로 이곳에서 택시를 탈 때마다 운전사에게 예수님을 전합니다. 대부분 이름은 들어본 적이 있다고 하지만 어떤 분이신지 아는 기사는 거의 없습니다. 그런데 어떤 기사는 대꾸조차 하지 않으며 일방적으로 무시하며 목석처럼 운전하면서 저를 외면해 버립니다. 이런 운전사를 만날 때마다 자존심이 구겨진 자괴감과 함께

괘씸한 마음이 듭니다. 그리고 이런 경험을 기초로 다음에는 인상착의를 보아가면서 전해야겠다는 전략을 세우고 싶은 마음이 듭니다.

바로 이런 생각들이 경마장에 남아있는 고착물처럼 아직도 쌓아두고 복음의 진보를 방해하고 있다는 사실에 소스라치며 놀라게 됩니다. 자신이 감옥에 갇혔을 때 반대파들이 복음을 열심히 전하는 것을 보고 기뻐한 바울 사도와 달리 아직도 자존심의 구조물을 남긴 채 하나님 나라 확장을 방해하고 있는 제 모습에 무릎을 꿇게 됩니다.

그러나 설령 순수하고 거룩한 동기 가운데 터득한 지식과 경험이라고 할지라도 매 순간 성령님의 인도를 받지 않고 스스로 결정하고 판단하게 되면 이것 역시 또 하나의 흉한 구조물이 되게 됩니다.

하나님께서는 선하시기 때문에 악을 미워하고 선을 취하십니다. 그러나 그렇다고 해서 일상에서 일어나고 있는 일을 권선징악적으로 해석할 수 없음에 대하여 욥기서가 말하고 있습니다. 욥의 세 친구는 철저하게 자신이 경험한 하나님으로 욥에게 충고하지만 결국 그것이 아니라고 하나님께서 꾸짖으셨습니다. 신앙적인 경험은 우리의 믿음과 하나님의 존재감에 대하여 확실한 이정표 역할을 하지만 결코 그것이 핵심은 아닌 것입니다. 오히려 "이방 세계에서 터득한 경험을 바울 사도는 배설물로 여긴다"라고 하였습니다. 하나님께서는 우리가 이런 경험에 안주하여 하나님 사랑과 이웃사랑을 관습적으로 하는 행위에 제동을 걸게 하셔서 성도들을 흩으시고 예기치 않은 곳으로 이주하게 하십니다.

왜냐하면 경험에 마취되면 우리는 영적인 감각이 둔해지기 때문입니다. 성령님의 세미한 인도에 무뎌지고 있다면 우리 속에 이런 다양한 경험과 지식으로 쌓아 올린 구조물이 고착되어있다는 것을 역설적으로 보여주는 것입니다. 만약 주님과 동행함이 없이 계속 건물을 지어가면 결국은 그 건물은 냉전 시대 모스크바의 크렘린 궁전처럼 암흑과 대립과 전쟁을 일으키는 장소로 전락할 것입니다.

박석철과 김재섭은 이번 학기에도 성실하게 성경공부 모임에 참석하여 로마서 10장까지 마쳤습니다. 한국어가 부족하고 중국어가 편한 언어인 이들에게 중국어로 진리를 제대로 전달하는 데 어려움이 있었습니다. 앞으로 중국어권 학생들이 증가해가는 추세에 잘 대비하여야 할 것으로 사료됩니다.

편집증이 있는 최광서는 PC방 가는 횟수가 많이 줄어들었습니다. 그러나 의욕 상실과 낮은 자존감 때문에 공부에 의욕을 잃고 수업도 잘 들어가지 않고 하루 종일 침대에서 생활하곤 했습니다. 광서에게 변화를 줄 수 있는 기회를 주기 위해서 정신박약 아동들에게 컴퓨터를 가르치는 일을 제안했습니다. 처음에는 반응이 별로였는데 시간이 지나면서 계속되는 만남을 통해서 봉사해보고 싶다고 하였습니다. 그런데 이번에는 정신박약아들을 섬기는 원장 선생님이 한국을 가신 뒤에 한 달을 기다려도 돌아오지 않으셔서 더 이상 기다릴 수 없어서 고아원 아이들이 거주하는 곳에 봉사를 해보라고 권했습니다.

한 달이 지난 뒤에 약간은 더 위축된 느낌을 받았지만 여러 차례 권유로 본인이 하겠다고 다짐했습니다. 특별히 북한에서 건너온 고아들이기 때문에 더욱더 애착을 가지고 중고 컴퓨터를 한 대 마련하여 광서에게 필요한 프로그램을 설치하라고 하고 7월 어느 토요일에 방문하기로 약속을 하였습니다. 금요일 저녁에 통화하니 밤에 올라와서 컴퓨터를 세팅하여 내일 기증하면 가르치는 데 문제없다고 약속하였습니다.

그러나 다음 날 아침 컴퓨터는 여전히 준비가 안 된 상태이고 광서는 전화조차 받지 않았습니다. 그동안 약속을 수도 없이 어겼지만, 이번에는 외부 기관과의 약속이라 그냥 지나갈 수 없었습니다. 하는 수 없이 다른 학생들을 불러서 다시 세팅시켜 무사히 약속은 지킬 수 있었습니다.

이후로 계속 전화 연락이 되지 않아서 한국에 계시는 광서의 아버님께 전화를 드렸습니다. 자초지종을 말씀드리고 정신과 상담을 권했습니다. 학교 상담실의 상담내용과 그동안의 행동을 소상하게 말씀드리고 저 자신의 한계도 말씀드렸습니다. 물론 좀 더 적극적으로 정신과 치료를 권하지 않았던 이유는 아마도 저 자신이 노력하면 광서를 개선시킬 수 있다는 막연한 자신감 때문이었던 같습니다. 과거에 제 지도학생 중에서 이렇게 악화된 학생이 한 번도 없었다는 자신감이 오히려 광서를 바르게 이끌지 못한 길이 되고 말았습니다. 기도하고 정성을 쏟으면 돌아올 것이라는 과거의 순전한 경험이 바로 짓다 만 구조물처럼 저의 발목을 잡았습니다. 오늘도 이 구조물 앞을 지날 때마다 시린 가슴의 고동을 느끼며 광서를 생각합니다.

올해 7월과 8월은 우리 동역자들에게 많은 슬픔을 안겨주었습니다. 여섯 가정이 본인들의 의사와 상관없이 이곳을 떠나야 했습니다. 중국 측 관계자들과 여러 가지 사안을 두고 반대를 해왔던 동역자들은 어느 날 갑자기 며칠 이내 출국하라는 통보를 받았습니다. 주로 상경대학을 중심으로 그동안 학부와 학생처가 대립 관계에 있었는데 그 중심에 있는 동역자들이 강제 추방되고 말았습니다.

그중에 자녀의 대학등록금을 상경대학 건축금으로 헌금한 동역자도 포함되어 있었습니다. 그리고 지난 97년에 안정된 직장인 국립 J대학을 사직하고 이곳에 온 오랜 신앙의 동지인 S 교수네 가정도 있었습니다. 지난 16년간 학생들만 생각하고 달려온 그분이 떠나게 되었습니다.

떠나시기 전날 저녁에 그분의 집을 찾아갔습니다. 출발하시는 시간이 제가 움직일 수 없는 시간대였기 때문에 미리 작별 인사를 하기 위해서 문을 두드렸습니다. 한창 짐을 싸고 계시던 손을 멈추고 S 선교사 부부는 우리 부부를 맞아주었습니다. 저는 이들 부부가 핍박 가운데 떠나는 영광스러운 추방이기에 슬픈 기색을 보이고 싶지 않았습니다. 그러나 작별 포옹하는 순간 그분은 흐느끼기 시작하였습니다. 작년 가을 귀한 동역자와 포옹하였던 순간이 마지막이 되어 돌아온 현실 속에서 안타까워했던 일이 주마등처럼 지나가며 S 선교사님의 아픔이 가슴으로 전해져왔습니다. 무거운 발걸음으로 돌아오는 길에 '왜?'라는 단어가 계속 머릿속에 맴돌았습니다.

추방된 동역자 중에는 이곳에서 신학 공부를 하거나 신학을 가르치다가 역시 이곳 경찰에 의해서 현장이 발각되어서 불법 모임에 참석한 이유로 추방되었습니다. 그런데 이들 동역자들은 일반전화를 사용하지 않고 070이나 Skype 같은 인터넷 전화를 사용했는데 이런 전화까지 도청되어서 현장에서 체포된 것입니다.

그러나 대부분은 추방 이유에 대해서는 직접 통보받은 적이 없고 무조건 떠나라는 명령만 있었기 때문에 동역자 그 누구도 이유를 정확하게 아시는 분은 없는 상황입니다. 이제 어느 누구도 언제 떠날지 알 수가 없는 상황이 되어버린 것 같아서 초기에는 동역자들은 혼란스러워하며 걱정스러워하는 분위기였습니다.

그러나 이 모든 일이 하나님 주권 아래서 이루어지고 있다는 것을 믿는 우리는 복음전파에 위축되지 않으며 하나님 진리의 영원함을 믿기 때문에 결코 좌절과 패배감에 젖지 않을 것입니다. 그렇다고 힘에 대하여 힘으로 응수하지 않을 것이며 하나님 사랑으로 그들을 대할 것입니다. 경마장의 흉물스러운 구조물이 우리에게 남아있는 태생적 우월감과 도덕적 자만감과 방만한 사역으로 영적인 눈이 가려져 있는 우리들에게 하나님께서 사랑의 권고를 주심을 믿고 있습니다. 과거에 연연하지 말고 내가 이미 얻었다 함도 아니요 온전히 이루었다 함도 아니라 오직 내가 그리스도 예수께 잡힌 바 된 그것을 잡으려고 달려가노라"(빌 3:12)라는 고백에 공명하며 조만간 만나게 될 신입생들의 환한 얼굴을 간절히 기다리고 있습니다.

무더위를 잘 이기시고 오는 가을에 많은 열매로 풍성하시기를 기원드립니다.

2013년 8월 중국에서
김이삭 목리브가 올림.

기도 제목

1. 과거의 기록과 역사와 경험에 너무 의존하지 말고 늘 새로운 피조물로 사역에 임하기를
2. 지도학생들에 대한 좀 더 다양하고 신세대에 적합한 복음 전도 필요성을 느끼도록
3. 중국어에 대한 더 많은 열정으로 하나님의 진리 소개
4. 파킨슨병을 잘 극복할 수 있도록(김이삭)
5. 갱년기 장애로 인한 불면, 신체리듬의 불균형을 잘 이길 수 있도록(목리브가)
6. 3년째 접어드는 마리아의 대학 영어회화반에서 사랑과 지혜로 가르칠 수 있기를
7. 중국어 입문을 넘어서 본격적으로 디자인 전공에 들어가는 에스더가 이곳에서 잘 적응할 수 있도록

16

자연이 주는 보복

샬롬.

새로운 학기가 시작된 캠퍼스는 재학생들이 자신들의 집에서 돌아오고 신입생이 입학하면서 활기찬 분위기로 넘치고 있습니다. 올해는 군사훈련이 늦게 시작하여 정규수업도 9월 20일 이후에야 가능하였습니다. 세계에서 가장 많은 군인을 두고 있는 이 나라가 여학생을 포함한 대학생들에게 군사훈련을 시키고 있는 이유가 여러 가지 있겠지만 역시 세계의 중심이라는 중화사상이 서구열강의 군사력에 유린당한 역사적 수치를 다시 반복하고 싶지 않은 교훈을 실행에 옮기고 있는 것 같습니다.

캠퍼스 울타리 바깥쪽도 망치와 포크레인 소리가 쉬지 않고 들려옵니다. 13동의 아파트 공사가 내부 장식에 들어가서 이제 끝나나 싶었더니 곧 100m도 떨어지지 않은 동편 언덕에 또다시 소형아파트 공사가 시작되어 지금은 거의 바닥 기초 공사가 끝난 상태입니다. 또한 조용했던 캠퍼스 북편에서 동편에 이르는 외곽순환도로가 건설될 예정이어서 이 나라의 외형적 발전의 끝이 어디까지 갈지가 궁금해집니다.

도롯가의 판자촌을 공권력으로 철거시켜 8차선 도로를 만들었지만 하루 50대씩 쏟아져 나오는 새 차들로 인하여 교통체증이 심각해져 가고 있고 밤이면 화려한 네온사인이 형형색색으로 다리와 건물을 수놓고 있는 이 도시가 과연 변방에 있다는 말이 의심스러워지기도 합니다.

사람들은 이제 좀 더 높은 건물을 선호합니다. 제가 처음 이곳에 왔을 때는 모든 건물이 다 10층 이하였습니다. 그러다가 한 2년 후에 10층짜리 아파트가 근처에 들어서서 사람들이 구경하곤 했습니다. 그런데 하루는 바람이 강하게 불던 어느 날 베란다가 통째로 유리창과 함께 떨어졌습니다. 다행스럽게 그때 인명피해는 없었지만 고층에 대한 경험이 없었던 시절에 경험해야 했던 일들이었습니다.

이런 고층 건물이 하나둘씩 들어서더니 이제는 캠퍼스 남쪽 고지대마저도 15층 건물이 들어서서 마치 50층 이상의 높이로 사람들에게 위압감을 주며 조망권을 빼앗아 가고 있습니다. 좀 더 높은 건물을 선호하는 이유는 조망권과 엘리베이터가 있기 때문입니다. 여기서는 7층짜리 아파트에 엘리베이터가 없기 때문에 7층까지 걸어 올라가야 하는 불편함을 고층 아파트가 해결해주기 때문입니다.

이처럼 사람들은 좀 더 높은 건물을 지으려고 하니 땅을 좀 더 깊이 파야 하고 또한 언덕의 경사진 곳에 집을 지어야 하니 좀 더 많은 흙을 파내어야 하니 파낸 흙을 처리할 곳이 없어서 결국 계곡에다 흙을 버리게 되었습니다. 이제 계곡은 사라지고 오히려 다른 곳보다 더 높은 언덕이 되어버렸습니다. 그런데 이번 여름에 갑작스러운 폭우가 여러 번 내리게 되자 계곡으로 흘러야 할 물이 갈 곳이 없어서 결국 사람들이나 경운기가 다니는 길로 쏟아져서 흘러내려 가기 시작했고 횟수를 거듭하자 그 길이 파이고 파여서 도랑이 생겼습니다.

　산 아래쪽에서 물을 기다리는 생물의 바람을 인간이 흙무더기로 막아버렸습니다. 이는 마치 이 나라의 어느 고급관리가 7조 원이 되는 돈을 자신의 금고에 넣어두고 있는 모습과 흡사합니다. 국민에게 나누어 주어야 할 재물을 자신의 울타리에 넣어두고 그 울타리를 높여 복을 혼자 누리려는 이기적인 욕망의 극치를 보여주었습니다.

그러나 자연의 섭리는 결코 어느 식물이나 동물이나 인간만 누리려는 폐쇄적 사욕을 거부합니다. 그리고 그들이 필요해서 만든 곳을 이용하여 그 복이 흘러내리게 합니다. 그리고 자신의 유익을 위해서 만든 그 길이 파이고 그 자신에게는 상처가 되지만 그 길을 통해서 생명이 흘러내려 가는 것입니다. 이 나라의 고급 관리의 부패성을 알린 사람은 다름 아닌 그 자신이 가장 믿고 신뢰하던 직속 부하를 통해서 그 부패상이 만천하에 드러남으로 그의 재산이 국가로 환수되는 절차는 자연법칙과 너무 비슷합니다.

성경은 끊임없이 고아와 과부를 돌보고 작은 자를 섬기라고 하지만 자연인은 끊임없이 높은 곳을 향하고 자신을 위해서 시간과 물질을 쌓아둡니다. 그리고 그 쌓아둔 바벨탑 위에 서서 누가 더 높은가를 자로 재어보며 살다가 인생을 마감합니다. 그러나 하나님의 자녀가 만약 이런 인생을 산다면 그분께서 인간의 영광을 위해서 만든 길을 깊숙이 패게 하는 아픈 고통을 허락하십니다.

우리 인생에서 만나는 크고 작은 고통은 다 이런 탄탄대로가 깎이고 파이는 신음 소리인 것입니다. 아직도 자신이 닦은 길이라고 여겨지는 길은 하나님께서 하나하나 패이고 패여서 낮아지게 하십니다. 자신이 가진 재물, 인간관계, 지위, 건강, 자존심이 깊은 패임을 받을 때 우리는 욥의 불평이 나옵니다. 차라리 어머니 모태에서 태어나지 말았으면 이 고통은 없을 것입니다.

그러나 하나님의 목적은 도랑을 파는 것이 아니라 그 위로 생명수가 흘러가게 하는 것입니다. 생명수를 애타게 기다리는 고아와 과부들이 그 생명수를 마실 수 있도록 하는 것입니다. 고통이 심해서 처음에서 생명수가 흘러가고 있는지를 감지하지 못합니다. 그러나 자신이 무심코 지나쳤던 고아와 과부가 이제 자신의 눈에 들어오기 시작했을 때 비로소 그 도랑에 흐르고 있는 생명수를 보는 영안이 열리게 됩니다. 그래서 그 패인 도랑의 신비가 고통의 신비로 다가오는 놀라운 체험을 하게 됩니다. 그리고 그 체험은 오랜 시간이 흘러야 알 수 있는 경우도 있습니다.

1995년에 이곳에 처음 도착하여 얼마 지나지 않아서 저는 요녕성 출신 학생들과 성경공부를 시작하였습니다. 게인스빌에서 전도팀에서 가장 왕성하게 활동했던 사람이라고 생각한 저는 당연히 성경공부를 같이하는 학생들이 주님을 영접하고 그분의 복을 누리고 살 제자로 성장할 것이라고 믿고 시작했습니다.

그런데 그중 김정용이라는 학생이 장문의 편지를 써서 더 이상 이 모임에 나올 수 없다고 하며 우리 모임을 떠나갔습니다. 그 이유는 자신이 그동안 쌓아온 공산당 지식과 내가 가르치는 사상과 너무 심한 차이가 나서 더 이상 견딜 수 없다는 내용의 글이었습니다.

뭐든 하면 될 것이라고 자신감에 찬 30대 후반의 저에게는 커다란 충격으로 다가왔습니다. 그 이유는 그 당시 분위기는 학생들이 진정 고아와 과부와 같은 상태에 있었기 때문에 선생님의 집에 불러주는 것을 너무너무 고마워하던 배고픈 시절이었기 때문입니다(물론 지금과 비교할 수 있기 때문에 이런 추정이 가능함). 이런 호의를 거절하고 모임에 나오지 않는다는 것은 대단히 드문 일이었기에 저의 자존심에 상당한 타격을 입힌 사건으로 남아있습니다.

그러나 그로부터 18년이 지난 8월 어느 날에 그는 다른 친구와 함께 저의 집으로 찾아왔습니다. 제가 아프다는 소식을 듣고 찾아와서 자세하게 병의 상태를 물어보았습니다. 너무 오래간만이라 반갑기도 했지만, 옛날 기억이 되살아나서 한편 서먹서먹한 기분도 들었습니다. 그러나 그는 예수님을 확실하게 믿게 되었고 심지어 자신이 가장 은혜받은 책을 본인에게 선물로 주었는데 신앙 서적이었습니다. 그리고 제가 애타게 찾고 있는 파킨슨병 약을 60만 원 정도에 해당하는 약값을 자신의 비용으로 처리하여 보내주었습니다. 18년 전 바로 생명수를 접하면서 그는 갈등과 충격을 겪으면서 서서히 변한 것이었습니다.

하나님께서는 저의 자존심이 파이는 도랑을 이용하여서 J에게 생명수를 접하게 하셨고 그는 그 물을 통해서 결국 하나님 품으로 돌아오게 된 것입니다. 시간을 뛰어넘는 하나님의 자비와 긍휼과 섭리에 찬양과 영광을 돌립니다.

8월의 대추방 사건이 있고 난 이후에 이곳 사역은 많이 위축된 분위기입니다. 소문에는 제2차 명단이 있을 것이라는 말도 들리면서 당분간 학생들과 비밀스럽게 만나는 것을 중지했으면 좋겠다는 전갈이 있었습니다. 또한 정책적으로 한국에서 온 선교사를 색출해서 추방한다는 소식도 들려옵니다. 여러 가지 소식이 있지만 그래도 그동안 로마서로 만났던 재섭과의 모임을 줄일 수 없어서 현재 창세기로 만나고 있습니다. 최장석은 현재 한국에 교환학생으로 가 있습니다. 박민호와 그리고 교환에서 돌아온 량균은 여전히 복음에 관심이 없는 상태라서 계속 기도가 필요합니다.

그리고 2학년에 올라가는 3명의 학생들 리성대와 최미숙과 최염석에게도 복음을 제시할 예정입니다. 새롭게 2명의 신입생이 배정되어서 저의 팀은 12일에 MT을 갈 예정입니다. 친목과 자신을 발견하는 게임들로 준비하고 있습니다.

　에스더는 10월 하순 중국어 5급 통과를 위해서 열심히 준비하고 있고 이제 본격적으로 디자인과에 전공 수업을 듣게 되어서 감사하며 다니고 있습니다. 마리아는 영어 회화 강의와 한영 동시통역 일을 계속하고 있습니다. 마리아가 매 순간 하나님의 임재와 사랑으로 일할 수 있기를 기도 부탁드립니다.

　다행스럽게 파킨슨병 약이 한국과 이곳에서 제시간에 공급되어서 강의와 일상사 일을 볼 수 있게 되었습니다. 애쓰시고 기도하여 주신 여러 동역자 여러분께 감사드립니다.
　이 결실의 계절에 동역자 여러분들께도 풍성한 영적인 결실이 있기를 소망합니다.

2013년 10월 4일
김이삭 목리브가 올림.

17

북풍을 이긴 소나무(2013년 12월)

샬롬.

그동안 평안하셨습니까? 저의 가정은 동역자님들의 기도와 사랑 속에서 2013년에도 이곳에서 현지인들을 섬기도록 하여 주심에 감사드립니다.

올해는 이곳에 첫눈이 11월 하순에 내려서 작년에 비하면 상당히 늦은 편이었습니다. 그러나 그 이후로 지속적으로 폭설이 내려서 캠퍼스 주변이 하얗게 뒤덮이고 예배 처소로 가는 길은 군데군데 눈과 얼음으로 인해 많이 미끄러워서 매우 조심스럽게 걸어야 합니다. 몇몇 교직원은 낙상으로 인하여 병원 치료를 오래 받기도 하였습니다.

폭설이 내린 뒤에 이곳에는 살을 베는 만주 북풍이 불어서 겨울 추위의 따끔한 맛을 안기고 지나갑니다. 불신자들은 바람의 기압 차이에 의한 자연현상으로 해석하고 설명하려고 하지만 성경은 바람의 근원을 하나님께 두고 있습니다. "폭풍우는 그 밀실에서 나오고 추위는 북풍을 타고 오느니라"(욥기 37:9) 그래서 인간의 무력함을 드러내기도 합니다. "바람을 주장하여 바람을 움직이게 할 사람도 없고 죽는 날을 주장할 사람도 없으며 전쟁할 때를 모면할 사람

도 없으니 악이 그의 주민들을 건져낼 수는 없느니라"(전도서 8:8)

북풍이 한차례 지나간 뒤 기숙사 앞에 심겨 있는 소나무를 보았습니다. 기숙사와 가깝게 있는 나무들은 아직도 눈이 자신의 몸을 덮고 있었지만 기숙사와 떨어진 나무들은 눈이 사라지고 자신의 푸른빛을 청아하게 드러내고 있었습니다. 온실의 화초처럼 집 가까이에 있는 소나무는 구조물이 북풍을 막아주어서 흰 눈으로 자신을 장식하고 있었고 먼 거리에는 소나무는 북풍을 직격탄으로 맞으며 자신의 본 모습을 보여주고 있었습니다.

고린도 교회의 교인들은 언변과 지식이 풍족한 신자들이었습니다. (고전 1:5) 말을 잘하는 것과 지식은 흰 눈과 같이 하나님이 주신 축복이지만 그것으로 자랑하고 비교하고 하나님 대신에 인간이 만들어 놓은 우상을 의지하면 분쟁과 다툼이 생깁니다. 이로 인해 고린도 교회는 바울파와 아볼로파로 갈라지게 되지요. 인간을 기쁘게 해주고 복을 누리게 해 주기 위해서 하나님께서는 이런 선물을 창조하셨습니다. 마치 흰 눈을 보면 모두 포근하고 아늑한 느낌을 주

듯이 말입니다. 그러나 우리 영혼 깊은 곳에는 이런 사물 대신 하나
님께서 계셔야 한다고 말씀하셨지만, 인간은 이곳마저도 이런 선물
로 채우려고 하니 결국 수치심을 가리려고 포장하고 비교하는 죄를
범하게 됩니다. 고린도 교회의 분쟁은 그저 이런 다양한 선물들, 즉
지식, 결혼, 음식, 은사들로 포장된 신자들의 갈등의 표출인 것입니
다.

하나님께서는 우리의 영혼 깊은 곳에 똬리를 틀고 숨어있는 가증
스러운 것이 되어버린 선물들을 고난을 통해서 털어버리기를 원하
십니다. 그래서 소나무의 잎에 묻어있는 흰 눈을 북풍으로 털어버리
시게 하는 것입니다. 비록 그 북풍이 뼈를 시리게 하는 고통으로 아
프게 할지라도 이 매서운 바람은 그 선물 대신에 푸른 빛이신 하나
님을 드러나게 하시기 위해서 소나무를 흔들어 댑니다. 그러나 바람
이 불고 지나가도 여전히 우상을 붙들고 구조물을 의지하는 소나무
는 은혜의 바람을 거부하고 그 선물인 흰 눈만 붙들고 있습니다.
그러나 인생의 황혼이 와서 육신을 거두어 가듯이 흰 눈은 태양이
다시 뜨면 녹아 없어져 버립니다. 여기서 영원한 하나님과 유한한

인간의 한계가 뚜렷하게 드러납니다. 겉으로 보면 흰 눈이 사라진 소나무지만 북풍을 이긴 소나무는 뿌리가 튼튼해져서 점점 강한 소나무가 되고, 북풍을 피해 간 소나무는 구조물이 사라지고 강한 바람이 몰아치면 쓰러지게 될 것입니다. 심판의 날에는 우리의 영적인 뿌리가 얼마나 튼튼해 있는지 하나님으로부터 검사를 받을 것입니다. 그래서 성경은 이런 환난과 고난의 결과에 대하여 이렇게 증거하고 있습니다.

"회오리바람이 지나가면 악인은 없어져도 의인은 영원한 기초 같으니라"(잠언 10:25)

그리고 그 결과는 다음과 같습니다.

"믿음으로 말미암아 그리스도께서 너희 마음에 계시게 하옵시고 너희가 사랑 가운데서 뿌리가 박히고 터가 굳어져서"(에베소서 3:17)

하나님의 손길에서 발원한 북풍은 다음과 같이 우리 속에 들어있는 불순물을 제거합니다.

> "은에서 찌꺼기를 제하라 그리하면 장색의 쓸만한 그릇이 나올 것이요"(잠언 25:4)

"쓸만한 그릇이란 바로 능히 모든 성도와 함께 지식에 넘치는 그리스도의 사랑을 알고 그 너비와 길이와 높이와 깊이가 어떠함을 깨달아 하나님의 모든 충만하신 것으로 자신을 충만하게 하는 신자"(에베소서 3:18-19)를 의미하는 것입니다. 뿌리가 깊은 소나무는 혹독한 강추위 속에서 푸르름을 통해서 산소를 뿜어내며 생명을 나누어줍니다. 또한 뿌리가 깊은 사과나무는 굵고 잘 익은 사과 열매를 사람들에게 안겨줍니다.

이번 학기는 이 사역지에 추방의 회오리바람이 몰아쳤습니다. 이미 말씀드렸다시피 일곱 가정이 강제로 이곳을 떠나야 했습니다. 그 후속 조치는 더욱더 꽁꽁 얼어붙게 되어 당분간 학생들을 만나지 말라는 경고까지 있었습니다. 그렇지만 하나님 말씀을 사모하는 J와의 만남을 중지하는 것이 너무 고통스러워서 기도 가운데 계속 만났습니다.

J는 제가 답변하기 힘든 질문까지 하는 영적인 발전이 있어서 너무 기쁘고 감사했습니다. 계속 기도해왔던 리성대는 학교에서 집으로 거주지를 옮긴 이후에 우울증 초기 현상이 나타나는 반응을 보여서 상담해 본 결과 그 증세가 또 있었습니다. 그래서 다음 학기에는

다시 학교 기숙사로 들어오기를 권고했고, 긍정적인 반응을 보였습니다. 기숙사로 들어오면 지속적 만남이 가능할 수 있도록 기도 부탁드립니다.

2학년인 최미숙에게 복음을 전했습니다. 그녀의 부친은 공산당 고급 간부이기 때문에 조심스러웠지만, 학업에 대한 갈등으로 인하여 휴학을 고려하고 있었습니다. 이곳 역시 자신의 적성을 고려하지 않고 대학을 선택하기 때문에 입학 후에 고전하는 학생이 너무나 많습니다. 미숙이 역시 그중에 한 학생입니다. 그렇지만 본인이 비즈니스에 대한 어느 정도의 관심과 자신이 있으며 휴학 후에 사업을 해볼 계획까지 세우고 있었습니다.

복음에 대한 반응은 긍정도 부정도 아닌 모호한 태도였습니다. 그래서 교회를 한 번도 나가 본 적이 없다고 해서 같은 학년 동기를 통해 교회에 나가볼 수 있도록 준비하고 있습니다. 자기를 운명에 맡기지 말고 자신이 어디서 와서 어디로 가는지 알아야 생을 방황하지 않는다고 조언하며 그리스도를 소개하였습니다. 미숙이가 하나님을 만나고 세상에 나갈 수 있도록 기도 부탁드립니다.

아직도 졸업을 못 하고 있는 5학년 최광서는 이번 학기를 회복한 것 같은 출발을 했지만, 학기 도중 건강 악화로 제대로 마치지 못했습니다. 참으로 안타까운 학생입니다. 약속과 시간을 자기 마음대로 어기고 별로 개의치 않는 편집증을 가진 최광서를 제가 포기하지 않고 계속 지도할 수 있는 마음을 가질 수 있도록 손 모아 주십시오.

마리아는 80여 명의 대학생들을 일주일에 12시간 동안 가르치며 분주하게 보냈습니다. 세밀하고 꼼꼼한 성격으로 많은 일을 하다 보니 식사도 제시간에 못 먹곤 했습니다. 많이 지친 모습이었는데 방학 중에는 충분한 휴식을 하기를 원합니다.

에스더는 주님을 성극으로 찬양하는 드라마팀에 가입하여 연극으로 하나님을 높이는 드라마를 팀원들과 함께 열심히 활동했습니다. 연습 시간이 많았지만, 학업과 균형을 잘 유지하며 이번 학기를 무사히 마쳤습니다. 먹구름 속에서 힘든 시기를 보낸 에스더가 고난의 시기를 잘 극복하여 친구들에게 상담해주고 사랑을 나누는 학생으로 성장하는 모습에 주님께 기쁨으로 감사드립니다.

저의 건강은 계속해서 약 효과가 떨어지는 시간에는 갈수록 힘듭니다. 손 떨림이 심해지고 일어서는 것과 걷는 것은 불가능한 상태가 되고 있습니다. 추위가 심해지면서 숙소가 추워지니 깊은 잠이 들지 못해서 더욱 어려운 상황입니다. 다행스럽게 1월과 2월에는 한국에 머무를 수 있어서 추위를 피할 수 있으리라 보고 있습니다.

다시 한번 올 한 해도 저의 가정을 기억해주시고 손 모아 주신 동역자 여러분께 감사드립니다.

새해에도 하나님의 은혜와 평강이 함께하시기를 기원합니다.

2013년 12월 28일 중국에서
김이삭 목리브가 올림.

18

천지-생명수

샬롬

주 안에서 문안 인사 올립니다.

봄을 기다리는 땅속의 생명체들이 꿈틀거리며 깨어나는 것을 시샘이라도 하듯 지난주까지는 눈바람을 몰고 오는 날씨가 심술을 부렸습니다. 철수하지 못한 패잔병 같은 북풍은 미리 얇은 옷으로 갈아입은 저의 옷깃 사이를 아직 파고들어 와 저의 우둔하고 성급한 안테나를 흔들고 지나갔습니다. 매섭고 살을 에던 추위가 떠난 지금은 겨울방학에서 돌아온 학생들이 캠퍼스의 황량한 언덕을 웃음과 활기로 채우고 있습니다.

역시 학생들은 학교에, 직장인은 자신의 직장에, 아이들은 놀이터에 있을 때 가장 자연스럽고 그 자체가 거룩한 것이 아닌가 싶습니다. 파킨슨병이 진행되면서 가장 힘든 것 중에 하나가 바로 수면 중에 화장실을 여러 번 가야 하는 것인데 한밤중에는 걸을 수가 없어서 페트병에 볼일을 보고 아침에 약 기운이 돌면 그 페트병을 들고 화장실을 향합니다. 그 순간 이 오물이 만약 이 안에 있지 않고 방바닥에 쏟아진다면 하는 아찔한 생각이 들곤 합니다. 그것이 있을 자리에 있지 않으면 부자연스러울 뿐 아니라 많은 사람에게 피해를 주게 됩니다.

그래서 우리 인생이 어느 시점에 어떤 장소에 가 있어야 할지를 알고 그대로 행하는 것 자체가 거룩한 것입니다. 잠언에서도 거룩하신 하나님을 아는 것이 바로 지혜이며 명철이라고 하시며 방탕과 교만과 음란의 길에 가 있는 무리를 경고합니다. 그래서 그 거룩함의 시작은 바로 우리가 무릎을 꿇어 그분의 긍휼하심을 구하는 순간부터 시작되는 것입니다.

백두산 천지는 이곳에서 승용차로 약 4시간 정도의 거리를 두고 있는 특이한 곳입니다. 물론 애국가를 부를 때마다 등장하는 산이라서 모두에게 익숙하지만 아쉽게도 그 애국가를 불렀던 사람 중에 천지를 가본 사람들이 얼마 되지 않고, 그리고 간다고 해도 천지를 다 볼 수 있는 것은 아니기 때문입니다. 그래서 이곳 사람들은 하늘이 허락해야만 볼 수 있는 곳이라고 합니다. 이 나라의 최고 지도자였던 장주석은 2번이나 이곳을 방문하였지만 두 번 모두 천지를 보는데 실패하고 돌아갔습니다. 그 정도로 천지를 볼 가능성이 높지 않기에 관광객들은 재수 삼수를 해서 다시 찾아오기도 합니다.

저는 19년 동안 3번을 방문하였는데 모두 손님을 모시고 간 방문이었습니다. 두 번 방문 모두 감사하게 쾌청하게 맑은 날씨여서 천지를 확실하게 볼 수 있었습니다. 마지막 방문은 S 목사님께서 격려차 방문하셨을 때였는데 장요한 선교사님과 함께 천지를 향해 올라갔던 날이었습니다. 그날은 하늘이 온통 먹구름으로 덮여있었고 백두산 정상에 오르니 짙은 안개로 인하여 천지는커녕 10m 앞을 분간하기 어려울 정도였습니다. 서로 손을 잡고 S 목사님께서 조용히 기도하셨습니다. 주로 저와 J 선교사님의 사역을 위해서 기도하셨고 조국과 이 나라를 위해서 기도를 하셨습니다.

안개 속의 기도가 수십 분이 지나고 잡은 손을 놓고 눈을 떠보니 놀라운 광경을 목격하게 되었습니다. 지척을 분간하기 힘들었던 눈앞에 천지가 모습을 드러내고 있었습니다. 우린 이구동성으로 "천지다!" 하면서 마치 무대의 커튼이 올라간 것처럼 안개가 걷히고 호수와 병풍같이 이웃 봉우리를 드러내고 있었습니다.

우린 그 기적 같은 광경에 경탄하며 기쁨과 감사의 마음으로 천지에 매료되어 넋을 잃고 바라보았습니다. 그러나 그 순간은 길지 않았습니다. 5분이 채 지나기도 전에 천지의 안개 커튼은 다시 내려오고 그녀의 모습은 또다시 안개 속에 자신을 감추어버렸습니다. 이것이 천지의 매력의 백미였던 것 같았습니다. 자연을 주관하시는 하나님을 보며 이번 경험은 저를 소름 끼치게 한 천지 방문이었습니다.

이 천지를 맑은 날에 방문하면 그 천지의 색깔은 옥빛을 띠고 있습니다. 그래서 천지가 있는 백두산을 성산이라고 합니다. 그 푸른 빛이 얼마나 오묘한 옥빛을 띠고 있는지 정상에서 내려다보고 있으면 그 빛깔에 저절로 하나님의 거룩한 색깔은 옥빛이라고 고백하지 않을 수 없는 정도입니다. 그 빛을 바라보고 있으면 내 영혼이 정화되고 세상의 온갖 잡념과 야망과 고집과 교만이 스스로 녹아내리는 느낌을 받게 됩니다. "주 하나님이 지으신 모든 세계 내 마음속에 그리어 볼 때"라는 찬송가가 진하게 와 닿습니다. 천지를 처음 본 그 감동은 지금도 생생합니다.

   그래서 처음 본 그날 저는 그 성스러운 천지의 옥빛을 좀 더 가까이 누려보고 싶어서 폭포 뒤에 있는 길을 따라서 한 시간 정도 가파른 길을 올라갔습니다. 그때만 해도 안전시설이 제대로 설치되지 않아서 올라가다가 미끄러져 사망한 관광객도 있었습니다. 그러나 그런 두려움에 비하여 거룩함에 가까이 가고 싶은 마음이 더 간절했기에 기대에 찬 마음으로 걸어 드디어 천지의 물을 직접 만져볼 수 있는 곳까지 도착했습니다.
   그러나 너무도 실망스럽게도 천지 호수 근처는 쓰레기들이 군데군데 널려있었고 천지 호수 안에 비닐봉지가 둥둥 떠다니고 있었습니다. 옥빛으로 거룩하게 빛나던 천지의 호숫물을 가까이 와서 바라다보니 옥빛에서 옅은 흙빛을 띤 물로 바뀌어 있었습니다. 그 찬란하고 아름다운 옥빛은 찾아볼 수 없었습니다.

하나님께서는 예수 그리스도를 통해서 우리에게 거룩한 옷을 입히셔서 성도라고 하셨습니다. 우리를 가까이 가서 보면 천지 호수에 널려있는 휴짓조각처럼 흠집투성이지만 하나님의 사랑이 우리를 덮으셔서 거룩하다고 선언하였습니다. 그 거룩함 때문에 우린 거룩하신 하나님 앞에 설 수 있게 되는 영광을 누리는 것입니다.

그런데도 저 자신은 보이는 형제의 흠 때문에 하나님의 거룩한 선언을 무시하고 불평하는 죄를 범합니다. 모든 사람이 그 속에 버려야 할 폐기물을 가지고 있다고 성경은 선언하고 있는데도 자신은 조금 더 깨끗한 휴짓조각을 가지고 있다고 자부하며 사는 인생은 결코 천지의 옥빛을 보지 못하고 떠다니는 비닐 조각만 보고 정죄하며 살아가는 삶을 잘 투영해 줍니다. 유대인 그리했고 육적인 그리스도인들은 오늘도 형제들이 뿜어내는 옥빛의 아름다움을 보지 못하고 살아갑니다.

그리고 또한 우리가 예수 그리스도 안에 있으면 하나님의 빛을 받아서 거룩하게 반사하기 때문에 우린 세상에 거룩하게 비추어집니다. 패하고 양보하고 손해 보고 멸시당하고 인격적인 모욕 속에서도 변명하거나 자기증명을 하려고 애쓰지 않고 오직 하나님의 이름이 높이는 기쁨으로 살아갑니다.

천지 호숫물이 인간의 오염에 굴하지 않고 신선함을 유지하는 것은 땅속 깊은 곳에부터 올라오는 새로운 지하수 물을 끊임없이 공급받고 있기 때문입니다. 우리 자신에게도 하늘로부터 이런 생명수들이 공급되고 있다면 우린 이 세대를 본받지 않고 말세에도 자신의 몸을 거룩한 산 제사로 드릴 수 있는 것입니다.

정찬서는 전산과 졸업반으로 제가 가르치는 수업을 열심히 수강한 학생입니다. 성격이 친구들과 잘 어울리지 않을 뿐 아니라 선배와 교수님들을 만날 때마다 무표정하거나 거만한 태도를 보여서 많은 학생들이 접근하기를 꺼렸습니다. 학과에서 학생들이 졸업하기 전에 개인 면담 프로그램을 고안해서 자신이 그동안 잘 접촉을 못해본 교수를 찾아가서 면담을 요청하는 프로그램에서는 저를 만나기 원해서 우린 지난 수요일에 만남을 가졌습니다.

졸업 후에 계획이 어떠냐고 물었더니 자신은 남들과 어울려서 일을 하는 일반 회사생활은 자신에게 맞지 않아서 증권에 투자하여 기본 수입을 올리고 남는 시간에는 자신이 하고 싶은 일을 하겠다는 목표를 가지고 있다고 했습니다.

의외로 자신의 성격과 현재 자신의 모습을 잘 알고 있다는 생각이 들어서 면담이 잘 풀릴 것 같은 느낌이 들었습니다. 그래서 사람이 어디서 와서 어디로 가는지에 대한 질문으로 시작하여 보이는 세계가 보이지 않는 세계보다 진실되다는 사실을 천동설과 지동설을 중심으로 인간의 이기심이 가져온 거짓된 환상의 말로와 죄와 예수님을 연결시켜 십자가를 왜 짊어지셨는지와 구원의 길인 예수님에 대한 사랑을 증거하며 그의 반응을 보았습니다.

지금까지 그의 반골적인 기질에 근거해 전혀 말이 안 되는 소리를 들었다고 할 것 같은 그는 오히려 기쁨과 희망의 미소를 띠며 긍정적 반응을 보였습니다. 미세하게 지나가는 성령님의 역사를 감지할 수 있었습니다. 그리고 또다시 회개의 기도를 드렸습니다. 하나님의 사랑과 은혜를 조건으로 적용하려는 자신의 모습에 회개의 기도를 드렸습니다. 그리고 그는 이런 이야기는 처음 들었다고 하는 충격적인 말을 남겼습니다. 그의 모난 성격으로 인하여 그를 복음의 사각지대로 몰고 간 현실이 제 가슴을 아프게 하였습니다. 인간을 선한 인간, 악한 인간으로 구분하려는 선악과의 부작용은 끊임없이 복음 전파의 현장에 나타나 사역자들을 괴롭히고 있습니다.

다음 날인 목요일에는 이미 졸업을 하고 옆 대학의 석사과정에 있는 졸업생 신경화와의 만남이 있었습니다. 경화는 저의 병세가 악화되어 치료하기 위해 나와 있었을 때 제가 담당하고 있는 연구소에 가입한 학생으로 2011년 제가 돌아왔을 때 그녀는 이미 3학년이 되어 있었습니다. 문제의 원리와 근본적 이해가 없으면 제 수업에서 좋은 성적을 받을 수 없는 상황을 파악하지 못한 경화는 제 수업을 가장 힘들어했습니다. 그리고 연구소 정기모임에 자주 빠지곤 했는데 그녀는 공산당 학생들이 중심이 되어 있는 학생회 부회장을 담당하고 있었습니다.

그리고 1년이 지나 졸업 프로젝트를 할 무렵에 연구소 지도교수인 저와 한마디 상의 없이 다른 분을 지도교수로 선정하여 진행해 버렸습니다. 결국 그녀는 저와의 불편한 이별을 하며 연구소를 떠났습니다.

그리고 졸업식 때 저희 과를 대표하여 최우수학생으로 총장상을 받게 되었습니다. 그 상은 그동안 최고의 성적을 낸 학생이 줄곧 받아왔는데 공산당이 중심인 학생처와 교무처에서 기숙사 점수와 학교모임의 기여도가 크게 작용해 3.0을 겨우 넘어선 점수였던 신경화는 학교모임인 공산당 학생회에 의한 점수가 추가되어 만점에 가깝게 받아서 최우수학생이 되었습니다. 그리고 그 여세를 몰아서 인

근 대학 석사과정에 시험도 치지 않고 입학하는 파죽지세의 승승가
도를 달렸습니다.

그녀는 제가 가장 인간적으로 싫어하는 두 개의 아이콘을 가지고
있었습니다. 바로 배신과 정치를 이용하는 술수입니다. 그리고 최
고의 학업성적을 기록하고 다른 학생들에게 헌신적 도움을 주며 교
회를 열심히 나갔던 연구소의 학철이가 그 상을 받지 못한 안타까움
을 금할 수 없었습니다. 그래서 정치적인 힘으로 상을 받은 신경화
에 대한 부정적 감정이 사라지지 않았습니다. 나이도 어린 학생이
벌써 저런 정치 놀음에 놀아나는 것 같아서 내심 불쾌한 느낌을 지
울 수 없었습니다.

그런 경화가 졸업 후에 6개월이 지난 시점에서 저를 만나자고 연
락을 했습니다. 마음이 내키지 않았지만 마음을 바꾸어 만나게 되었
습니다.

그녀는 인근 대학 대학원을 가보니 제대로 공부하는 분위기가 아
니고 혼자 무인도에 온 것처럼 외로운 시간을 보내고 있다고 했습니
다. 저는 약간 냉소 어린 말투로 "너 어차피 졸업 후에 공무원이 되
어 당 간부가 될 것인데 그게 문제가 되느냐" 하고 되물었습니다.
그녀도 역시 자신이 그런 사람으로 생각했는데 막상 비슷한 환경에
접해보니 자신에게 맞는 길이 아닌 것 같다는 판단이 들어서 한국에
유학을 가서 제대로 된 공부를 하고 싶다고 했습니다.

그녀의 눈에는 진지함이 서려 있었습니다. 처음으로 그녀의 순수
한 자태를 보는 듯했습니다. 저는 그녀가 저를 떠나서 더 이상은 가
망 없는 학생으로 분류하여 저의 기억 속에서 지워버리고 있었습니

다. 그런 그녀가 다시 나타나서 유학을 가고 싶다고 하니 반전의 변화를 직감하였습니다.

그녀와 함께 학교 소운동장을 걸으면서 유학의 어려움과 준비해야 할 일에 대하여 자세히 설명하고 공산당원인 그녀에게 복음의 포문을 열었습니다. 어쩌면 저의 사역의 기반을 흔들 수 있는 발언이며 시도였습니다. 죽음이 두렵지 않으냐는 질문부터 시작했습니다. 그녀는 자신의 죽음은 두렵지 않지만 자신의 죽음으로 주위 사람들이 슬퍼할 것 같은 안타까움이 느껴진다고 했습니다.

저는 그녀에게 물었습니다. 누군가가 너의 부모님에게 중국을 준다고 한다면 너의 부모님이 너를 내놓겠냐고 물었습니다. 그녀는 웃으면서 그러지 않을 것이라고 했습니다. 바로 그때 하나님 역시 너의 부모님 이상으로 너를 사랑하시기 때문에 자신의 아들을 희생시켰다는 십자가의 사랑을 소개하고 죄를 대신하려면 흠이 없는 인간이어야 하고 남자로부터가 아닌 성령으로 사람이기 때문에 여자의 몸에서 채찍을 맞으시며 십자가형을 받으신 그분의 사랑을 증거하였습니다.

우리가 살고 있는 길림성보다 작은 지역에서 3년 동안 사람들에게 걸어 다니시면서 진리를 전하시다 십자가형으로 죽으신 그분이 어떻게 역사를 주관하는 2014년의 중심에 있는지 아이러니하지 않으냐고 물었습니다. 세상을 떠들썩하게 했던 알렉산더 대왕, 나폴레옹, 칭기즈칸의 탄생이 왜 기준이 되지 않고 예수님이 역사의 시발점이 되고 있는 이유가 무엇일 것 같으냐고 물었습니다.

그녀는 한 번도 이런 이야기를 들어 본 적이 없다고 하면서 관심과 호기심 어린 눈으로 바라보고 있었습니다. 그래서 원숭이에게 키

보드와 모니터를 주고 10년을 기다리면 셰익스피어의 소설이 나올 수 있겠느냐고 물으며 진화론의 우연의 법칙이 얼마나 허구인지를 확률론을 동원하여 반증하였습니다. DNA의 정보가 누구로부터 쓰인 정보이지 결코 무작위로 던져진 임의의 코드가 아님을 설명하였습니다.

길을 걸으면서 조용히 듣고만 있는 그녀는 원숭이가 소설을 쓸 수 없을 것 같다고 하면서 자신의 깨달음을 털어놓았습니다. 공산당이 자랑하는 한 명의 무신론자가 눈을 뜨는 순간을 목격했습니다.

이 두 만남을 통하여 하나님께서 모든 인간이 구원받기를 원하신다는 하나님의 마음을 외면하고 자신의 불완전한 선악의 틀에 근거하여 선별하여 복음의 방해꾼이 된 자신을 발견하게 되었습니다. 다른 사람을 냉대하고 멸시하고 정죄하며 비판하는 자신은 바로 선악과를 먹음으로써 일그러진 저울로 무게를 엉터리로 검사하는 사람의 모습을 하고 있었습니다.

하나님께서 외모로 판단하지 말라고 하시는 것은 과거의 좋은 모습 때문에 지금도 항상 거룩할 것이라는 착각을 버리라는 것입니다. 그 반대로 과거에 불의한 모습을 보였다고 항상 그럴 것이라는 선입견을 버리라는 것입니다. 인간이 선하고 거룩해지는 때는 그가 성령 안에서 예수님의 마음으로 살아갈 때입니다. 이런 근본 진리가 우리 삶에서 녹아 나올 때 진정한 겸손이 드러나게 됩니다. (이후 향매는 연변대 석사과정을 그만두고 한국 연세대에서 석사를 끝내고 연변대 교수와 결혼하여 행복한 가정을 이루어 살고 있습니다.)

교환학생으로 한국에 갔던 장서가 돌아와서 와 함께 로마서 복습하면서 뒷부분을 나누고 있습니다. 로마서는 보면 또 몰랐던 사실이 발견되는 하나님의 보물창고와 같은 신비함을 안겨줍니다. 학기초 너무 분주하여 기도로 준비했던 L과의 만남이 미루어져 왔습니다. 조만간 만나서 로마서 팀에 합류할 것인지 다시 권유할 예정입니다.

그리고 전공 때문에 고전하고 있는 홍화와 연매는 복음의 기초인 유랑자로 시작할 예정입니다. 같은 학년인 최장석은 부친이 공산당 고급 간부여서 조심스럽지만 이미 복음을 제시하였기에 기대가 됩니다.

마리아 역시 대학에서 영어 회화를 열심히 가르치고 있습니다. 일을 완벽하게 처리하려고 하는 성격 때문에 집에 오면 녹초가 되곤 합니다. 에스더는 동아리 활동인 성극반에 들어가서 공연을 준비하면서 성극 대본 대사를 두고 고민하고, 기도하며 주일날 그룹 성경 공부반에 자원하여 공동체의 소중함을 체험하고 있습니다. 전공인 산업 디자인 과목도 본인이 즐거워하며 다니고 있습니다.

가족의 건강을 책임지는 리브가 선교사는 학생들이 우리 집에 오고 가고 할 때와 복음에 좋은 반응을 보이는 소식을 들을 때마다 자신도 보람을 느낀다고 행복해합니다.

동역자님의 기도와 사랑 어린 정성에 늘 감사드리며,

은혜와 평강이 늘 함께하시기를 소망합니다.

2014년 4월 13일
김이삭, 목리브가 올림

기도 제목

1. 지난 학기보다 더 많아진 사역을 잘 감당할 수 있도록.
2. 요즘 수업 시간에 몸이 흔들리는 증세가 좀 더 자주 발생하고 있습니다. 체력적으로 잘 지탱할 수 있기를.
3. 우리 가족이 사역으로 인하여 영적으로 무뎌지지 않기를.
4. 2학년 3명인 리성대와 최염석과 최미숙의 새로운 영적 모임을 위하여.
5. 1학년 2명 P와 S의 밭갈이 교제가 잘 이루어지도록.

19

공산당과 복음

샬롬.

그동안 평안하셨습니까?

저희 가정은 기도해주신 사랑에 힘을 입어 봄학기와 여름학기를 은혜 가운데 마쳤습니다. 해마다 8월이 되면 반가운 학교의 주인공들이 새롭게 캠퍼스를 찾아옵니다. 앞으로 4년 동안 저희와 같이 웃고 울고 할 신입생들입니다. 과학 기술만 전달해 주기를 바라는 이곳의 공산당은 입학 전부터 영혼 단속을 시작합니다.

여자 대학생을 포함하여 이 나라 신입생들은 2주간의 군사훈련을 받아야 합니다. 물론 겉으로는 대학생들에게 단체 생활을 통해서 자신에게 바른 습관과 사회 지도자가 되기 위한 인내심과 엄격한 자기 관리 능력과 체력을 배양하는 목적이라고 이야기합니다. 그러나 그 이면에는 초등학교 시절로부터 배워온 마르크스와 모택동 사상을 단체훈련을 통하여 더욱더 교묘하게 세뇌하는 모략이 숨어있는 것 같습니다. 이 훈련을 필두로 학생들은 반복되는 마르크스와 모택동 공산주의 사상 과목을 필수로 들어야 하며 열성 학생으로 선발되면 심화된 학습과 훈련을 공개적으로 받게 됩니다. 이런 일련의 과정에서 외국인 교수들은 오직 전공 지식만 전하는 역할을 제한시켜 자신들의 이념과 사상이 영원히 이 땅에서 흘러가기를 원하는 것입니다.

캠퍼스를 산책하다가 운동장 근처 풀밭에서 코스모스가 만발하여 벌써 가을을 알리고 있었습니다. 누군가 코스모스 씨를 길 따라서 뿌려 놓았습니다. 가을을 알리는 코스모스는 청순한 흰색부터 불타는 담홍색 옷으로 갈아입으면서 우리의 눈길을 끕니다. 모두들 그 빼어난 자태에 매료되어 가는 발걸음을 멈추곤 합니다. 저 역시 코스모스의 하늘거리는 손짓에 이기지 못하고 가던 길을 멈추고 내려다보았습니다.

그런데 코스모스와 달리 키도 몸짓도 작은 들풀의 꽃이 코스모스 속에 묻힌 채 피어 있었습니다. 자세히 보니 가장 완벽한 오각형의 꽃잎이 앙증맞게 피어 있었습니다. 코스모스의 화려한 꽃잎과 키에 가려서 사람들의 눈길을 끌지 못하고 있었습니다. 그러나 자세히 살펴보면 오각형이 안겨주는 균형과 대칭과 파격의 아름다움이 스며

들어 있는 개성이 있는 들풀꽃이었습니다. 코스모스의 빼어난 자태에 기죽지 않고 자신만의 당당한 푸른 잎을 가진 선명하고 단아한 꽃잎이 저의 눈길을 끌고 있었습니다.

자신의 가장 돋보이는 꽃잎이 코스모스에 가려서 빛을 못 보고 사람들의 시선을 집중하지 못한 위치에 있지만 꽃잎의 단아함과 잎사귀의 싱싱함을 드러내고 있는 들풀을 바라보다가 언뜻 마태복음 6장 말씀이 떠올랐습니다. 예수님께서는 들에 핀 백합화가 어떻게 자라는가 생각해 보라고 하셨습니다. 들풀의 단아함과 당당함은 하나님의 생기 속에서 나오는 영광스러운 예술적 피조물임을 드러내고 있는 것이었습니다.

어쩌면 신발을 신고 마음껏 세상을 누비고 다니는 인간은 조금이라도 자신이 인정받는 데 방해가 되는 사람이나 환경에 불평하고 투덜대는 가인의 얼굴로 억울해하며 심드렁해하지만 움직이는 자유가 구속된 들풀이 주는 깨우침은 바로 창조적 아름다움은 하나님의 붓 끝을 얼마나 집중하고 바라보고 따라가느냐에 달려 있는 것입니다.

그럼에도 불구하고 인간은 하나님의 손끝보다는 자신의 원하는 그림을 그리려고 합니다. 성경은 이런 인물은 완고함으로 표현합니다. 이런 완고함은 시간이 가면서 녹게 되고 하나님께서 원하시는 작품을 그려내는 인물로 빚어가십니다. 이 과정에서 비범한 반응과 행동으로 역사적 사건의 중심에 서기도 합니다. 그래서 많은 크리스천들이 자신의 자녀 이름을 모세, 요셉, 다윗, 베드로, 바울이란 이름을 지어서 그들의 자녀들에게도 비슷한 영광스러운 모습을 체험을 바라기도 합니다.

그러나 상대적으로 야곱이란 이름을 가진 사람은 아주 드뭅니다. 그러나 성경은 이 야곱에 관심이 많은지 많은 장을 할애하여 야곱에 대한 묘사를 아끼지 않고 있습니다. 그러나 야곱은 그의 자녀들만이 오직 히브리인 이스라엘 백성이라는 영광스러운 위치에 서게 됩니다. 속임수와 잔머리만 사용하는 야곱에게 "왜 하나님께서 이런 축복을 주시는 것일까?"라는 의문이 들지만, 자세히 들여다보면 야곱은 바로 우리 자신이기 때문입니다. 즉, 하나님께서는 고집스러운 인간을 다루어 가시는 과정을 야곱을 통해서 이루어가셨던 것입니다. 그런 면에서 우리의 이름은 모두가 야곱인 것입니다. 인간의 완고함과 완악성이 이 이름 속에 포함되어 있기 때문에 모두들 김야곱, 이야곱, 박야곱이라고 해야 하지만 이름이란 원래 유일성을 드러내야 하는 특성과 겉으로 드러난 부정적인 이미지 때문에 야곱을 사용하기가 어렵게 된 것입니다.

야곱의 생애는 크게 얍복강 사건 전후로 크게 나누어질 수 있습니다. 환도뼈가 부러지기까지 야곱의 불행한 결과는 대부분 자신의 잔꾀나 속임수로 발생하는 과정이 묘사되어 있습니다.

자신의 완고함의 극치는 얍복강에서 천사와의 씨름에서 드러납니다. 자신이 원하는 것은 수단과 방법을 가리지 않고 혼신의 땀을 흘리는 야곱을 씨름에서 져주는 천사는 대신 환도뼈를 이골시킵니다.

이 사건 이후, 야곱에게는 자신이 직접 관여하지 않은 사건에도 자신이 피해를 보게 되는 이른바 이웃인 우리를 향하여 눈을 돌리는 신앙으로 바뀌게 됩니다. 디나의 성폭행 사건과 야곱 아들들의 집단 보복 행동과 더불어 요셉의 실종, 기근과 애굽으로 이주하는 과정을 통해서 '자신만 바라보았던 신앙'에서 '우리'라는 연대성을 가지는 신앙으로 성장합니다. 야곱은 속임수로 형님인 에서로부터 빼앗은 장자권의 진정한 주인공이 되어서 임종 전 자신의 자녀들과 손자들에게 축복의 기도를 올리는 신앙의 거성이 되었습니다.

군사훈련과 오버랩되어서 100대 대학으로 인정받으며 단과대학을 통합하면서 잔디 축구장과 실내 체육관 30개의 건물을 새롭게 건설하여 학생 수 3만여 명에 이르는 맘모스 대학이 되어버린 이웃 대학, 그리고 그 대학에서 파견 나온 교수들이 주도해가는 이 캠퍼스를 붉은색으로 물들이기 위한 군사훈련과 마르크스 사상교육과 오성기에 충성을 맹세하게 하는 국기 게양식에 매일 참여하도록 숙사 관리를 하며 학생 숙사마다 중앙 공산당 조직표가 게시판 중심을 차지하며 수시로 공산당의 입당을 장려하는 유인물이 비치되어 있는 모습 속에서 산책 중에 만난 코스모스가 떠올랐습니다.

공산당의 활동은 마치 코스모스처럼 화려한 현수막과 셀 수 없는 외부 활동과 조직으로 그 힘과 위용을 자랑하고 있는 듯합니다. 반면에 이 꽃은 한 떨기 이름도 모르는 풀꽃같이 존재감이 없어 보였습니다. 우리 복음의 사역자들은 코스모스의 그늘 속에 가려진 채 침묵과 인내와 기다림 속에서 잊혀진 자로 살아갑니다. 길고 끝을 알 수 없는 영적 전쟁에서 도무지 이길 승산이 없어 보입니다.

들풀의 이름이 궁금하여 검색해보니 이질풀이었습니다. 즉, 질병의 일종인 이질에 쓰이는 약초였던 것입니다. 살아서는 코스모스의 명성에 가려서 지내다가 죽어서는 사람의 생명을 구하는 약초로 쓰이는 풀은 살아야만 자신의 화려함을 드러낼 수 있는 코스모스와는 대립되는 모습을 보여주고 있었습니다.

이질초가 약초로 쓰이려면 잎과 줄기가 땅으로부터 뽑히는 죽음의 과정을 거쳐야 합니다. 그러나 이 죽음을 통하여 많은 이질환자들이 회복이 되듯이 십자가의 죽음만이 죄와 사망에서 건져질 수 있는 것입니다. 그리고 영원한 생명의 역사를 누리게 됩니다.

코스모스처럼 대제국의 번성을 자랑했던 로마는 지금은 원형경기장이 부서지고 금이 간 기둥 조각이 결말을 말해주듯이 자신의 목숨을 내놓아 핍박과 수난의 역사를 이어갔던 이질초 같은 사도들과 전도자들의 삶의 역사가 여리고 성 같은 거대한 세력 앞에서 우리에게 독수리의 날개를 달아줍니다.

오늘도 캠퍼스 운동장에서는 학생들이 제식훈련의 구호와 교관들의 호령 소리가 요란하게 울려 퍼집니다. 그러나 시편 19편에는 "날은 날에게 말하고 밤은 밤에게 지식을 전하니 언어도 없고 말씀도 없으며 들리는 소리도 없으나 그의 소리가 온 땅에 통하고 그의 말씀이 세상 끝까지 이르도다"(시편 19:2-4)라고 말씀하십니다.

묻혀 사는 이질초의 아름다운 몸짓이 다시 한번 더 하늘을 바라보게 합니다.

그동안 성경모임에 참석하기를 권유하며 기도 부탁드렸던 L이 학기 말이 다가오는 6월 초에 처음으로 성경 모임에 참석하였습니다. 기존에 참석했던 J와 1학기 동안의 교환학생 생활을 마치고 돌아온 C는 성실하게 참석하여 앞으로 L에게 좋은 모습으로 도전을 줄 것 같습니다. 집 나간 둘째 아들이 돌아오는 기쁨에 멀리서 아들을 알아보고 버선발로 달려가시는 아버지의 마음을 L을 통하여 간직하게 됩니다.

편집증이 있는 광서는 이번 학기에 아예 등록하지 않고 증발해 버렸습니다. 한국에 계시는 그의 아버님과 연락했더니 한화 350만 원을 주며 등록금과 첫 달 생활비로 주었더니 학교에 가지 않고 종적을 감추었다고 했습니다. 그동안 광서를 위해서 사흘에 한 번꼴로 기숙사를 찾아가면서 제일 관심과 정성을 쏟았던 그가 이제 어디에 있는지 알 수 없는 상태에 이르다 보니 가슴이 시려왔습니다. 그리고 정신적 상담을 받아야 한다고 여러 번 그의 아버님께 말씀을 드렸지만 심각하게 생각하지 않으시고 그냥 넘긴 반응에 대하여서도 서운하고 화가 나기도 했지만, 막상 아버지의 목소리가 힘이 없어 보이고 고통스러워하시는 기운을 느끼면서 저 역시 코끝이 시려왔습니다. 혹시나 해서 지난번 수색 때 발견된 PC방을 뒤지며 찾아보았지만 역시나 허사였습니다.

그리고 가지고 간 돈이 떨어질 무렵 광서로부터 연락이 왔습니다. 괘씸하지만 반가운 마음으로 그를 만나서 그동안의 사정을 물었습니다. 다른 PC방 근처에 방을 얻어서 본격적으로 게임에 빠져 즐거운 시간을 보냈다고 했습니다. 그러나 시간이 지나면서 이 게임마저도 자신이 원하는 수준에 이르지 못해서 좌절감을 안고 학교로 돌아왔다고 했습니다.

어려서부터 두뇌가 명석하여 학업으로는 누구보다 자신감이 넘치는 시간을 보내다가 대학에 와서 이성 교제에서 실연당하면서 처음으로 깊은 계곡에 빠지고 만사에 의욕과 자신감을 잃고 살아가는 인생이 되어버렸다고 했습니다. 자신을 추스르며 학기 초에는 강한 결심과 의지로 시작해 보았지만, 시간이 흘러가면서 의욕이 떨어지고 PC방을 찾게 되는 악순환을 되풀이하게 되었습니다.

만날 때마다 너에게 지금 가장 필요한 분은 예수님이라고 단정 지으면서 그분을 찾아야 한다고 간곡하게 이야기했습니다만 거부하진 않아도 크게 관심 없는 태도를 보였으나, 아이러니하게도 이번에는 가장 진지한 자세로 긍정적인 반응을 보였습니다. 그의 동기들은 이미 졸업한 지 1년이 지났지만, 그는 아직도 학교를 맴돌며 방황하고 있습니다. 거의 졸업이 불가능하게 된 그에게 예수님께서 함께하시기를 간절하게 기도합니다.

마리아의 영어 회화 강의는 이제 4년째로 접어들었습니다. 자신을 통제하고 관리하는 지혜로 무장하여 학생들에게 더 많은 사랑으로 가르치며 섬길 수 있도록 부탁드립니다. 디자인학과 2학년에 올라가는 에스더는 성극으로 예수님을 드러내는 드라마팀에 몰입하며 학과 공부와 균형 잡힌 모습으로 지난 학기를 마쳤습니다. 이번 학기부터는 드라마팀의 리더로 선정되어 더 큰 책임감으로 임해야 할 것 같습니다.

계속 힘들어지는 파킨슨병을 잘 극복하기를 바랍니다. 때로는 인간은 고통이 심화할수록 하나님께 가까이 다가간다고 말하기도 합니다. 그러나 은혜 없는 고통은 인간을 더욱더 자신의 고통에만 집중하게 하는 이기적인 습성으로 몰아가는 죄악 된 모습을 가지게 됩니다. 고통과 함께하는 은혜를 간구합니다.

늘 기도와 물질로 저희 가정을 기억하시는 동역자님의 일터와 가정에 주님의 평강과 은혜가 늘 함께하시기를 기도 드립니다.

감사합니다.

2014년 8월 24일 중국에서
김이삭, 목리브가 올림.

20

산시성 아주머니

샬롬. 주 안에서 문안 인사 올립니다.

올해가 저물어 가는 시간에 지난 1년을 되돌아보면서 주님의 인도하심과 은혜를 나누고자 합니다.

이곳은 사랑하는 학생들이 지난 주말을 기점으로 각자 집으로 돌아갔습니다. 학생이 떠난 캠퍼스는 적막과 고요함이 흘러내리며 그들이 진정한 주인공임을 알리는 흔적들이 캠퍼스 구석에 배어 있습니다.

강의실을 나오며 깔깔거리며 지나가는 여학생들의 밝은 표정과 지칠 줄 모르며 축구공을 쫓으며 운동장을 질주하던 남학생들의 씩씩함이 묻어있는 곳을 지나며 그들이 충분한 휴식과 여유로 방학을 잘 지내기를 기원해봅니다.

텅 빈 캠퍼스를 한 바퀴 돌려고 집 밖을 나왔습니다. 그러나 며칠 바람이 불지 않은 탓으로 산 아래로부터 매연이 올라와서 오래 걸을 수 없었습니다. 가까운 건물을 찾아보니 4숙사가 눈에 들어왔습니다. 문을 열고 막 들어가는 순간 복도 쪽에서 청소하시는 아주머니 한 분이 저에게 다가와서 말씀하셨습니다. 중국말을 하시는 것 같은데 도저히 알아들을 수가 없었습니다. 그동안 저의 중국어가 형편이 없었는가 하고 속으로 되묻고 있는데 그 아주머니께서 손으로 가리키며 위층으로 올라가라고 했습니다. 방학 기간 숙사 문을 잠근다고 하던데 열린 통로를 알려주는 것 아닌가 하고 위로 올라가자 아주머니께서도 따라오시며 계속 올라가라고 손짓하셨습니다.

연결통로는 2층과 3층밖에 없는데 4층까지 올라왔는데 계속 올라가라고 하시며 알아들을 수 없는 말씀을 하셨습니다. 저는 제가 모르는 다른 통로가 있는 줄 알고 계속 올라갔습니다. 6층까지 올라가자 아주머니는 밀대를 저에게 주시며 천장 가까이에 있는 유리창 문을 닫아 달라고 했습니다. 밀대를 받아쥔 저는 별로 어려움 없이 미닫이 유리문을 닫았습니다. 그러자 이 아주머니는 유리문을 잠가야 한다고 하며 밀대로 잠그는 시늉을 하였습니다. 그러나 밀대로는 잠글 수 없고 유리창 턱에 올라서서 손으로 잠가야 할 것 같았습니다.

저보고 올라가서 잠그라고 거의 명령조의 말투로 거칠게 몰아붙였습니다. 청소를 책임지고 있는데 강한 바람이나 비가 오면 복도가 젖거나 물건이 파손될 것을 우려하는 것 같았습니다. 저는 단숨에 유리창 문턱을 밟아보려고 발을 올리려고 했지만 오랜 지병으로 쉽게 올라설 수가 없었습니다. 아주머니는 뭐라고 계속 이야기하시는데 알아들을 수가 없어서 중국어로 어디서 오셨냐고 물었습니다. 제 말을 알아들으시고 산시성에서 오셨다고 했습니다. 제 평생 산시성 방언을 듣게 되었고 멀리서 오신 그 아주머님을 도와주어야겠다는 마음이 들었습니다.

다시 1층으로 내려오니 아주머니께서 경비 아저씨로부터 의자를 빌려놓으셨습니다. 저는 그 의자를 6층까지 들고 올라가서 창문을 잘 잠그고 내려와 의자를 경비 아저씨에게 돌려주며 아주머니에 대하여 물어보니 그 아저씨 역시 무슨 말인지 알아 듣지 못하는데 말을 계속하는 바람에 힘들다는 표정을 지으시며 저보고 수고했다고 위로해 주셨습니다. 저의 중국어가 죽은 것이 아님을 확인하고 안도의 한숨을 쉬고 기숙사를 나왔습니다.

올해가 선교지에 도착한 지 만으로 20년이 되는 해입니다. 그동안 주님께서 함께하신다는 표적을 수도 없이 보여주셨기 때문에 오늘 아침 산시성 아주머니를 만난 사건도 우연한 일로만 여길 일이 아니었습니다.

1996년 겨울 어느 날 우리 가족은 미국 비자를 받기 위해서 심양에 머무르게 되었습니다. 1년 전에 심양에 와서 알게 된 김 선생님을 통해서 기차표도 사고 호텔에 머물 수 있게 되었습니다. 김 선생님은 심양 조선족 고등학교 3학년 진학지도 선생님이셨는데 1년 전에 우리 대학 행정을 담당하는 주 선생님과 그 학교를 방문했습니다.

그러나 그들은 정부로부터 인가도 받지 않은 대학에서 학생들을 모집한다고 처음부터 저의 일행을 푸대접하였습니다. 싸늘한 시선과 찌푸린 표정으로 대하며 학생모집에 필요한 장소나 부수적인 용품들을 준비하는데 협조하지 않았습니다. 중국에 온 지 1주일도 안 된 저를 심양에 보내야 할 정도로 학교는 인력난을 겪고 있었습니다. 저 역시 허가가 나지 않은 학교라는 것도 그곳에 가서 알게 되었고 그곳 고등학교 선생님들이 그런 태도를 보이는 것도 이해가 되었습니다.

'무허가 대학에 누가 보내고 싶겠는가'라는 의문이 들자 저녁을 먹으면서 서로를 이해할 수 있는 실마리라도 풀고 싶은 마음으로 식사에 초대하였습니다. 뜻을 이루기 위하여 식당을 수소문해서 3학년 담당 교사 3분과 식사를 하였습니다. 같이 동행한 주 선생님 역시 식사 중에 재미있는 말과 음식 서비스로 그분들과 친해지기 위해서 애를 쓰고 있었습니다.

식사가 끝나갈 무렵에 김 선생님이 갑자기 저에게 왜 오셨소? 라고 물으셨습니다. 전 약간 망설이며 "학생들 모집하려고…."라고 말끝을 흐렸더니 "그것 말고 중국에 왜 왔습니까?"라고 진지하고 근엄한 표정으로 물으셨습니다.

저 역시 비장한 어조로 말문을 열었습니다.

"중국은 78년에 개혁개방을 하여서 연해 지역과 북경은 눈부신 성장을 하고 있는데 변방의 우리 민족의 젊은이들은 배움의 기회가 없어서 거리를 방황한다는 소식들을 미국에서 들었습니다. 변방의 젊은이라면 대부분 대한민국 독립을 위해서 목숨을 걸고 싸우다가 가족이 몰살당한 독립군들의 자녀일 것인데 조상 때는 총칼로 고난의 행군을 하다가 이제는 무지로 무시당하는 우리의 형제를 외면한다면 도리도 의리도 없는 비정한 사람이 되기에 이 길을 택했습니다. 그래서 나와 나의 동료들은 자신의 목숨을 걸고 학생을 가르칠 각오로 이곳에 왔습니다. 저는 미국에서 배운 컴퓨터 지식을 가르쳐주기 위해서 아내와 초등학교 3학년인 큰딸과 3살 된 작은딸을 데리고 중국에 왔습니다. 큰딸이 너무도 다른 교실과 화장실 그리고 언어 때문에 울면서 들어왔을 때는 가슴이 찢어지는 것 같았습니다"라고 두서없이 그동안에 응어리졌던 말을 쏟아내었습니다. 말을 마치고 김 선생님을 쳐다보니 놀랍게도 손수건으로 눈물을 닦고 계셨습니다.

그리고 다음과 같이 말을 이으셨습니다. "난 30년 전에 사범학교를 졸업했을 때 학생들에게 참 스승이 되겠다고 다짐하고 출발했는데 30년이 지난 지금은 월급쟁이로 전락하고 말았소. 내 당신을 보니 30년 전의 그 다짐이 생각났고 그렇게 살아오지 못한 나 자신이 원망스럽고 후회스러워서 회한의 눈물이 나옵니다."

그리고 김 선생님은 말씀을 이었습니다. "졸업장보다 더 귀한 당신들의 열정과 헌신과 순수함을 보았으니 내일 좋은 학생들을 많이 보내주겠소"라고 하셨습니다. 저 역시 감동으로 코끝이 찡하였습니다. 어찌 하나님께서 살아계시지 않는다고 우기겠습니까?

그 사건으로부터 1년 반 뒤에 김 선생님이 소개한 호텔에 머물게 된 것입니다. 말이 호텔이지 여관 수준의 허름한 숙박지였습니다. 아침을 해결하기 위해서 아내와 저는 잠에서 깨어나지 않은 아이들을 두고 호텔을 나와 근처 식당을 찾아 나섰습니다. 번화가도 아닌 한적한 교외에 위치한 지역이라서 식당도 많지 않았고 대부분 문을 아직 열지 않았습니다. 다행히 허름한 중국식당이 문을 열고 있어서 우리 두 사람은 식당 안으로 들어갔습니다. 말이 식당이지 좌석은 열 사람 정도 앉을 수 있을 정도로 좁고 남루하고 비위생적인 것들이 널려있었습니다.

만두가 전문인 것 같아서 만두를 시켜야 하는데 만두를 중국말로 뭐라고 하는지 알 수가 없어서 제가 손으로 공중에다 그렸더니 주인 아주머니가 고개를 갸우뚱하며 모르겠다는 표정을 지었습니다. 그러자 목리브가 선교사가 종이에다 연필로 그려서 보여주었더니 식당 주인 내외 그리고 자식들까지 돌려보며 이게 뭔가 하고 궁금해하며 답을 찾지 못했습니다. 아내의 그림 솜씨는 중고 시절 미술부로 대회에서 상까지 받은 경력이 있었지만, 결정적인 순간에 그 실력이 나오지 않았던 것입니다.

그 순간 어떤 생각이 저의 뇌리를 스쳤습니다. 냉장고 냉동고가 구석에 놓여있었습니다. 제가 성큼성큼 걸어가서 냉동고 문을 열자 냉동만두가 가득 담겨있었습니다. 저는 손가락으로 가리키며 바로 이것이라고 했습니다. 퀴즈 정답을 푼 것같이 주인은 환호하며 만들어 오겠다고 하며 주방으로 들어갔습니다.

잠시 후에 만두가 나왔는데 거의 6인 정도의 만두를 가져왔습니다. 난 너무 많다고 손짓·발짓으로 뜻을 전하자 주인은 괜찮다고 하며 얼른 먹으라고 했습니다. 바가지 씌우는 게 아닌가 하고 의심하며 아내와 만두를 먹고 있는데 주인 내외가 우리를 열심히 쳐다보며 중국말로 이야기하고 있었습니다.

이윽고 남은 만두가 얼마나 많은지 아이들 것을 따로 주문할 필요가 없었습니다. 그리고 만두 6인분 가격이 그 당시 한국 돈으로 500원 정도였습니다. 우린 왜 이렇게 싸게 파는지 알 수 없었지만, 세월이 지나 중국을 이해하게 되었을 때 그 이유를 알게 되었습니다. 외국인을 본 적이 없고 찾아온 적도 없는 그 식당 주인에게 우리 부부는 중국인이지만 중국말도 못 하는 소수민족으로 여겼던 것입니다. 아침부터 머나먼 소수민족 지역에서 온 부부가 만두가 표준어로 뭔지 몰라서 헤매고 있는 모습이 너무도 측은하게 느껴져서 만두가 산더미처럼 나왔던 것입니다.

오늘 아침에 만났던 그 아주머니가 바로 45개의 소수민족이 거주하는 산시성에 오셨고 바로 소수민족 방언을 거침없이 쏟아내셨던 것입니다. 20년여 전에 우리를 이방인으로 대하지 않고 따스한 정으로 환대한 그 식당 주인을 오늘 산시성 아주머니를 통하여 생각나게 해주셨습니다. 예수님께서 작은 소자에게 물 한 컵 대접하는 자는 동등하게 예수님을 대접하는 것이라고 하셨습니다.

올해 가을에 4학년이 된 최미숙과 최염석과 리성대는 모두가 학업에 어려움을 가지고 있습니다. 특별히 최염석은 연속된 3학기 모두 0.0 가까운 학점으로 저의 관심을 집중시키고 있습니다. 이런 학생에게 학업의 어려움에 도움을 주는 것이 1차적으로 물 한 컵을 주는 것이지만 예수님과 동등하게 여긴다는 말씀은 바로 이런 약한 부분을 가진 소자가 그것으로 인하여 예수님께 가까이 가면 그는 더 이상 소자가 아닌 왕자인 것입니다. 리성대는 처음부터 말과 행동이 무례하여 좀 더 멀리하고 싶은 마음이 들게 합니다. 그럴 때마다 저의 부족한 점을 일깨워주는 또 다른 왕자라고 여기게 되면 섬기지 않을 수 없게 됩니다. 또한 최미숙은 아버지가 공산당 간부여서 늘 기도하게 만드는 공주입니다.

　이번 학기 세 학생과 서로 탐색기를 가지다가 11월 초에 드디어 영적 모임을 시작했습니다. 모두들 열정과 관심을 보여서 주님께 감사드렸습니다. 그리고 그동안 기도해주셨던 졸업생들은 지금 상해에서 교회 열심히 나가고 있다고 연락이 왔습니다.

　육신적으로 좀 더 어려워져서 2시간 연강이 힘들어져서 75분씩 나누어야 강의가 가능하게 되었습니다. 지금 학교가 변화의 회오리 바람으로 휘감겨가고 있습니다. 65세 이상의 교수님들은 내년 3월 학기부터 가르칠 수가 없어서 떠나야 합니다. 과별로 3~5명의 교수님이 떠나야 하기에 학생 지도에 어려움이 따르게 되었습니다.

　저와 저의 동료 선교사님들이 흔들리지 않고 묵묵하게 주님이 주신 사명 잘 감당할 수 있도록 기도 부탁드립니다.

　부디 연말 잘 보내시옵고 2016년에는 주님이 좀 더 크시고 신뢰하시는 분으로 맞으시는 영광이 있으시기를 기도합니다.

　올 한 해 사랑 어린 기도와 마음에 감사합니다.

2015년 12월 31일 중국에서
김이삭 목리브가 올림

21

영광스러운 초생(2016년 4월)

샬롬. 주님 안에서 문안 인사 올립니다.

1주일 전만 해도 오는 봄을 시샘하는 함박눈이 내렸지만 이제 완연한 봄기운이 감도는 4월의 화사한 햇볕이 차가운 북풍의 횡포를 밀어내고 따스한 손길을 내밀고 있습니다. 이 고마운 손길이 온 대지를 지나가면서 나뭇가지에 움트게 하고 기적 같은 벚꽃 잎을 드러내며 창조주의 생명선을 이어 가고 있습니다.

이틀 전에는 오후 산책하는 동안 밭갈이를 하고 있는 노인을 보게 되었습니다. 다가가서 언제, 무엇을 심을 것인지를 물었습니다. 친절하게 2주에 수수를 심을 예정이라고 하였습니다. 한국의 수수가 이 나라를 통해서 들어왔다는 말을 들은 바 있어서 원산지 수수를 쉽게 볼 수 있는 축복에 감사하였습니다. 80대 노인이 밭갈이하는 경우는 대부분이 경제적 이유보다는 자신의 건강과 소일거리로 하는 경우가 이제 이곳에서도 흔한 일이 되어버렸습니다. 이 할아버지께서도 그런 뉘앙스를 풍기는 말씀을 하셨습니다.

"나와 우리 가족들이 먹을 것을 짓는데 농약이나 비료는 절대로 안 쓰지요."

1940년대에 함경도에서 거주하였는데 일제의 수탈과 핍박을 피하기 위해 이곳에 오게 된 자신의 가족사도 들려주시면서 "간도 땅도 역시 일본의 손에 넘어갔지만 그래도 산골인지라 일본 경찰이나 군인이 우리 사는 데까지는 오지 않더군요. 그래서 그런대로 한숨 돌리며 살았지요."라고 하신 후에 의미심장한 말씀을 하셨습니다. "그래요, 이 도시도 20년 전만 해도 시골이었지요. 그런데 지난 20여 년 동안 천지개벽하는 기적적인 변화와 발전이 있었지요."라고 하셨습니다.

제가 이곳에 온 지가 20년 된지를 전혀 모르시는 할아버지의 향토 자랑에는 마치 역사가 단지 20년 전에 이후로만 시작된 것 같은 느낌으로 말씀하셨습니다. 돌아오는 발걸음과 함께 과연 무엇이 그런 변화를 이끌어내고 지금도 이어 가고 있을까 라는 의문을 품게 되었습니다.

산책을 마친 뒤, 돌아와서 성경을 묵상하던 중에 예레미야서 31장을 접하게 되었습니다. "그러나 그날 후에 내가 이스라엘 집과 맺을 언약은 이러하니 곧 내가 곧 내가 나의 법을 그들의 마음속에 두며 그들에 마음에 기록하여 나는 그들의 하나님이 되고 그들은 내 백성이 될 것이라 여호와의 말씀이니라"(예레미야서 31장 33절)

예수님께서 이 땅에 오셔야 하는 이유가 바로 하나님과 이스라엘 백성들과 관계가 남편과 아내의 관계로 불러주셨지만 계속 죄를 짓고 우상을 찾는 백성들에게 유일한 길은 바로 내면의 혁명을 가져올 것이라고 약속하셨습니다. 그리고 그 약속의 중심에 예수님이 계심을 우린 성경을 통해서 잘 알고 있습니다.

그런데 이런 내적 혁명이 실감나게 피부로 와 닿지 않기 때문에 예수님께서는 비유를 자주 드셨습니다.

이 내면의 변화를 상징하고 드러내는 사물이 바로 씨앗입니다. 중국어에서는 씨앗으로 種(종)을 씁니다. 같은 글자로 '씨를 뿌리다'와 '모종을 심다'라는 동사로도 사용됩니다. 즉, '씨는 뿌려지고서 심어져야 그 존재감이 살아난다'는 뜻을 가지고 있습니다.

예수님께서 자주 씨 뿌리는 예화를 드신 것도 이 씨 속에 담긴 유전자 코드가 내면의 변화와 깊은 관계가 있기 때문입니다. 즉, 아무리 콩을 빨간색으로 칠을 하거나 심지어 도금까지 해서 심어도 팥이 결코 나오지 않는다는 진리를 던지심으로 바리새인들의 외형적 종교활동의 허구성을 적나라하게 들추어내셨습니다.

그리고 도덕적 의무감에서 나오는 구제와 헌금과 봉사와 마음속에서 우러나오는 헌신을 구분하셔서 염소와 양을 분리시켰습니다. 예수님을 고발하고 십자가형을 받게 한 이유도 바로 탄로 난 자신의 모습을 감추기 위해서였습니다.

지난 20여 년 동안 눈부신 경제성장 역시 덩샤오핑의 흑묘백묘 사상이 바로 씨앗이 되었기 때문입니다. 정치와 사상에서 경제를 분리한다는 기막힌 변화와 발상은 이미 그 당시의 인민공사와 문화혁명 후유증으로 그럴 수가 없는 역사적 상황 속이지만 그렇다고 과감하게 방법론에 수정을 가한다는 것은 쉽지 않은 씨앗이었던 것입니다. 하지만 그 씨앗은 옥토에 던져졌고 20년이 흘렀던 것입니다.

20년 동안 캠퍼스 안에서도 많은 변화의 물결이 일었지만, 주님께서는 복음의 씨앗을 통해서 장엄한 역사를 이루어 가셨습니다. 식물의 씨앗과 복음의 씨앗이 거의 비슷한 데가 많아서 복음서가 더욱 친근하게 느껴집니다. 산책하면서 만난 할아버지께서 그날 하시는 일은 딱딱하게 굳어있는 땅을 괭이로 파고 두드려서 부드럽게 하는 것입니다.

이 캠퍼스에 처음 발을 들여놓는 학생들의 얼굴은 마치 개간이 필요한 땅처럼 웃지도 않고 인사도 하지 않는 굳은 표정의 얼굴을 하고 입학합니다. 설상가상으로 2주 동안 군사훈련까지 받으니 얼굴은 더욱더 석고 같이 굳어있습니다. 그러나 동료 선교사님들의 따스한 미소와 환대와 정성과 친절한 언어에 조금씩 얼굴이 부드러워지는 것을 목격합니다.

그러나 복음의 씨앗과 땅속의 씨앗과 분명히 다른 점은 바로 겉으로 보아서는 콩과 팥이 구별이 안 되는 것입니다. 세상의 씨앗은 바로 색깔만으로 구분이 가능하지만 복음의 씨앗은 하나님만 구분이 가능합니다. 그래서 학생들을 편견 없이 대하고 공평하게 일을 처리하려고 혼신의 힘을 다합니다. 학창 시절에 믿는 것 같았는데 졸업 후에 다른 모습을 보이며 교회를 떠나기도 합니다. 반대로 학창 시절에 그렇게 복음을 거부하고 외면하고 저항하던 학생이 어느 날 놀라운 복음의 전사가 되어 나타나는 경우가 있기 때문입니다.

그래서 봄에 씨를 뿌리면 봄이나 여름에 열매를 거두지 않고 가을이 되어야 열매를 맛볼 수 있는 것처럼 복음의 역사 역시 긴 세월을 통해서 지켜보아야 하는 것 같습니다. 그런 가운데도 진정으로 복음의 씨앗이 들어있는 경우를 발견하는 경우도 있었습니다.

제가 이곳에 재직 중에 무감독 시험을 해오고 있었습니다. 저는 이 무감독 시험을 통과한 학생들에게 얼마나 큰 복이 임할 것인가를 잘 알고 있기에 저의 일생 동안 중요성을 알려주고 시행해 왔습니다. 믿는 학생에게는 자기 내면의 변화를 확실하게 보여줄 것으로 기대하고 있었습니다. 또한 설령 복음에 변화가 아닌 양심이나 신분적 의무감에서 하는 비신자의 경우에도 신용이란 좋은 꼬리표가 붙어 다닐 수 있기에 무감독 시험에 신앙적 사명감으로 준비하여 열정을 쏟아부었습니다.

그러던 어느 날 무감독 시험에 꽤 많은 학생들이 커닝에 연루된 것을 채점하면서 발견하였습니다. 연루된 학생들을 1대1로 불러서 자백을 받고 반성문을 쓰게 하였습니다. 3년 이상 이 학교를 다니면서 정직한 삶의 실천을 많이 들어왔기 때문에 자신의 잘못을 인정하는 분위기이며 반성문도 꽤 진지하게 쓰는 편이었습니다. 그래도 형식적으로 쓴 글도 있어서 아쉬워하기도 했습니다.

그런데 부정행위자 면담 중에 한 학생이 자신의 부정행위를 인정하면서 갑자기 굵은 눈물방울을 떨어뜨리며 연신 자신의 옷 소매로 눈물을 훔치고 있었습니다. 저는 약간 놀란 기색으로 왜 우느냐고 물었습니다. 그는 "죄와의 싸움에서 지고 말아서 예수님 볼 면목이 없습니다…"라고 하며 목멘 소리로 말을 제대로 잇지 못했습니다. 저도 의외의 답변에 순간 의아스러운 눈으로 그를 보고 있었습니다. 그리고 얼마 지나지 않아서 제 가슴 속에 심어진 복음의 유전자가 꿈틀거리는 같은 충격을 받았습니다.

"그래, 기도하자. 다시는 예수님께 누가 되지 말자"라고 하며 그의 손을 붙잡고 기도하였습니다. 기도가 끝난 후에 그의 얼굴을 보니 스테판 집사의 얼굴을 보는 듯한 밝은 빛이 지나가는 듯한 느낌을 받았습니다. 기도가 끝난 후에 등을 두드려 주며 "베드로도 이보다 더 큰 죄를 지었는데 그래도 대 사도가 되었지."라고 말하며 그를 보냈습니다.

그 이후 수년이 흘러 그는 같은 학부의 교수가 되어 나타나서 오늘도 저의 학부에서 학생들을 가르치고 있습니다. 그는 이 학부 출신 5명의 교수 중 한 사람으로 오늘도 또 다른 씨앗을 품으며 강의실과 연구실을 오가고 있습니다

제가 처음 뜨겁게 믿었던 신앙의 초기에 기독교 신앙과 너무 거리가 먼 것처럼 느껴졌던 김재준 목사님의 찬송가가 지금은 구구절절 다가옵니다. "어두운 밤에 잠겨"로 시작하는 찬송가는 하나님에 대한 직접적인 언급이 없는 점이 마음에 걸려서 잘 부르지 않았는데 세월이 흘러 다시 놓고 보니 복음을 단편적으로 받아들인 것 같아서 회개하였습니다. 그래서 오늘은 부르고 싶은 내적인 갈증이 생깁니다. 가사 중에서 "하늘의 씨앗이 되어 역사의 생명을 이어간다"라는 가사가 저의 마음에 공진됩니다.

공산당 간부의 외동딸인 미숙은 겨울방학 동안 캄보디아 봉사활동에 참여하면서 굳어있던 마음이 많이 풀어진 느낌을 받았습니다. 염석은 학업의 어려움이 그를 겸손하게 만드는 것 같습니다. 평소 조용한 성품이지만 2년 전 MT를 갔을 때 70~80 노래 중에서 이장희가 불렀던 '그 건너'에 나오는 가사를 즉석 연기하여 최고 점수를 받은 경험이 있기에 자신의 장점을 잘 찾아볼 것을 권하고 있습니다.

L 역시 학업성적이 좋지 못하여 고민하고 있습니다. 이 3명의 4학년 학생들과 매주 금요일에 만나서 성경을 읽고 영화 일부분을 보면서 죄의 심각성을 조금씩 드러내는 학습을 할 예정입니다.

이번 학기에는 이곳 사정상 지난주에 첫 모임을 가졌습니다. 학기가 끝날 때까지 중단 없이 모임이 이어지기를 기도 부탁드립니다.

 기도 제목

1. 성대, 염석, 미숙이가 졸업 전에 예수님을 만날 수 있도록
2. 마리아가 어제 학교 복도 계단을 올라가다가 세워둔 카트기에 걸려 넘어져 치아가 3개가 부러지는 사고를 당함 – 조속히 회복되어 강의에 임할 수 있도록
3. 약효 시간 단축으로 강의에 지장이 없도록

2016년 4월 22일 중국에서
김이삭, 목리브가 올림

22

기독교 세계관

샬롬. 사랑하는 동역자님. 문안 인사 올립니다.

이곳은 8월 초에 여름학기가 끝이 나면서 2016년도 상반기 학기가 막을 내렸습니다. 여름학기를 학생들에게 적극적으로 권장하는 이유는 이곳 장기 사역자들의 정체된 학문적 지식을 보완하고 학생들에게 첨단과학 기술을 접할 수 있는 기회가 주어져 있기 때문입니다.

그러나 이런 이유보다 더 중요한 이유는 복음을 다른 각도에서 접할 수 있는 무대를 펼치기 위해서입니다. 전시에 육해공군이 입체적으로 협력하여 적의 기세를 꺾는 것같이 여름학기 단기 사역자를 통하여 이루어지는 보이지 않는 전쟁을 장기 동역자들과 함께 수행하고 있습니다. 이러한 끈끈한 전우애로 인하여 많은 졸업생들이 단기 사역자들이 몸담고 있는 학교에 대학원생으로 가고 있습니다.

2012년도 가을 어느 날 저는 한 통의 이메일을 받았습니다.

제주대학에 소속된 교수님으로부터 학문과 신앙을 접목하여 대학원을 다니고 싶은 학생을 추천해달라 요청하셨습니다. 이분 역시 어느 전우애 넘치는 복음의 동지 중 한 분이었습니다.

추천을 진행하는 데는 별로 어려움이 없는 상황이었습니다. 교회도 착실하게 나가고 성적도 좋은 졸업반 학생들이 그 무렵에 많이 있었습니다. 고민할 필요 없이 이 중에 한 학생을 추천하면 모두가 고개를 끄덕끄덕할만한 선발이 되었을 것이었습니다.

그러나 이 추천을 위해 기도하는 가운데 김문곤 학생을 추천하라는 이끌림을 받게 되었습니다.

문곤 학생은 제가 소속된 학부 학생으로 3학년까지 학업을 멀리하고 오락과 자신의 취미활동에 빠져 시간을 보내다가 4학년 마지막 학기에 정신을 차리게 되었고 유학을 희망하고 있었습니다. 그의 성적은 대학원에서 받아 주기에는 너무 심할 정도로 형편이 없었습니다.

그의 지도교수님으로부터 대학원에 진학하고 싶어 한다는 전갈을 받고 그와 면담을 하였습니다. 문곤은 귀한 시간을 허비한 과거에 대한 깊은 반성을 고백하였습니다. 그의 눈빛은 학문을 더 하고 싶은 열정으로 가득 차 있었습니다. 특별히 그가 그 시점에 예수 그리스도를 자신의 구세주로 삼고 진정으로 변화된 모습으로 살고 싶어하는 진지한 자세가 인상적이었습니다.

물론 이런 특별한 인도하심은 드물게 일어나지만, 저에게는 하나님께서 탈선한 젊은이들에게 더 많은 관심을 가지라는 메시지를 20년간의 복음 사역 역사 속에서 보여주셨습니다. 우선 저 자신이 전공에 적응하지 못하고 방황했던 대학 시절에 뼈아픈 경험을 하였습니다. 전공이 자신의 적성과 일치하지 않은 고통을 대학 4년 내내 겪게 되었고 그러한 아픈 체험은 견디기 힘든 시련이었습니다. 그러나 그런 아픔들이 제 인생의 거름이 되어 자신의 전공에 적응을 못하는 학생들에게 조언과 올바른 선택을 할 수 있도록 지금은 도움을 주게 되었습니다.

하나님께서는 전공이 자신과 맞지 않아서 고통받고 있었던 많은 학생들에게 저의 아픈 경험이 해결의 실마리가 될 수 있도록 인도하셨습니다. 그 결과 전공에 적응하지 못하여 학문적으로 탈선한 학생들에게 희망과 열정을 불어넣어 주는 인생으로 승화시키는 역할을 하게 하셨습니다. 그중에 한 명이 바로 연변을 대표하는 벤처사업가인 현석봉 학생이었습니다.

현석봉 학생은 그 당시 모두가 졸업 후 회사원이 되려고 할 때 대기업의 스카우트 제의를 거절하고 이곳에서 남아서 묵묵하게 자신의 길을 걸어가고 있는 혁신의 아이콘입니다. 미국의 실리콘밸리와 같은 기업 단지를 조성해서 고향으로 돌아오는 중국의 젊은이들에게 꿈과 비전을 주기 위해서 자신 직접 사업을 시작하였습니다.

그 역시 자신의 입학 전공인 생물화공 과목 이수와 전산학에 대한 관심이 충돌되어 고민하던 그를 전산학으로 과를 전과할 것을 권유하여 전공을 탈선으로 아웃사이더가 되어 있던 그를 자유의 몸으로 전산학을 전공하게 하였습니다. 물고기가 물을 만난 것처럼 제가 주관했던 연구 동아리에서 팀장 겸 동아리 회장으로 그는 기아자동차 부품관리 시스템을 다른 학생들과 함께 개발하여 전달해 주어 기아자동차의 경영 합리화의 1등 공신이 되었습니다. 그리고 졸업작품

전을 준비하여 이 지역에서 처음으로 소프트웨어를 대상으로 전시회를 주관하여 성공적으로 마친 리더십이 있었던 학생이었습니다. 초기 선배 사역자들의 관심에 소외된 모순을 발견하고 기독교를 배척했으나 지금은 아내와 자녀들과 함께 주일예배와 금요 구역예배를 착실하게 나가고 있습니다.

이렇게 출발한 탈선 젊은이 섬김 프로젝트는 제가 예수님을 만나는 과정에서도 계속되었습니다. 제가 예수님을 믿게 된 것은 미국 할렘가의 탈선한 젊은이들에 복음을 전한 어느 미국 목사님의 간증을 기록한 『십자가와 깡패』라는 책을 읽고 난 이후였습니다.

그리고 4년 뒤에 선교사로 부름받아 선교지에 도착해 보니 이미 먼저 오신 선배 선교사님들의 편애에 반발하는 반기독교적 학생들의 분노가 강의실에 가득 차 있었습니다. 교실의 반은 복음을 받아들인 학생들은 잔잔한 미소로 채워져 있었고 나머지 반은 선교를 빙자한 '또 한 명의 사이비 교수가 왔구먼'이라는 의심과 조소의 눈빛과 격앙된 표정을 가진 학생들로 채워져 있었습니다. 이렇게 관심에서 탈선된 학생들이 반을 차지하다 보니 수업 진행에 어려움이 많았습니다.

문제의 심각성과 탈선 프로젝트를 감지한 저는 돌봄에서 소외된 학생들을 동아리에 가입시켜 자신이 하고 싶은 분야를 세분하여 팀별로 1주일에 한 번씩 만나는 계획을 소개하자 교실에는 그 분노가 수그러들고 오해가 이해로 변화되는 역사가 일어나게 되었습니다. 그중에 상당수가 복음을 받아들여서 지금 북경, 한국, 일본에서 그리스도 안에서 복을 누리며 살고 있습니다.

　이러한 탈선 미션이 저의 선교 역사의 커다란 물줄기 중 하나이기에 김문곤 학생 역시 하나님의 간섭과 인도하심이 예사롭게 보이지 않았습니다. 그러나 현실적으로 그의 객관적인 서류뭉치는 그가 대학원에 진학하기에 너무도 먼 곳에 있음을 드러내고 있었습니다.

　다음은 저의 학부에서 세미나를 통하여 자신과 연구실을 소개했던 그 복음의 전우가 보낸 학생 추천 요청 이메일입니다.

> 안녕하십니까?
> 그동안 잘 지냈습니까?
> 건강도 괜찮으신지요?
>
> 지난 7월 세미나에서 부족한 저의 생각과 식견에 많은 관심과 격려 감사드립니다.
>
> 오늘 조○○ 교수님과 테니스를 치고 기독교 세계관 연구 방법에 관해 의논을 드렸습니다.
> 조 교수님이 메일로 김 교수님(김이삭)에게 심정을 전달해 보라고 했습니다.
>
> 지금까지 저는 세계관이 중요하고 필요하다고 말로만 주장했습니다.
> 그러나 더 늦기 전에 기독교 세계관을 체계적으로 정리하고 연구하고 싶은 욕심이 있습니다.
> 제가 생각하는 기독교 세계관은 두 가지 유형으로 나누어 봅니다.

하나는 생활 속의 세계관이며,

예를 들어 산업 사회의 소산물인 자동차, 공장, 집, 가전제품 등에 대한 성경적인 관점을 정리하거나 생활 속의 신앙 실천(?)(예 : 인사와 사랑, 가족과 이웃사랑)을 설명하는 것입니다.

그리고 나머지는 컴퓨터 전공 관점에서의 세계관이며, 성경에 말씀 비추어 컴퓨터 이론과 기술을 이해하고 설명하고 접근해 보는 것입니다.

그러나 한국에서 제가 벌여 놓은 일이 많아 세계관 연구하기에는 부담이 되어 무관심하게 해야지 하는 생각만 하고 있습니다.

그러다가 최근 효과적인 기독교 세계관 연구 방법을 생각해 보았습니다.

좋은 방법인지는 모르겠지만 혼자서 연구하는 것이 아니라 두 사람이 서로 협력하여 연구하면 세계관을 효과적으로 연구할 기회가 만들어질 것으로 생각됩니다.

혹시 귀 대학 학생 중에 신앙을 갖고, 기독교 세계관에 대해 관심이 있는 학생을 석사과정으로 받아 도움을 받았으면 합니다.

서로 의견을 교환하면서 세계관을 정리해 보고자 합니다.

물론 IT 융합 관련 연구도 함께하였으면 합니다.

학생의 등록금과 생활비는 지원할 수 있습니다.

혹시 주위에 전공 실력이 조금 부족해도 신앙을 갖고 기독교 세계관에 관심이 있는 학생을 추천해 주시기 바랍니다.

하나님의 뜻이라면 이루어질 것이라 생각하고 이렇게 메일을 보냅니다.

이해 바랍니다.

항상 건강하시고,
하나님의 사랑과 은혜가 풍성하기 바랍니다.

ㅇㅇ대
ㅇㅇㅇ 드림.

아무리 성적이 조금 부족한 학생이라도 괜찮다고 할지라도 평균 평점이 턱없이 낮은 학생을 어떻게 생각하실는지 인간적인 염려가 없는 바는 아니었습니다. 그러나 하나님께서 하겠다면 누가 막을 것이냐는 믿음으로 추천 이메일을 보냈습니다.

그러자 다음과 같은 답변 이메일이 왔습니다.

안녕하십니까?
ㅇㅇ대학 ㅇㅇㅇ입니다.
그동안 잘 지내시죠.
가을이 가고 어느덧 겨울이 왔습니다.
건강은 괜찮으신지요??
좋은 학생을 추천하여 주신 것에 감사 드립니다.
더불어 김ㅇㅇ 학생을 환영하며,
저희 연구실에서 함께 공부하는 것에 대해 기쁘게 생각합니다.

부족하지만 하늘의 뜻을 함께 간구하면서 입학을 준비하였으면 합니다.
아마 앞으로 입학과 생활 관련 부분을 저희 연구실의 중국인 석사과정 학생이 도와줄 것입니다.

아무쪼록 김문곤 학생과의 만남이 하늘의 뜻이기를 기원하며 항상 건강
하시고 늘 하늘과 함께하시기를 기원합니다.

제주대
김○○ 드림.

학부 전 학년 평점이 1.6인 학생을 좋은 학생이라고 단정 지을 수
있는 이 복음 전우의 답장은 저에게 인간을 어떻게 평가하고 판단해
야 하는지에 대한 숨어있는 편견을 부끄럽게 하였습니다. 또한 외모
보다 중심을 보시는 하나님의 성품을 드러내 보이는 진리를 보게 하
였습니다.

이렇게 하여 문곤은 그 대학에 입학하여 석사과정을 시작하였습
니다. 물론 그사이 자신에게 힘든 난관에 봉착할 때 좌절하고 포기
하려는 순간이 있었지만, 주님을 의지하고 잘 극복하여 2년 만에 석
사과정을 끝내고 지금은 같은 대학 박사과정에 진학하였습니다. 그
뿐 아니라 연구실 모든 일을 총괄하는 랩장이 되어서 그 지도교수님
이 가장 신뢰하는 학생으로 발탁되어서 연구년 동안에 요셉처럼 재
정관리를 포함한 연구실의 모든 살림을 책임지는 일을 하고 있다고
했습니다.

나비와 나방은 모두가 순수한 우리말로 하나님의 돌보심으로 조
상의 지혜가 번뜩이는 말입니다. 나로 시작하는 나비와 나방은 날개
를 지니고 있기에 생활공간을 날아다닐 수 있는 능력을 가졌다는 공
통점이 있습니다. 그러나 주 활동 시간은 확연하게 다릅니다. 나비

는 태양이 모습을 드러내는 밝은 대낮에 주로 활동하지만, 나방은 칠흑처럼 어두운 야간에 등장합니다. 그리고 나비는 꽃을 찾아 날아다니며 식물이 번식하는 일을 돕지만 나방은 불빛을 향하여 날아다니는 마약을 복용한 사람처럼 취하고 몽롱한 상태로 불빛 앞에서 자기 몸을 뒤집거나 뒤뚱거리며 수명이 다한 뒤에는 그 시체마저 사람들에게 불쾌감을 안겨주는 날개에서 나오는 분말 가루를 뿌리며 방안을 더럽힙니다. 심한 경우는 물컵이나 먹는 음식 속에 떨어지면 사람들 입에서는 저주의 함성이 쏟아집니다.

복음은 바로 이 나방이 죽기 전에 나비로 변화되는 대사건입니다. 인간이 복음으로 변화되지 않으면 '나봐, 나봐' 하면서 나방처럼 자기중심적인 삶을 살다가 나이가 들어서 더 추한 모습과 행동을 하다 죽어가는 모습이 흡사 나방의 삶과 너무도 닮은 데가 많습니다. 불나방처럼 자신의 죽음을 알지 못하고 욕망을 향해 달려가는 현대인들의 삶은 창조주께서 주신 그 희망의 날개를 생명을 살리고 전하는 데 사용하지 않고 자신의 말초적인 욕망을 만족하는 데만 쓰고 있습니다. 이것이 바로 자신의 욕망과 야망을 투영한 황소 우상을 만들어 섬기는 나방의 삶인 것입니다.

구원의 과정은 나방처럼 날개만 소유했다고 해서 우린 나비라고 부르지 않습니다. 참 나비는 환한 낮에는 이불을 박차고 일어나 낮 동안에 부지런하게 꽃 속을 날아다니며 꿀을 빨고 복음의 꽃가루를 뿌리고 다니게 됩니다. 그러나 나방의 신분으로는 절대로 이런 일을 하지 않습니다. 그러나 나비로 신분의 변화된 그리스도인들은 기도

하고 전하고 가르치는 삶을 자연스럽게 수행합니다. 이것이 바로 전도이며 선교인 것입니다. 결국 저를 비롯한 이곳 동역자들은 나방으로 입학한 학생들이 나비가 되어 졸업하는 이 현장에 자신의 젊음과 인생을 걸고 자신의 가족과 함께 짐을 풀었던 것입니다.

　지도학생 3명과 이번 상반기 학기에 계속 만남을 가졌습니다. 성경을 같이 읽고 예수님의 말씀을 접하였고 영화 속에 나오는 인간의 문제와 그 원인에 대하여 소개하고 바른길을 제시하였습니다. 감사하게도 호기심을 가지고 매주 빠지지 않고 참석하는 열정을 보여주었습니다. 특별히 자기 아버지가 공산당 간부인 최미숙은 처음에 성경을 같이 읽었을 때는 거부감이 있었는데 인간 내면의 문제와 세상에서 일어나는 관계 속의 해법들이 지혜로 담긴 성경을 읽을 때마다 도움을 받게 되어서 이제는 성경에 대한 거부감이 사라지게 되었다고 고백하며 밝은 미소를 지었습니다.

　그녀는 대도시에 있는 자신의 친척이 경영하는 회사에 가게 될 것이라고 했습니다. 이미 가 있는 믿음의 선배들과 연결하여 교회에 나갈 수 있도록 할 예정입니다. 최염석은 그동안 학업을 떠나 살았던 결과 1년을 더 다녀야 하기에 가을학기에도 계속 만나서 바이블 스터디를 계속하려고 합니다.
　리성대는 관심이 있지만 자신이 생각은 아직도 유물론적인 사고에서 머물러있는 것 같았습니다. 그러나 그 역시 차후 하나님의 만지심이 있을 때 지나간 복음의 씨앗이 기억되리라 믿고 있습니다. 20년 전에 작곡되었던 참새와 허수아비라는 곡의 가사에 "휘이휘이

가거라 산 너머 멀리멀리 보내는 나의 심정 내 임은 아시겠지"라는 허수아비의 고백이 성대를 졸업시켜야 하는 저의 심정을 대변하는 것 같았습니다. 진정으로 먹어야 할 것과 먹어서는 안 될 것을 배운 참새를 보내야 하는 외로운 허수아비의 허전하고 묘한 마음이 지속되는 7, 8월은 이 유행가가 시리도록 가슴을 파고듭니다. 적어도 새로운 신입 참새가 오는 9월 전까지……

저의 파킨슨병 진행 억제와 리브가 선교사의 갱년기 장애를 위해서 계속 기도 부탁드립니다. 복도에서 넘어져 치아가 손상된 마리아는 기도 덕분에 잘 회복되어 상반기 학기를 무사히 잘 마쳤습니다. 이제 신경치료만을 남겨두고 있습니다. 신경치료는 한국에서 본 대학에 파송되신 치과 선교사님이 직접 치료해 주시겠다고 하셔서 9월에 치료에 들어갈 예정입니다.

에스더는 본격적인 전공에 들어간 3학년 과정을 잘 마치고 가을에 4학년에 올라갑니다. 온 가족이 이렇게 같은 시간을 가질 시간이 얼마 남지 않았음을 깨닫게 되어서 같이 지내는 시간에 더더욱 온 가족이 충실하여 행복한 가정이 되기를 애잔한 마음으로 기도하며 지내고 있습니다.

이곳도 만만치 않은 열대야로 밤잠을 설치고 있습니다. 어제 방 온도를 재어보니 31.5도였습니다. 침대가 땀에 젖었고 샤워를 하루에 두 번 해야 할 정도 더위가 기승을 부리고 있습니다. 고국은 더 심한 열대야로 전국이 화로가 되었다는 소식을 들었습니다.

아무쪼록 이 더위를 잘 넘기셔서 조만간 불어올 선선한 바람을 기대하시며 더위를 이기시기를 바랍니다.

주님의 평안과 사랑이 늘 함께하시기를 축복합니다.

감사합니다.

2016년 8월 14일 중국에서
김이삭 목리브가 올림

23

차량통제

샬롬. 주 안에서 문안 인사 올립니다.

가을의 정취를 물씬 안겨준 코스모스의 마지막 잎마저 떨어져 버린 10월의 가을은 캠퍼스를 더더욱 쌀쌀하게 느껴지게 합니다.

지난 7월에는 저희 가정과 거의 같은 시기에 왔던 J 선교사님께서 갑자기 짐을 정리하시고 사모님과 함께 조용히 떠나셨습니다. 이 학교에 가장 마지막으로 남아있을 것 같았던 붙박이 같은 그분이 건축학과를 뒤로하시고 떠나셨을 때 처음으로 제 가슴 깊은 곳에서 한없는 아쉬움과 서운한 마음이 들었습니다. 평소에 그렇게 개인적으로 친하진 아니했지만, 한때 바로 옆집에 살았던 이유로 인하여 연구년 3년을 떠나있었던 시절에 컴퓨터를 맡기고 갔는데 저희 가정이 돌아오자마자 빌린 컴퓨터는 물론이고 3년간 사용해서 고마운 표시로 신형 프린터를 추가하여 주셨습니다. 저희 가정은 극구 사양했지만, 막무가내로 우리 집에 두고 가셨습니다.

또한 그 전에 1996~1998년 동안에 가르친 교수 중에서 최우수 강의 교수를 뽑을 때 J 교수님과 제가 최종 후보에 올라서 그중에 한 사람을 뽑아야 하는 행사가 있었습니다. 저는 그때 강의를 95년도에 시작한 그야말로 햇병아리 같은 실력으로 그 당시 이미 육군사관학교에서 16년의 강의경력을 가진 J 선교사님과는 비교가 안 된다고 하며 강력하게 J 선교사님이 되어야 한다고 주장하였습니다. 그런데 결과는 제가 선정되고 말았습니다. 그런 일이 있고 난 뒤에 만날 때마다 미안한 마음에 한구석이 불편한 감정으로 대할 수밖에 없는 저의 마음을 아셨는지 늘 반가운 미소로 인사를 하시며 미안한 마음을 지워주셨습니다.

그 이후에 그분은 영특함과 해박함과 논리 정연한 화술로 인정받아 부총장에 임명되어 대학의 리더의 반열에 들어 학교 경영에 참여하게 되셨습니다. 임기 2년의 부총장직을 마치고 건축학과로 돌아오셔서 학생을 가르쳐오셨고 한국에서 신학교를 졸업하셔서 저희들 채플에서 한 학기에 한 번 정도 명쾌하고 분명한 복음적인 설교를 하셨습니다. 많은 선교사님들이 이 과에 오셨다가 대부분 떠나셨지만, J 선교사님은 이 학과의 중심인물로 과를 튼튼하게 지키셨던 분이 갑자기 떠나게 되신 것이 의문스러웠습니다. 그러나 이제서야 우리는 그 이유를 알게 되었습니다.

지금 학교는 20년간의 계약이 올해로 끝나면서 새로운 가능성을 가지고 그동안 한국의 S대학이 합세하여 이곳의 Y대학과 함께 3자 협상을 해왔습니다. 그러나 학교 소유권 문제로 Y대학과 설립자이신 K 총장님 간의 팽팽한 대립으로 인하여 협상이 잘 진행되지 아니하자 그동안 이곳 교직원들에게 적용하지 않았던 5+2 정책을 시행하겠다고 하면서 비자 연장을 무기로 들고 나왔습니다. 5+2 정책이란 5년간 가르치고 2년은 중국을 떠나있어야 한다는 정책입니다. 안식년 혹은 연구년과 비슷한 제도인데 현지 대학들은 이 제도를 시행하여 교수들에게 새로운 기술을 계속 습득하거나 학위를 취득할 수 있는 기회를 주기 위한 제도입니다.

그러나 대부분이 선교사인 본 대학의 특성상 이 제도를 시행하는 데 교수 수급에 문제가 있기에 적용을 하지 않고 있다가 이제부터 적용하겠다고 하면서 과별로 떠나야 할 교수들의 명단을 제출하라고 압력을 넣고 있습니다. 그리고 5년 이상 재직한 모든 교수는 이번 학기나 다음 학기에 떠나야 한다고 하면서 내일까지 그 명단을 제출하라고 요구하고 있습니다. 그리하여 지금 각 과에서 교수 회의를 거쳐 계획서를 작성하고 있습니다.

그래서 J 선교사님은 이러한 일이 발생하여 개인 사정으로 이번 학기에 떠나기 힘든 분들이 많을 경우를 대비하여 미리 떠나서 학과에 부담을 줄이기 위한 배려가 있었던 것입니다. J 선교사님이 마지막으로 드리셨던 예배가 끝난 후에 교회당 마당에서 J 선교사님을 만났습니다. 떠나신다고 광고도 없었기에 대부분 동역자는 잘 모르고 있었습니다. 그래서 그런지 그의 주위에는 작별을 고하는 동역자들이 그리 많지 않았습니다.

저는 다가가서 작별을 고하려고 손을 내밀다가 갑자기 포옹해야 한다는 마음이 들어서 J 선교사님을 와락 껴안았습니다. 그런데 저도 모르게 코끝이 찡하여 눈물이 쏟아질 것 같았습니다. 20년간 같이 했던 동역자와의 이별이며 아마도 다음에는 천국에서만 만나게 될 것이라는 마음 때문에 그런 것 같다고 생각했습니다. J 선교사님은 '승리하십시오'라고 말씀하시며 저를 위로하셨고 저는 '섭섭하고 아쉽습니다'라고 껴안은 채로 아쉬움을 달래었습니다. 3달이 지난 지금 그 작별을 회고하면서 성령께서 이런 희생적인 분이 떠나시는 것을 미리 아시고 탄식하셨던 것이었습니다.

현재 협상 진행은 난항이 계속되어 결렬된다면 이 학교는 청산에 들어갑니다. 청산에 들어가면 모두가 떠나야 합니다. 현재 분위기로는 5년 이상 재직한 동역자들이 조만간 정리되어서 떠날 것 같아서 마음속으로 떠날 준비를 하는 것 같습니다. 저희들의 기도 제목은 복음으로 무장하여 이 무신론과 물질주의가 판을 치고 있는 이 소돔 땅에 유일하게 복음으로 무장한 이 학교가 우리 졸업생들이 우리의 정신을 이어받아서 복음의 진리가 계속 흘러갈 수 있는 시점까지 우리 동역자들이 머물 수 있도록 협상이 잘 진행되기를 바라는 것입니다.

그러려면 우리 동역자들이 초심으로 돌아가서 첫사랑을 버린 에베소 교회처럼 되지 않는 것입니다. 에베소 교회에 하나님께서 촛대를 옮기시겠다고 경고하신 것처럼 현재 복음사역에 첫사랑을 잃고 열심히 한다고 하더라도 이곳은 흔적만 남은 역사적 유물로 남아버릴 것입니다. 저의 좁은 시각에서도 시간이 흐를수록 초기의 열정적인 복음전파 정신이 미약해지고 다들 바쁘게 움직이지만 사역을 위한 사역이 되어버린 느낌을 지울 수 없습니다. 예수님께서 회개하지도 않는 예루살렘 백성을 위해서 우셨던 그 마음이(누가복음 19:41) 애통하게 공명되도록 저와 저의 동역자들의 가슴에 투영되기를 기도 부탁드립니다.

　이미 학교가 초기와 다른 부분은 공산당원이 학교 숙사를 점령하
여 관리한 이후에 정치적이며 폐쇄적인 분위기가 팽배하여지고 교
수들을 감시하는 시선들이 늘어왔던 사실은 지난번 편지에서 적은
바 있습니다. 그런데 이를 가장 상징으로 대변하는 것이 바로 학교
를 출입하는 차를 통제하는 출입문입니다.
　원래 정문에만 한 개 있었던 차량 출입문이 후문까지 설치되다가
최근에는 제3 출구에도 설치하여 이제 학교를 통과하는 차량은 출
입증이 없으면 통과하지 못하도록 제도화되었습니다. 이런 출입문
이 새로 설치된다는 의미는 캠퍼스가 그동안 서구식으로 사통팔달
로 아무런 제약 없이 출입할 수 있는 자유로운 분위기가 사라지고
감시와 통제가 엄중해지는 곳으로 바뀌어 가고 있음을 시사하고 있
습니다.

이런 분위기를 극복하는 길은 오직 학생들에게 보다 많은 시간을 창의적인 교육에 시간을 할애하려고 애쓰는 것입니다. 그래서 제가 책임지고 있는 연구소의 학생들에게는 연구 발표 전에 먼저 영화를 보여주고 시작합니다. 첩보물인 007 시리즈 중에서 가장 극적으로 주인공이 위기에 몰린 상황에서 어떻게 극복하는지를 장면으로 보며 토론하는 훈련을 시킵니다. 최고의 위기 장면에서 영화를 멈추게 하고 어떻게 해결할 것인지를 서로 토론하게 하고 다음 장면을 보게 합니다. 고교 시절 음악도 미술도 배우지 않는 이런 환경에서 자란 학생들인지라 아직은 기발한 상상력을 자극하여 나오는 경우는 없지만 그래도 특이한 방식으로 새로운 학습 방법에 대한 집중도는 높아서 창의력에 대한 관심이 높아지기를 기대하며 학생들을 만나고 있습니다.

이곳에는 새로운 학년이 시작되어서 새롭게 신입생이 두 명 배정되었습니다. 한 명은 조선족임에도 불구하고 한국어를 전혀 못 하는 학생이었습니다. 다행히 지도교수인 저와 대화를 할 수 있어서 즐거운 표정으로 면담에 임했습니다.

지난 학기까지 영적 훈련에 참여했던 리성대는 지금 소주에 있는 회사에 취직이 되어서 현재 신입사원 훈련을 받고 있습니다. 또한 아버지가 공산당 간부이신 최미숙은 상해에 있는 무역회사에서 근무한다고 해서 상해지역에 교회에 나갈 수 있도록 상해지역에 소상한 동역자에게 부탁을 드렸습니다.

그리고 최염석은 졸업하지 못해서 지금 저의 영적 모임에 후배들과 같이 나오고 있습니다. 염석은 이번 학기 초에 수업에 자주 빠져 상담해보니 대학에 와서 알게 된 타 대학교 재학 중인 친구가 인터넷 대출로 중국 돈 만오천 원을 빌리는 과정에서 보증을 섰다가 그 친구가 사라지는 바람에 자신이 몽땅 갚아야 하는 처지에 놓이게 되자 아르바이트를 해서 일부 돈을 갚느라고 수업에 빠지게 되었다고 토로했습니다.

지난 학기 저와 잠언 성경 말씀에 보증 서지 말라는 글을 읽었을 때는 이미 빌려준 다음이라 어쩔 수 없었는데 인터넷 대부업체의 전화 협박에 시달리다 보니 보증이 얼마나 무서운 것인지 알게 되었고 성경 말씀이 얼마나 진리인지를 깨닫게 되었다고 하면서 후배들과 같이 성경 말씀을 나누는 것을 전혀 부끄러워하지 않는 모습으로 착실하게 모임에 나오고 있습니다.

이제 4학년이 된 두 명의 학생 P와 O는 극명하게 다른 모습입니다. P는 외모는 왜소하고 가냘프지만 마음의 문이 많이 열려있고 희생적이고 적극적인 데 비하여 O는 덩치도 크고 남자답게 생긴 호남형인데 알레르기로 고생하며 화장실도 자주 가고 뭔가 안절부절못하는 느낌을 주며 정서적인 안정감이 결여된 모습입니다. 지난번 상담에서 자신의 부모님이 점쟁이로부터 절대로 교회에 나가면 안 된다고 다짐을 시키며 나가면 멸문이 될 것이라고 경고했다고 합니다. 그래서 그런지 현재까지 영적 모임에 나오지 않고 있습니다. 그래서 O가 너무 당황하지 않도록 가벼운 주제로 접근을 시도할 예정입니다. 이 영적 모임을 위해서 기도 부탁드립니다.

파킨슨병은 여전히 저와 함께 있습니다. 제가 조금만 무리하면 녀석은 의기양양하게 저의 약한 부분을 공격하여 육신적 정신적 심지어 영적인 부분까지 연약하게 만들어 버립니다. 그래서 요즈음은 살얼음판을 걷는 자세로 늘 무리하지 않는 사이클을 유지하려고 애쓰고 있습니다. 리듬이 깨지면 수면 식사 비뇨 호흡 자율신경계가 한꺼번에 무너져서 사망의 음침한 골짜기에 던져지기에 늘 조심할 수밖에 없습니다. 이제는 만인이 시청하는 월드컵 경기 시청도 이 리듬 때문에 힘들어졌습니다. 한편으로 주님께 그동안 즐겁게 시청할 수 있었던 건강을 주신 은혜에 감사드렸습니다.

고통의 깊이가 깊을수록 말씀과 찬송가가 달게 느껴지는 이 오묘한 지경을 맛보게 하시는 하나님께서는 정녕 위대한 토기장이십니다.

가을이 점점 깊어가는 시간에 동역자 여러분의 가정에도 풍성한 열매들이 가득하시기를 축복합니다.

감사합니다.

2016년 10월 19일
김이삭 목리브가 올림

24

머리 수술

샬롬. 사랑하는 동역자님. 문안 인사드립니다.

하나교회와 연어 목장 성도님들의 한이 없는 배려와 섬김으로 용인에서 매일 감사한 축복을 누리고 있습니다. 가뭄으로 타들어가는 땅에 이틀 전에 단비가 내렸습니다. 동역자님 가정에도 은혜의 단비가 흠뻑 내리기를 기도합니다.

고국에 머문 지가 5개월이 지나가고 있습니다.

3월 21일까지 인천 성광교회 선교관에 머물다가 용인 하나교회 근처로 이사 오게 되었습니다. 이사 오기 4일 전부터 선교관 바닥이 얼음장처럼 차가웠습니다. 오랜 지병으로 혈액순환이 원활하지 아니하여 겨울철에는 저의 손발이 차가워지고 조금만 추워도 쉽게 한기를 느끼는 저는 다음 날 아침 사무실로 내려가서 아무래도 보일러에 문제가 있는 것 같다고 이야기하였습니다. 선교관을 책임지는 간사님은 20대 후반의 젊은 분이었습니다.

보일러실에 가서 확인하시고 보일러는 문제없이 잘 돌아가고 있다고 했습니다. 무엇을 체크했냐고 했더니 고장이면 계기판에 에러가 뜨지만, 지금은 정상을 가리키고 있다고 했습니다. 그래서 세팅 온도를 올려놓았으니 뜨거우실 거라고 하면서 호의를 베푼다는 인상의 말을 남기고 사라졌습니다.

그러나 방바닥은 뜨겁기는커녕 얼음장처럼 차가웠습니다. 밤새도록 한기를 느끼며 잠을 제대로 자지 못한 몸으로 다시 사무실로 내려가서 바닥이 차갑다고 하자 그 간사님 왈 지금은 바깥 공기가 따뜻하여 온도를 올려도 보일러가 쉬었다가 돌아가서 그런다고 이런 날씨에 추운 것을 호소한다고 오히려 이상한 가족으로 몰아세우는 분위기가 되었습니다.

보일러가 돌아가도 바닥이 차가운데 문제가 있는 것 아니냐고 이야기했지만 잘 돌아가고 있는 보일러에 더 이상 할 것이 없다는 강력히 주장하는 간사님을 뒤로하고 저는 사무실 문을 나와야 했습니다. 해결되는 것 없이 밤을 보낼 것을 생각하니 아찔하였습니다. 또다시 얼음장 바닥으로 밤을 보내고 그다음 날 옆 동 신학생이 사는 입구를 지나치다가 문득 스치는 생각이 들어서 바닥에 손을 대어보니 온기가 제 손바닥에 전해졌습니다. 확신에 찬 저는 우연히 마주친 담임 목사님께 말씀을 드렸습니다. 옆 동 보일러는 살아있었고 우리 동 보일러는 돌아가고 있었지만 죽은 보일러였습니다.

결국 우리 가족이 용인으로 이사 오는 날 새로운 보일러 교체공사를 하였습니다. 하나님께서 처절하게 자신의 모습을 돌아보게 하셨습니다. 그날에 많은 사람들이 나더러 이르되 주여 우리가 선지자 노릇하며 주의 이름으로 귀신을 쫓아내며 주의 이름으로 많은 권능을 행하지 아니하였나이까 하리니 "그때에 내가 밝히 말하되 내가 너희를 도무지 알지 못하니 불법을 행하는 자들아 내게서 떠나가라 하리라"(마 7:23)는 말씀이 전율 속에 기억났습니다. 무언가 사역을 열심히 다해 하루 종일 뛰지만 따스한 사랑의 열매를 맺지 못하며 공회전하는 보일러와 같이 헛된 일을 하는 자신을 다시 한번 되돌아보게 되었습니다.

또한 계기판과 보일러 운전 여부가 보일러 역할을 다하고 있음을 결정하는 것이 아니라 방바닥의 미지근한 정도가 보일러의 진가를 결정하듯이 선한 사마리아인이 도와준 강도 만난 자의 진정한 이웃을 결정하는 것은 역시 도움을 받는 자가 진정한 이웃을 결정하는 것임을 알게 하여 주셨습니다.

교수로서 학생 입장에서 바라보지 아니하고 상대하지 않았는지 묻고 있었습니다. 상인으로 물건을 사는 사람의 입장에서 의사로서 환자의 입장을 고려하지 않는다면 헛손질하는 권투선수처럼 우리의 인생은 허망함을 알게 될 것입니다.

이런 깨달음을 주신 하나님께 오히려 감사하였습니다. 섭섭하게 생각했던 간사님의 행동을 오히려 깊은 하나님의 마음으로 품을 수 있었습니다. 하나님께서는 간사님을 사용하여서 저의 어리석음을 드러나게 하시고 비록 육신은 찬 바닥으로 고통스러웠지만 귀한 교훈으로 저를 영적으로 업그레이드하셨습니다.

이사 오는 날 성광교회 담임목사님께서는 그 간사님을 승합차를 운전하게 하여 이사를 돕게 하였습니다. 차를 타고 오는 동안에 그동안 제가 만든 유머로 서로 즐거운 시간을 가지며 기분 좋은 여정의 시간이 되었습니다. 보일러 사건은 저는 입에도 담지 않았습니다. 그리고 진정으로 섬기는 간사님의 모습을 보게 되었습니다. 이삿짐을 옮기실 다른 분이 계심에도 불구하고 이삿짐을 차에서 풀고 집까지 하나씩 다 옮겨 주시는 간사님을 보고 하나님의 위대하신 간섭과 풍성하심에 놀라지 않을 수 없었습니다.

인생을 살아가는 동안 하나님께서 응답하신다고 하여 문제가 해결되는 것은 아니었습니다. 오히려 고난과 고통의 가짓수가 늘어나고 정도가 더해 갔습니다.

용인으로 이사 오기 전에 3월 8일에 먼저 세브란스에 입원하여 수술 적합성 검사를 하였습니다. 너무 단순하고 간단한 검사로 생각하고 입원했던 저는 검사하는 과정이 지옥에 온 것 같은 느낌이 들었습니다. 약을 먹지 아니하고 이틀을 견디게 하는 시간은 너무나도 견디기 어려운 시간이었습니다. 저의 병이 파킨슨병 환자 말기증세에 해당하는 상태였기 때문에 약을 한때라도 놓치면 호흡이 거칠어지고 땀이 비 오듯 쏟아지고 몸을 꼼짝달싹하기 어려워집니다. 그런데 48시간을 약을 끊어버리고 견디라고 하니 정말로 죽을 것 같았습니다. 특별히 잠은 오지 않는데 몸을 돌리지도 못하고 어두운 밤을 보내는 것은 고통의 클라이막스였습니다. 죽음의 밤을 보내고 실험에 통과하면서 퇴원하여 수술 날짜를 잡게 되었습니다.

3월 28일에 입원하여 수술 준비하였습니다. 가장 기억에 남는 것은 면도기로 머리를 미는 것입니다. 나름대로 자신의 전문성과 독점성을 과시하면서 고답적인 자세를 취하는 이발사가 별로 마음에 들지 않았지만 별로 선택의 여지가 없을 것 같아서 면도를 하였습니다. 고등학교 시절 머리가 길다고 등교 시에 머리 중앙부만 이발 기계로 밀어주셨던 체육 선생님이 기억이 났습니다. 머리는 한번 밀면 자라는 데 1년 이상 걸리기 때문에 미성년자를 확실하게 구분해주는 가장 강력한 표징이었습니다. 거울을 보면서 어쩌면 생명을 잃을 수도 있음을 암시하는 서약서에 동의하는 저의 보호자를 보면서 또 다른 환경 속에서 반복되는 인생의 파노라마를 보게 되었습니다.

3월 30일 오전 6시 30분에 저는 수술실로 들어가기 전 바로 제 얼굴에 투구를 씌우는 방에 있었습니다. 싸우러 나가는 검투사의 투구가 씌워지자 저는 목숨을 건 수술과의 싸움이 시작된 것을 직감하고 지금까지 이겨낸 고통을 기억하며 이를 악물었습니다. 많이 아플 텐데 참으셔야 한다는 레지던트 선생님의 말씀이 떨어지기 무섭게 나사로 투구가 조여지기 시작했습니다.

귀가 찢어지는 아픔과 죄는 압력이 저의 감각기에 그대로 전달되었습니다. 예수님께서 왜 가시 면류관을 쓰셨는지 가시라는 말이 의식과 함께 공명되어 나왔습니다. 그리고 그 못의 고통이 나사못의 죄임으로 그대로 전달되는 것 같았습니다. 온통 십자가의 고통이 소름 끼치도록 전달되었습니다. 왜 할 수 있다면 이 잔을 내게서 옮기시옵소서 하는 고백을 하셨는가가 공감되는 고통이 전달되면서 저는 아픔에 견디는 것이 너무 괴로워서 소리를 지를 뻔했습니다. 그 순간 죄임은 중지되고 "잘 참으시네요. 정말 고생 많으셨습니다" 하는 말이 들려왔습니다. 그리고 그 상태에서 또다시 MRI 촬영에 들어가고 드디어 수술실로 옮겨졌습니다. 시간은 오전 8시쯤 된 것 같았습니다.

아직은 이런 수술이 첨단과학에 속하는지 의과대학 학생들이 수술실을 참관하였습니다. 이윽고 부분 마취가 끝난 후에 본격적인 수술에 들어갔습니다. 두터운 두개골을 드릴로 뚫는 순간 그 무서운 괴력이 머리에 전달되어 머리가 날아가는 것 같았습니다. 부분 마취로 통증은 없었지만 두개골이 뚫어지는 압력과 생소함에 전율하였습니다. 그리고 신체에 반응을 살펴 가면서 계속하여 여러 곳에 전극을 심고 전신 마취에 들어갔습니다.

7시간 지난 후에 수술실에서 깨어나서 병실로 돌아올 수 있었습니다. 수술 후에 상태가 호전되어 약을 먹지 않고 걸을 수 있을 정도였습니다. 그러나 시간이 흐를수록 원 상태로 돌아가는 변화를 겪어야 했습니다. 입원 후 10일 만에 퇴원하여 집으로 돌아오게 되었습니다. 이렇게 힘든 수술을 했지만, 수술의 성공 여부는 제 몸속에 심어 둔 뇌심부 자극기를 켜서 이 작동이 얼마나 잘되는가에 달려 있었고 수술 후 한 달이 지나야 자극기를 가동하게 되어 있었습니다.

수술 후 기다려야 했던 한 달 동안은 또 다른 지옥의 연속이었습니다. 몸이 완전하게 수술 전 상태로 돌아가서 밤마다 방바닥을 소변으로 적시는 일이 발생하였습니다. 소변통을 잠자리 근처에 놓아두었지만 몸을 움직일 수 없어서 그냥 매트리스에 볼일을 보는 악순환이 계속되자 저는 병원에 하루라도 빨리 들어가서 자극기를 가동해야 이 문제가 해결될 것 같아서 병원에 연락했으나 어린이날 대통령선거 등등이 들어있는 징검다리 연휴인지라 시간을 당길 수도 없었습니다. 겨우 사정을 하여 하루 앞당겨 입원을 하게 되어 드디어

5월 10일에 자극기를 켜는 감격의 순간에 이르게 되었습니다.

　레지던트 선생님이 자극기 가동기를 제 가슴에 대면서 전압과 주파수를 조절하자 저는 수그려졌던 허리가 펴지고 손 떨림이 멈추고 호흡이 정상으로 돌아왔습니다. 그리고 일어서고 걸을 수 있게 되었습니다. 할렐루야! 하루 전부터 약을 먹지도 않았는데 이렇게 걸을 수 있는 것이 정말 기적을 체험하는 것 같았습니다. 휠체어에 실려서 갔었는데 이제는 그 휠체어를 끌고 병실로 돌아왔습니다. 5인실 병실에 있는 다른 간병인과 환우들이 같이 기뻐하여 주었습니다. 아 얼마나 기다리고 기다렸던 순간이었는지요!

　그리고 저를 위해서 기도하여 주셨던 많은 분께 감사드리며 하나님께 영광을 돌리는 시간을 가졌습니다. 입원 후 4일 만에 퇴원하여 집에 돌아오자마자 머리맡에 두었던 소변통을 깨끗이 치웠습니다. 이제 자면서 몸을 돌랄 수 있고 몸을 침대 위아래로 움직일 수 있어서 잠자리가 너무 편해졌습니다.
　수술 전에 우리 가족의 고민은 만약 화재가 발생하였을 때가 약물이 작동하지 않은 시간대라면 저를 어떻게 옮기느냐가 저에게 큰 고민이었습니다. 모두 여자이기에 저를 옮길만한 힘이 다 없었기 때문입니다. 실제로 약효가 작용하지 않는 시간에 화장실에 가야 할 일이 발생할 때마다 두 딸은 저를 옮기기 위해서 땀을 흘려야 했습니다.
　그뿐만 아니라 자는 방과 화장실이 조금 멀리 떨어진 인천 숙소와 안양에서는 제가 잠을 자다가 소변을 보기 위해서 침대에서 내려왔지만 더 이상 몸을 펼 수가 없어서 오줌이 가득한 바닥 위에 쓰러져 있었으나 아무리 소리치고 불러대도 대답이 없어서 그대로 기도가 막혀 죽음의 순간까지 간 적도 있었습니다.

　이처럼 일어서서 걷는다는 사실 자체는 저에게 죽음과 삶을 넘나들게 하는 경계이며 표시였습니다. 그러므로 저에게는 일어서서 걸을 수 있는 것이 얼마나 큰 축복이며 선물인지 감사하지 않을 수 없습니다. 실제로 이 글을 쓰고 있는 순간 화재가 발생하였으니 대피하라는 방송이 흘러나왔습니다. 평생에 제가 살고 있는 곳에 불이 났으니 대피하라는 소리는 처음 들어서 놀라지 않을 수 없었습니다. 가족들과 함께 현관문을 열고 나가니 비상계단으로 위층 사람들이 우르르 내려오고 있었습니다. 계단을 내려와서 건물 밖으로 나가서 확인해보니 다행스럽게 연기 나오는 곳이 없었고 경보기 오작동으로 판명되었습니다. '진짜로 불이 나고 내가 스스로 걸을 수가 없었다면'이란 생각이 들자 그분의 인도하심에 전율하게 되었습니다.

　물론 아직도 자극기 조절이 제대로 안 되어서 또 다른 문제가 발생합니다. 불면, 넘어짐, 약과 자극 기간의 부조화가 발생하여 아직도 어려움이 있습니다. 6개월 정도 더 걸린다고 하니 더 기다려야 몸이 적응이 된다고 합니다.

　지금은 걸음걸이가 느려지고 만사에 의욕이 떨어지는 좌절을 경험합니다. 약물로 조절할 때보다 못한 상태를 경험하기도 합니다. 그러나 인내와 느림 속에서 세상을 다시 보는 여유를 누리게 됩니다.

속도와 자신감으로 볼 수 없는 세계를 보게 됩니다. 하나님의 그 장대하고 놀라운 솜씨로 빚어내는 그 오묘한 손을 느림과 결핍으로 맛보는 그 찬란한 경험에 놀랍니다. 손가락 하나의 움직임조차 하나님께서 얼마나 절묘하게 만드셔서 그 일을 하게 하시는지 움직임 자체가 기적임을 발견하게 되는 풍성함을 누리고 있습니다. 첩첩산중의 고난은 연속이지만 늘 기도를 들어주시는 하나님이라고 고백하지 않을 수 없습니다.

아니 더욱더 현재와 내일이 기대됩니다.

주님의 사랑과 은혜가 동역자님들의 가정에 늘 함께하시기를 축복합니다.

2017년 6월 9일 대한민국 용인에서
김이삭 목리브가 올림

25

사랑의 눈으로 본 자연

샬롬.

며칠 전에 이곳에 첫눈이 왔습니다. 말씀 묵상을 마치고 새벽 산 책을 하면서 쌓인 눈을 바라다보았습니다. 하얀 눈으로 갈아입은 나 무들이 너무 아름다워서 넋을 잊고 쳐다보고 있었습니다. 순간 왜 아름다울까? 라는 의문이 들었습니다. 자세히 보니 가지와 흰 눈이 사이좋게 서로 양보하면서 자태를 드러내고 있었습니다.

그러나 오늘도 바쁘게 좀 더 좋은 공간을 확보하기 위해서 몸부림 치고 한 치의 양보 없는 사람들의 종종걸음들….

저 자신이 선교지를 잠시 떠나 본국에서 재적응이라는 이름 아래 서 이렇게 살고 있지 않은지 윤동주 시인을 감히 만날 엄두가 나질 않았습니다.

첫눈

아침 잠에서 깨어나 사방을 둘러보니
흰옷 입은 나무들이
머리를 서로 먼저 내밀며
공존의 비밀을 속삭인다
검은 가지와 흰 살결
부끄럼을 토로하고 떠난 동주처럼
난 고개를 떨구고 말았다.

수술 후 6개월이 지나자 증세가 많이 안정되었습니다. 불면, 넘어짐, 종종걸음이 사라지거나 줄어들었습니다. 그동안 저의 건강을 위하여 기도하여 주신 동역자님들에게 무한한 감사 드립니다. OTL

아직도 불면의 고통과 싸우고 있는 목리브가 선교사를 위해서 기도 부탁드립니다.

이제 달력도 달랑 하나 남았습니다. 한 해를 예수님 안에서 잘 마무리하시기 바랍니다.

2017년 11월 30일
김이삭 올림

26

선교지 복귀

제2차로 선교지 복귀를 시도한 결과 무사히 잘 도착하였습니다. 사역지에서 20년간 세월을 보내다 보니 몸은 늙어가고 운신의 폭은 좁아져 가는 느낌이 들었습니다. 환갑을 넘긴 나이에 선교지에 갈 필요가 있느냐고 물었지만 돌아오는 비행기 안에서 유일하게 만난 선교사님이 바로 박 선교사님이었습니다.

그는 올해 68세이며 저보다 3년 빨리 이 대학에 오신 분으로 명문 조지아텍에서 전자공학으로 박사학위를 받으시고 신학교를 졸업하시고 이곳에서 지금까지 사역을 하고 계시는 올해 68세가 되시는 분입니다. 제가 몸이 불편하다는 것을 잘 알고 계시기에 6개의 가방을 일일이 들어 올려주시고 마중 나온 분에게 저를 도와주라고 하실 정도로 세심하게 배려하여 주셨습니다.

주님께서 박 선교사님을 보내주셔서 그동안 사역지로 돌아가는 것 때문에 마음고생 한 아픔을 위로하여 주셨습니다. 몸과 마음이 모두 지쳐 사역지로 가는 것이 불가능하게 보였던 목 선교사가 끝까지 포기하지 않고 무사히 도착할 수 있었던 것은 오로지 하나님의 은혜입니다.

학교는 중국 정부의 간섭으로 신입생이 들어오지 않아서 해마다 이맘때면 하던 군사훈련이 올해는 없다 보니 학교가 썰렁하였습니다. 거의 2년 만에 돌아가는 사역지가 한없이 조용하고 적막이 흘렀습니다. 그동안 많은 동역자가 이곳을 떠나야만 했습니다. 오전에는 부활의 동산(동역자들의 뼈가 묻혀있는 장소)에 가서 이미 소천한 동료 사역자님께 신고하며 기도하였습니다. 항상 오늘이 마지막이라 생각하고 살아가기를….

목 선교사의 건강을 위해서 기도 부탁드립니다.
감사합니다.

2018년 9월 8일 중국에서
김이삭 올림

27

오백 년 도읍지를 필마로 돌아드니

샬롬.

꿈에도 그리던 사역지에 도착하여 그다음 주 월요일부터 수업을 하기 시작했습니다. 초롱초롱한 눈망울이 빛나는 젊은 학생들 앞에 다시 설 수 있는 기회를 제공하신 하나님께 감사드렸습니다. 23년 전 학위와 함께 한국에 머무는 대신 중국으로 향하던 자신은 제가 이곳에 왜 오는지도 모르고 목표를 상실한 패배자로서 가족과 함께 몸을 싣고 왔던 그 비행기가 그리도 달갑게 느껴지지 않았습니다. 그러나 지금은 그냥 사역지에 갈 수만 있다면 이란 감사하는 마음으로 바뀌어 이곳에 오게 되었습니다. 그러나 그것은 결코 사역지가 경제적으로 성장해서도 아니고 환경이 좋아져서도 아닌 단지 하나님께서 정하신 궤도를 걸어가는 발걸음이 가볍고 가슴 벅차기 때문입니다.

태양계의 행성이 자전과 공전하듯 우리 스스로 뭔가 할 수 있다는 자전에 중심을 두고 살면 수고하고 짐 지는 인생이 되지만 하나님의 인력에 끌려 사는 인생인 공전을 느끼고 살면 거기에 복과 구원이 함께하는 벅찬 인생이 되는 감격을 누리지 않을까 싶습니다.

중국은 그동안 그 스스로를 회전시키며 많은 발전을 하였습니다. 경제는 물론이고 관리들의 태도가 많이 선진화되어 이전에 차별적이고 불친절한 태도를 걷어내고 선진국 수준의 서비스를 한다는 미명 아래 거침없이 개혁되고 변화되어왔습니다. 그러나 그들은 시편 2편에 나오는 말씀처럼 세상의 군왕들이 나서며 관원들이 서로 꾀하며 여호와의 기름 부음 받은 자를 대적하며 우리가 그들의 맨 것을 끊고 그의 결박을 벗어버리자는 말씀을 그대로 답습하고 있습니다. 시진핑 정부는 경제는 자본주의 경제를 도입하고 있지만 정치 사회 교육 문화는 모두가 보이는 것에만 의존하는 철저한 황금빛 세속주의를 앞세워 선교사를 추방하고 교묘하게 종교를 탄압하고 있습니다.

> 오백 년 도읍지(都邑地)를 필마(匹馬)로 돌아드니,
> 산천은 의구(依舊)하되 인걸(人傑)은 간데없다.
> 어즈버, 태평연월(太平烟月)이 꿈이런가 하노라.

고려말 충신이었던 길재의 시입니다. 폐허가 되어버린 개경을 바라보며 과거의 영화가 사라져 잡초만 무성히 자란 옛 궁궐터를 바라보며 지은 시가 이곳 사역지에 와보니 그대로 생각나게 하였습니다.

65세 연령 제한으로 어르신들을 몰아내고 교단 파송 선교사 명단을 입수하여 추방했습니다. 게다가 이유를 알 수 없는 추방이 난무

하니 한때 50명에 가까운 교수진으로 학생들을 섬겼던 상경학부는 이제 5명의 교수만 남게 되어 평균 지도학생이 10명 이하였던 학부가 100명을 지도해야 하는 상황에 이르게 되었습니다.

동료들의 자녀들이 다니던 외국인학교도 대부분의 학생이 떠나고 남아 있는 학생들도 우리는 언제 추방되느냐는 질문을 부모들에게 하는 트라우마를 겪고 있습니다. 한때 즐겁게 뛰놀던 그들의 운동장에 잡초가 키만큼 자라서 산책하는 제 마음을 시리게 하였습니다.

그러나 우리는 길재와 같은 니힐리즘에 젖어있을 수 없습니다. 예루살렘 성벽이 허물어진 소식을 듣고 느헤미야는 통곡의 눈물을 흘렸지만, 그는 성벽을 보수하며 새로운 역사를 써내려 갔듯이 비록 연변과기대는 역사 속으로 사라져가지만 이제 새로운 하나님의 역사가 여기서 이루어져 가기를 소망합니다.

아직은 구체적으로 말씀드리기는 조금 이른 감이 있지만 하나님의 강력한 역사는 새롭게 시작할 것을 기대합니다. 연변과기대에서 흘린 땀과 수고는 새로운 대학의 밑거름이 되어 그 맥을 이어 갈 것입니다. 사립대학으로 새롭게 거듭나는 대학설립을 위해서 기도 부탁드립니다.

목 선교사는 그 지긋지긋한 수면제를 드디어 끊고 잠을 잘 수 있게 되었습니다. 도착하여 첫날 너무 힘들어서 하루 복용하고 그 이후로 완전히 끊고 현재까지 전혀 수면제를 먹지 않고 잠이 들 수 있게 되었습니다. 아직은 떨어진 체력으로 인하여 아침을 침대에서 보내고 정오쯤에 일어나지만 수면제를 먹지 않고 잘 수 있게 되는 투병의 한고비는 넘은 것 같습니다.

　그동안 기도하여 주신 동역자 여러분께 한이 없는 감사의 말씀을 드립니다. 그리고 주님께 영광을 돌립니다.

2018년 10월 3일 중국에서
김이삭 목리브가 올림.

28

분주한 사역

샬롬. 대륙에서 안부를 전합니다.

이곳에 온 지 올해가 24년 되다 보니 조심스러운 부분이 드러납니다.

초기에 막 도착하였을 때 5과목에 학과장직 수행 동아리 학생지도 및 성경공부에 몸이 열 개라도 모자랄 지경인지라. 다른 여유를 부릴 수가 전혀 없었습니다.

그러나 20여 년이 지나면서 환경이 익숙해지고 동역자들이 늘어남에 따라서 가르치는 과목이 줄어들자. 마음에 하나님에 대한 목마름이 점점 줄어들고 있었습니다.

특별히 익숙해진 환경에 적응을 하다 보니 초기의 갈급함과 애틋함이 줄어들고 있는 현실을 직시하게 되었습니다. 그것은 이웃과 대화 속에서 익숙함과 친밀함이 주는 함정에 빠져듭니다.

인간은 사람에 대한 친밀함과 환경의 익숙함이 때로는 죄의 길로 들어서게 하는 것 같습니다.

중국인은 관시(관계)를 중요하게 여겨 사업이 성사되려면 먼저 사람 간의 신의가 선행되어야 합니다. 그러나 그것이 도를 넘어 부정에 연루되어 집단 범죄자가 되기도 합니다.

우리 주위에도 지나치게 가까워져서 더 이상 No 하기 어려운 이웃은 없는지 살펴야 할 것입니다. 이런 극단적인 경우가 아니더라도 우리 자신이 깨어있지 않으면 이웃의 영적인 부분을 보지 못하고 외형적이고 피상적인 것만 보고 판단하게 됩니다. 예수님과 함께했던 나사렛 사람들이 그분을 요셉의 아들로만 보려고 했던 것도 역시 우리가 성령으로 충만하지 못했을 때 육신의 모습만 바라보고 판단을 내리는 습성을 가지게 되는 것입니다.

나의 주위에 있는 학생들과의 만남 역시 육신만 보인다면 현재의 내가 얼마나 어리석은 상태에 놓여있는지를 확인해 볼 수 있는 시금석이 되는 것입니다.

다음은 환경의 익숙함이 주는 안도감과 익숙함에서 오는 영적인 나태를 조심해야겠다는 다짐을 해봅니다. 이웃 역시 친해지면 막대하고 싶은 마음이 들듯이 환경과 터전 역시 익숙해지면 교만해집니다. 자신이 그 환경을 지배하고 제어할 수 있다는 교만적 자신감이 사물을 지배하게 되면 감사가 사라집니다. 이런 교만적 자신감이 자신을 지배 못 하도록 영적인 전투를 해야 하는 것입니다. 구원의 투구와 진리의 허리띠와 의의 흉배를 믿음의 방패와 평안의 신발과 성령의 검으로 무장해야 감사가 나올 것으로 확신합니다.

이번 학기는 2과목을 가르치나 60명에 가까운 학생들을 가르치다 보니 파김치가 되어서 돌아옵니다. 지난 학기에 언급한 바 있는

CCTV 감시장치를 피할 수 있는 운동장 산책은 이번 학기도 계속되어 이번 주에 4명의 학생에게 복음을 전했습니다. 감사하게도 2명의 학생은 모태신앙이었고 한 학생은 긍정적인 반응이었으며 나머지 한 학생은 부정적 반응을 보였습니다. 계속해서 나머지 5명의 학생과 약 20여 명의 학생과 졸업 면담이란 주제로 만날 예정입니다.

지난 학기까지 무사히 이곳 동역자들과 함께 새벽예배를 같이 드렸지만, 공산당 간부들에게 보고되는 바람에 이번 학기는 조심스럽게 관망 중입니다. 겉으로는 종교의 자유가 있는 것 같이 선전하면서 새벽 예배를 못 드리게 하는 이 나라가 하루속히 마음껏 예배를 드릴 수 있는 나라가 되기를 기도 부탁드립니다.

감사합니다.

2019년 04월 중국에서
김이삭 목리브가 올림.

29

CCTV

샬롬. 주 안에서 문안 인사 올립니다.

올해도 작년처럼 신입생이 단절된 상태로 학기가 시작되었습니다. 이곳에 불어 닥칠 감원 바람을 피하기 위하여 동역자들 일부는 사역지를 동남아로 옮겨서 라오스 캄보디아 미얀마에 거주하며 사역하고 있습니다. 그리하여 한때 저의 학부만 해도 20여 명의 교수진이 이제 6명이 남아 있는 상태가 되었습니다. 이것도 모자라는지 이곳 영도들은 60세 이상은 이제 더 이상 비자 연장을 해주지 않는 결정을 내려 저를 비롯하여 15가정이 떠나야 하는 처지에 놓이게 되었습니다. 대부분은 실버미션으로 노후대책이 있는 분들로서 한국에서 직장생활을 하시다가 이곳에 오신 분들이라서 충격 가운데서도 마음을 추스를 수 있는 상황입니다.

그러나 저희 가정은 25년간 사역한 진원지를 떠나야 한다는 사실이 믿어지지 않았고 마음속의 동요가 파도쳤지만, 그것은 아주 일순간이었습니다. 다음은 이 사실이 학교 측으로 발표되기 바로 전주에 제가 대표 기도한 내용입니다.

하늘에 계신 아버지

지난 한 주를 돌아보며 주님께 손을 내밀기보다는 우리 자신의 팔뚝을 굵게 하여 스스로 엉겅퀴와 가시를 헤쳐나오려고 애쓰고 아직도 주님께서 설치하신 울타리 안에서 거하기보다는 자신의 힘을 길러서 기도 없이 본능에 힘입어 해결하려는 마음으로 살아왔음을 고백합니다.

이곳에서 첫발을 내디뎠던 때는 다윗처럼 매사 주님의 고견을 기도로 구했지만, 이제는 서바이벌 중국어와 현지화로 무장된 무기로 사울처럼 자기 마음대로 일을 처리한 후 하나님이 기뻐하신다는 착각과 자만에 빠진 모습으로 살아오지 않았는지 되돌아봅니다.

매 순간 자신의 연약함에 통곡하기보다는 그동안 중국 땅에서 적응했다는 안도감과 거짓 우상에 만족하고 무덤덤하게 살아왔습니다. 이는 마치 목축업으로 수없는 이사를 반복하였던 이스라엘 백성들이 가나안에서 농사를 짓기 시작하면서 구름기둥과 불기둥 대신에 바알과 아스닷신상에 마음에 이끌려 살았듯이 우리 자신들도 우상에 우리의 두려움과 안도감을 맡기고 살아왔음에 깊이 회개합니다.

연변과기대가 청산절차에 들어가면서 신입생이 더 이상 오지 않고 건물이 폐쇄되고 동역자들이 떠나고 전문가들이 안전하다고 하는데도 불구하고 실험용 독극물을 제거하라는 요구를 수행하는 과정을 지켜보는 순간마다 절망의 종점을 향해 달리는 버스를 타고 있는 심정이었습니다.

가장 견디기 힘든 고문은 대학의 모습이 석양에 저물어 가는 황혼의 그림자가 길게 늘어져 있다고 비웃음 섞인 말을 외부로부터 들었을 때였습니다. 그럴 때마다 우린 신앙의 선배이신 언더우드 선교사님의 고백 "뵈지 않는 조선의 마음"이란 글이 떠오릅니다.

조선의 남자는 우리를 서양 귀신이라고 화를 내며 멀리하고 조선의 여인은 가마 속에 얼굴을 숨기며 도저히 보이지 않는 조선의 마음이라고 탄식하셨던 그 순간이 모양은 다르지만, 이 나라의 마음이 보이지 않아서 안타까울 뿐입니다.

대학 근처 사과밭에 그동안에는 열매를 몰래 따 먹는 자에게 100배의 벌금을 부과한다는 팻말이 들어서더니 몇 주 전에는 철사로 된 가시철조망이 사방에 둘려 쳐지기 시작하였습니다. 마치 죽음의 장막이 다시 쳐지는 느낌을 받았습니다. 그리고 그 가시가 가슴을 찔렀습니다. 그동안 정직과 신용을 강조하여 학생들을 가르쳐왔는데 근처 사과배 농장주인은 가시철조망으로 사과배를 지키겠다고 하는 모습을 보고 다시 닫혀가는 이 나라의 마음이 어디로 향하는지 안타깝습니다.

이처럼 우리가 바라다보고 있는 서쪽은 북망산의 그림자가 기다랗게 늘어진 절망과 좌절과 폐쇄의 계곡이었습니다. 그동안 우린 우리가 지는 석양만 바라보고 믿음의 눈을 닫고 살아오니 우리의 미래가 불안하였음을 고백합니다.

이처럼 암울한 서쪽에는 지는 해가 한 치 앞을 알 수 없는 먹구름으로 덮여있었습니다.

그러나 이제는 전능하신 하나님의 권능에 힘입어 서쪽의 반대 방향인 희망찬 동쪽에는 찬란한 태양 다시 떠오르는 광경을 믿음의 눈으로 목격하였습니다.

그 믿음의 증거가 반짝이는 계명성이 되어 우리를 반기고 있습니다. 더 이상 불안으로 인하여 눈물짓지 않게 하여 주심에 주님께 감사드립니다.

이제부터 우리 대학이 계명성의 밝은 빛을 받아서 영원히 꺼지지 않는 등불이 되게 하시옵소서.

우리의 눈을 태양이 떠오르는 동쪽으로 돌리게 하사 희망과 감격에 휩싸이게 하소서.

우리의 기도와 눈물이 북산가를 덮어서 불신과 배척으로 물든 땅을 사랑의 눈으로 덮인 산천처럼 하얗게 변하게 하여 주시옵소서.

그리고 우리의 갈비뼈가 이 캠퍼스에 묻혀 부활의 그 날까지 이 학교의 모퉁이 돌이신 예수님과 함께 부활의 무덤 속에서 함께 하기를 소망합니다. 주님 지켜주시옵소서.
오늘 말씀을 전하실 하나님의 위대한 대학 한동대학교 장순흥 총장님께 성령님의 감동으로 말씀을 전하실 수 있도록 지켜주시기를 바라오며 감사드리오며 예수님 이름으로 기도 드립니다.

선교사가 사역지를 떠나는 것은 지구의 멸망을 체험하는 것 같습니다. 그러나 주님께서 주관하고 계시기에 잠잠하게 나무 한 그루 심는 심정으로 학생들에게 그리스도를 소개하며 교회를 나갈 것을 권하고 있습니다.

기도로 지원하셔주셨던 S 학생은 교회로 인도하려고 하나 지금까지 두 번 기회를 놓쳤습니다. 계속 기도 부탁드립니다.

오늘을 J 학생을 만나서 한 단계 더 깊은 이야기를 나누고 영접 기도를 권했지만, 아직 그럴 단계는 아니라고 거절하였습니다. 나머지 12명의 학생들도 지속적으로 만날 예정입니다.
더욱더 긍휼한 마음으로 학생들을 대할 수 있도록 기도 부탁드립니다.
환절기 건강 조심하옵시고
기도와 사랑의 가슴에 감사드리오며

2019년 10월 중국에서
김이삭 목리브가 올림

30

공산당의 확장

샬롬. 전투지에서 소식 전합니다.

며칠 전에 본 대학의 만리장성 복도를 걸어가는데 복도 벽에 5미터 간격으로 공산당과 중국식 사회주의를 찬양하는 벽보가 갑자기 나붙었습니다. 이전에는 많아야 3개 정도가 학생기숙사 메인 게시판에 부착되어 있을 정도였지만 이번에는 식당에서 도서관 가는 벽에 50여 개가 붙어 양옆으로 도배되어 있었습니다. 모두가 내용이 다르게 공산당과 공산주의를 찬양하는 문구였습니다.

"당과 인민의 역사는 수많은 공산당원의 충성과 헌신과 끊임없는 희생으로 이루어진다"와 같은 문구가 도배되어 있었습니다.

같은 주에는 강제적으로 이곳을 떠나야 하는 동역자 60세 이상이 되는 15가정에 대한 송별회가 있었습니다. 원칙으로 하면 저희 가정도 떠나야 하지만 비자 유효기간이 내년 8월로 되어서 유일하게 한 학기 늦게 전투지를 떠나게 되었습니다. 송별사에서 대부분 동역자들의 그동안의 사역과 삶에 감사하였고 인간적으로는 섭섭하지만 협력하여서 선을 이루시는 하나님을 찬양하며 오히려 마지막까지 함께 못한 것을 죄송하게 생각하는 고백에 우리 모두 울먹이며 숙연한 분위기에 잠겨있었습니다.

내년에 제가 이곳을 떠난다면 만으로 25년간의 사역을 접게 됩니다. 저는 대학 졸업 후 이곳이 두 번째 직장입니다. 첫 번째는 불신자로 ○○전자에 입사하였고 두 번째는 바로 선교사로 부름 받은 이곳입니다. ○○전자는 제가 원하여 입사하였지만 퇴사하기가 그리 만만하지 않았습니다.

1986년 가을에 사표를 저의 과장님에게 제출하였지만, 12월이 되어도 사표는 수리되지 않았습니다. 그 당시 저는 ○○전자의 중요한 기계를 생산하는 독일기업에 한 달 정도 연수를 갔다 왔고 연수가서 배운 기술을 동료들에게 다 전해주었고 과장님 자신이 독일 간 몫(기술 전수)까지 제가 대신해주고 유학하러 가려고 사표를 제출하였습니다. 그러나 사표는 과장님 책상에서 잠자고 있었습니다. 저는 과장님께 틈만 나면 사표 수리가 언제 되느냐고 물었지만 그 과장님은 장난하지 말고 열심히 다니라고 하였습니다. 그래서 저는 "사표를 장난으로 쓰는 사람이 어디에 있습니까"라고 강력하게 항의했지만, 과장님은 나만 보면 피해서 달아나다시피 하였습니다.

왜 사표를 올리는 것을 꺼릴까를 추측해보고 그 상황이 그대로 간다면 시간이 흘러서 유학도 가지 못할 것 같다는 결론에 도달하게 되었습니다. 그 이유는 그 과장님이 공장장님을 매우 두려워한다는 것입니다. 이 공장장님은 카리스마가 넘치셔서 부장 중에 마음에 안 드는 분들을 무릎을 발로 걷어차는 해병대식 공장장이었습니다.

결재를 쉽게 받는 것을 좋아하시는 과장님은 로봇으로 제어하는 독일 설비의 지반공사를 단단하게 하여야 한다는 저의 소견을 듣고 결재에 들어갔으나 공장장님의 한마디 "왜 이렇게 돈이 많이 들어"라는 고함에 혼비백산이 되어 한마디 말씀도 못 하고 나오신 분입니다.

한번은 ○○그룹의 회장의 친척뻘 되는 중소기업 사장이 자신의 인맥을 등에 업고 공장장을 만난 후에 과장님을 만나서 기계를 구입하라고 압력을 넣었습니다. 하필이면 그 일이 저한테 배당이 되어서 그 사장을 만났습니다. 다짜고짜 서류만 올리면 결재는 바로 날 것이니 아무 염려 말고 올리라고 은근히 간접적인 협박조로 그 중소기업 사장은 저를 허수아비로 생각하며 상대하였습니다. 그 사장을 돌려보내고 저는 유압으로 작동하는 모든 기계의 불순물을 걸러준다는 의문의 설비를 검토하기 시작하였습니다.

그러나 검토 결과 아무런 도움이 되지 않고 오히려 피해를 줄 수 있다는 결론이 나왔습니다. 과장님께 사실을 보고하자 과장님 왈 "그냥 적당히 알아서 올려"라는 믿기 어려운 말씀을 하셨습니다. 그러나 이번에는 사기성이 농후한 이 결재를 올리라고 하는 이 모순된 결정에 저는 이런 결재를 도저히 올릴 수 없다고 강력히 주장하였습니다. 그러자 과장님은 그 결재 관련 서류를 달라고 하시더니 같은 부서의 다른 동료에게 넘겨주어 결국 결재를 받아 내고 말았습니다.

저의 사표 수리 건도 지난 일을 미루어 볼 때 부하직원이 사표를 낸 것에 대한 공장장님의 추궁에 두려움이 가득한 과장님이 그냥 자기 책상에 넣어두고 대충 넘어가기를 기다리는 것이 과장님이 할 수 있는 최선의 길이라는 결론에 도달하자 저에게는 다른 방법이 없었습니다. 1987년 1월 1일부터 회사를 출근하지 않았습니다. 그러자 회사로부터 빗발치는 전화가 왔습니다. 저는 전화를 받지 않았습니다. 마침 겨울방학이라서 집에서 쉬고 있는 아내가 전화를 받았습니다. 그 과장님은 아내에게 "남편이 직장을 나가지 않으면 나가게 해야지 그냥 있으면 어떡하느냐"고 꾸지람을 하자 아내는 "당신 과장이지 내 과장이냐"라고 저에게 불평하였습니다. 저는 그동안에 받은 사표에 관한 일이 이렇게 하지 않으면 해결되지 않을 것이라는 것을 알고 있었습니다. 보름이 지난 후에 출근하였는데 공장장에게 보고가 되었는지 공장장님과의 면담이 시작되었습니다.

첫 번째 질문이 왜 그만두느냐였습니다.
이 질문에 망설일 수밖에 없었습니다.
왜냐하면 그 공장에서 은밀히 유학 준비를 한 설계실 K 주임님이 계셨는데 유학 간다고 집까지 파셨다가 공장장님의 달콤한 말에 넘어가서 결국 유학을 포기하고 다니고 계셨기 때문입니다. 그때만 해도 해외에 나가는 것이 엄중하게 금지된 시절이라 해외에 나간 경력이 있는 사원들의 상용여권은 본사에 보관되어 있는데 유학을 가기 위해서는 상용여권을 파기하고 유학 여권을 개인적으로 신청해야 하는 상황이었습니다. 그런데 본사에 보관된 상용여권을 파기하려면 공장장의 허락이 있어야 가능하였기에 K 주임님은 여권 파기 문서의 결재를 받으러 갔다가 회사에서 유학 보내줄 테니 좀 기다리라는 공장장의 감언이설에 속아서 유학을 포기하고 만 사건이 있었습니다. 그 이후에 그 공장장은 서울로 영전되어가고 약속은 지켜지지 않았습니다.

공석이 된 그 공장장 자리에 카리스마 넘치는 새 공장장님의 첫 물음이 왜 그만두느냐였습니다. 저는 바로 대답할 수 없었습니다. 제가 망설이자 공장장님이 창창한 젊은이의 앞길을 막는 사람이 되기는 싫다고 하시며 솔직하게 이야기해 달라고 했습니다. 그의 눈빛은 진지함을 품고 있었습니다. 그 당시 금성, 삼성, 대우에서 서로 핵심 인력을 빼내어 가는 것을 법으로 금지되어 있기 때문에 그 경우에 해당하는지가 공장장으로서는 궁금하였던 것입니다.

공장장님과 면담 후 저의 상용여권은 파기되어 유학의 길을 오르게 되었습니다. 자유의 몸이 되어서 그렇게 공부하고 싶었던 전산학을 공부할 수 있게 되었습니다.

인간은 모두가 한 번은 이 땅을 떠나야 합니다. 현재 머물고 있는 곳에 대한 미련과 애착이 클수록 떠나기가 어렵게 됩니다. 지금까지 과정을 더듬어보면은 미국 유학의 목적은 하나님과 저의 생각이 달랐음을 깨닫게 됩니다. 저는 학위가 목적이었지만 하나님께서는 사방을 둘러보아도 복음과 가까이 있는 전도자가 주위에 없음과 제가 공부를 계속하고 싶어 하는 마음을 아시고 자연스럽게 인도하셨습니다. 그 결과 미국 땅을 떠나올 때 학위 대신 예수님을 가슴에 품고 올 수밖에 없는 상황이 되었습니다. 하나님께서 승리하시고 저는 학위를 포기한 패배자로 전락한 느낌으로 사역지를 향하였습니다.

그로부터 25년이 지난 지금은 패배자가 아닌 영생을 소유하는 것이 얼마나 귀하고 값진 것인지를 사무치도록 깨닫게 되는 승리자가 되어 있었습니다. 이제 환갑이 지나서 이곳을 떠나는 것이 이전과 다른 이유 때문이지만 마지막 호흡이 다하는 순간을 대비하게 하시는 하나님의 지혜를 혜안으로 바라볼 수 있도록 재조정하시는 은혜와 진리에 감사하게 됩니다.

지금도 이 땅에서 사표를 내지 않고 영원히 머물 수 있을 것 같은 착각으로 미혹하는 불의한 세력의 유혹에 속지 아니하기를 바랍니다. 그러려면 자신이 이 땅에서 나그네의 삶을 살아야 합니다. 천국에 대한 소망이 없으면 나그네의 삶이 불가능해집니다. ○○전자 근무 4년 동안의 여러 가지의 유혹과 두려움이 엄습하여 과연 내가 선택한 길이 옳은지 때로는 불안해하기도 하였습니다.

그 당시 추천서를 써주신 교수님께서 유학은 경제적으로 이중으로 손해를 보는 길이라는 것을 알고 있냐고 물었습니다. 좀 더 자세히 설명해달라고 말씀드리니까. 예를 들어서 총유학 비용이 오천만 원 들면 1억을 손해 본다는 것입니다. 즉 오천만 원을 벌 수 있는 기회를 잃게 된다는 것이니 잘 생각하고 선택해야 한다고 충고하셨습니다. 그 당시 아내인 목 선교사는 중학교 영어 교사로 있었기에 두 사람이 열심히 노력하면 집도 장만하고 알콩달콩 살 수 있는 상황이었지만 저의 유학에 대한 열정은 식지 않고 불타올랐습니다. 구원보다 더 귀한 것은 존재하지 아니하기에 유학을 갈 수밖에 없었습니다. 그리고 유학 생활 4년 만에 예수님을 주로 고백하고 하나님의 자녀가 되었습니다.

그리고 하나님의 복음을 전하는 전도자가 되어 영광스럽게 여기며 살아가고 있습니다.

그러나 안식년 2년 동안 3개월 간격으로 선교관을 옮겨 다니는 일은 파킨슨병 환자로는 그리 쉽지 않은 일이었습니다. 지하철 계단을 오르락내리락하며 무거운 짐가방을 아이들과 같이 옮길 때 작은 십자가를 지고 가는 느낌이었습니다.

그러나 주님께서는 감당할 고난으로 인도하셨습니다. 선교사로서 환갑을 넘기는 나이가 되자 콜벤의 존재를 알게 하셔서 어렵지 않게 이동하게 하셨습니다.

선교사역 25년이 흐르자 어느덧 저의 얼굴에 팔자 고랑이 패어가고 있는 모습을 발견하였습니다. 그러자 고려말 우탁의 시조가 흘러나왔습니다.

한 손에 막대 잡고 또 한 손에 가시를 쥐고
늙는 길 가시로 막고 오는 백발 막대로 치려터니
백발이 제 먼저 알고 지름길로 오더라.

아무리 발버둥 쳐도 인생의 황혼은 피할 수 없는 운명적인 비애를 그린 시조입니다.

알렉산더 대왕은 매일 아침 하루에 한 번씩 부하에게 "대왕님은 반드시 죽습니다"를 상기시켜달라고 했습니다. 성경도 결혼식에 가기보다는 장례식에 참석하기를 권하고 있습니다(전 7:2).

진정 나그네로 산다면 이 피할 수 없는 죽음을 이기는 법을 찾아야 할 것입니다.

한 손에 비파를 잡고 한 손에 말씀 붙들며
피멍 든 가슴과 떨리는 무릎으로 나아가니
인생의 돛배는 더 빨리 갑니다.

십자가의 죽음만이 영생의 길로 인도하는 유일한 길인지를 알게 하는 복음의 능력을 누리며 이 세대를 본받지 않기를 원합니다.

동역자 여러분의 가정에도 2019년 마무리 잘 하시옵고 새해에는 더욱더 하나님과 가까워지는 가정이 되시기를 기원합니다.
감사합니다.

2019년 12월 9일 중국에서
김이삭 목리브가 올림.

기도 제목

- 복음 안에서 새롭게 거듭난 K를 포함한 학생들이 출석교회에서 영적으로 잘 성장할 수 있도록
- 불편한 손발로 인하여 낙상이 생기지 않도록
- 리브가 선교사가 갱년기를 잘 극복할 수 있도록
- 한 해를 되돌아보며 영적으로 얼마나 성숙해졌는지 헤아려 보기를….

31

전환점을 누리지 못한 인생

샬롬

인사가 늦었습니다. 작년 12월 말에 고국에 입국하여 1월 3일 신촌세브란스에 입원하여 검사와 조정을 끝내고 10일에 퇴원을 하였습니다. 아무리 수술 경과가 좋아도 보행이 동결되는 현상과 무게중심이 앞으로 쏠리는 현상으로 인하여 이동할 때 다리를 끌고 걸어가야 하기에 발목에 힘이 들어가는 현상으로 인하여 관절염의 위험이 도사리고 있었습니다. 하루의 건강을 유지하기 위한 산책마저 위협을 받고 있는 상황이라 좀 더 나은 수술 부위와 파라미터값을 찾기 위하여 입원을 했으나 별로 큰 소득 없이 피상적인 개선만을 가진 채 퇴원하였습니다.

그렇지만 다시 사역하는 데는 전혀 문제가 없다고 여기고 2월 18일 날 중국입국을 위해서 예약하고 목 선교사와 저는 들어갈 준비를 하였습니다. 그러나 항공사가 스스로 취항을 취소하고 저의 예약도 강제로 취소되는 등 코로나19의 서곡은 시작되었습니다.

일부 소수의 젊은 교직원들은 2주간 격리를 각오하고 어린아이들과 함께 중국에 입국하여서 오늘까지 중국에 머물고 있습니다. 2주간의 격리기간은 침대도 없고 냉장고도 없고 다만 문 입구에 집달관이 붙여 놓은 것 같은 글자가 적힌 띠가 붙어있어서 나갈 수 없도록 하였고 만약 이 띠를 떼면은 학교 책임자를 엄벌에 처한다는 무시무시한 글귀가 붙어있었답니다.

처음에는 아이들이 힘들어하는 것을 보고 불평불만이 나왔지만, 시간이 흐르자 그동안 얼마나 좋은 환경에서 지냈는지 감사하는 마음으로 바뀌어 버린 2주간 격리 생활에 대한 생물화공학부의 문 선교사님의 고백도 듣는 영광을 누리게 되었습니다. 이후에 학교 교직원들도 1차 입국자 2차 입국자로 나누어서 중국입국을 준비하였고 저희들도 4월 20일 입국자 명단에 포함되어서 비행기 예약과 함께 들어갈 준비를 하였습니다. 그러나 중국 정부는 3월 27일 모든 외국인 입국을 거부한다는 발표와 함께 오늘에 이르기까지 발을 딛지 못하고 있습니다.

코로나 사태는 여러 가지 역사적인 기록을 남겼으며 앞으로 오래 기억될 사건이지만 저의 인생 역사에 유사한 경험을 안겨주고 있기에 적어봅니다. 개인적 공통점은 역사의 변환점을 제대로 음미하지 못하고 그 사건 밖에 존재하였던 유사성을 적어볼까 합니다.

1978년도는 저에게 큰 충격을 안겨다 준 해였습니다.

학기가 끝나지 않은 6월 7일에 소집영장이 나왔습니다. 그때까지만 해도 저는 세상일이 제가 마음먹는 대로 될 것으로 믿고 있었습니다. 지원한 군대이니 연기가 되겠지 하고 병무청과 경찰청에 알아보니 입소하지 않으면 탈영병으로 보고된다고 하더군요. 아직도 낭

만적인 사고에 물들어 있던 저는 논산 가서 신체검사에서 군의관에게 사정 이야기하면 잘 될 것이란 말에 그대로 믿고 하숙집 아줌마에게 논산 갔다가 다시 오겠다고 큰소리치고 하숙집을 나섰습니다.

그날은 바로 논산 가는 열차를 대학 동기들과 같이 가던 날이라 환송해 준다고 꽤 많은 동기들이 나와서 배웅을 하였습니다. 저는 그 시간까지 나타나지 못하고 한 여인에게 기다려 달라고 사정을 하고 있었습니다. 그러나 그 여인은 단호하게 기다릴 수 없다고 헤어지자고 하면서 거절하였습니다. 저는 설득에 설득을 하고 있었고 저의 기차 출발시간은 다가왔습니다. 기차는 출발하였고 저의 모습이 보이지 아니하자 많은 친구들이 걱정을 하기 시작하였습니다. "이 기차 못 타면 탈영인데" 웅성거리는 소리가 들렸습니다.

그때 기차역 개찰구가 열리고 한 사내가 움직이는 기차를 향해 달려가고 있었습니다. 그 사내가 바로 저였고 친구들의 격렬한 응원 속에 달리는 기차의 꽁지를 붙들고 탈 수 있었습니다. 그러나 한 시간 전에 있었던 입영 환송 파티에는 그 여인으로 인하여 참석할 수 없었습니다.

그 사건 이후로부터 2년 5개월 후 거제도 해안초소에서 무장공비의 침투를 경계하고 있는 저는 전역을 하루 앞두고 학교 복학을 앞두고 휴가를 내어 군복을 입은 채로 학교를 방문하였습니다. 그러나 복학 수속이 까다로워서 그다음 날까지 해야만 했습니다. 하루라도 늦으면 복학이 안 된다는 것입니다. 바로 그날 저녁에 전역 축하 파티가 있는 날입니다. 저는 갈등과 고민하다가 미래를 선택하였습니다. 그다음 날 오후에 내가 초소까지 걸어오려면 불편할 것이라고 같이 있었던 후임들이 저의 더블백을 짊어지고 나와서 어제 저녁 파티에 주인공이 빠졌다고 서운한 눈빛으로 쳐다보았습니다.

만약에 코로나 사태가 장기화된다면 저의 중국 비자가 8월에 끝이 나게 되어 중국에 들어가지도 못하고 저의 25년간의 사역은 막을 내리게 됩니다. 사람들로부터 환송과 갈채를 받지 못하더라도 하나님께 잘했다는 충성된 종이라는 말을 들을 수 있기를 바랍니다

 기도 제목

1. 25년간 사역 마무리—인터넷 강의 통하여 이번 학기는 학생을 가르치고 있습니다. 어떻게 복음을 전해야 할지 지혜를 간구하고 있습니다.
2. 목 선교사의 건강
3. 제2 인생 준비

2020년 5월 16일 서울에서
김이삭 목리브가 올림

32

파킨슨과 코로나

2020년을 마무리하는 인사를 드립니다.

한국에 들어온 지 꼭 1년이 되어갑니다. 코로나바이러스가 기세가 꺾이지 아니하고 더욱더 기승을 부리며 전 세계를 집어삼킬 듯 기승을 부리고 있습니다. 동역자 여러분들의 건강과 안위를 기원 드립니다.

올 크리스마스는 이웃과 함께할 수 있는 길을 모색하다가 25일에 크리스마스 선물로 제가 저술한 최근 책인『통곡 속에 숨은 유머』를 제가 거주하고 있는 빌라에 나누어 주었습니다. 아파트 문화가 아름다운 이웃 문화를 잠식해버리는 현대인들의 주거환경을 이겨보고자 시도하였습니다. 무엇을 바라고 한 것이 아니었는데 편자와 함께 맛이 있는 케이크를 보답으로 응답하여주시는 이웃을 통하여 사랑은 나눌수록 깊어지고 커짐을 알게 되었습니다. 편지 속에는 예상치 못한 선물에 깜짝 놀랐으며 올해의 크리스마스를 의미 있게 보낼 수 있어서 감사하다고 적혀 있었습니다.

코로나바이러스로 인하여 접촉을 꺼리는 현재의 상황 아래서 더욱더 멀어져가는 사람 간의 접촉이 안타깝고 아쉬운 모습 속에서 위로와 격려를 이웃을 통해서 받게 되는 축복을 누렸습니다.

파킨슨병 환우들을 대상으로 선배 환우로서 경험을 나누어주고자 구글 회의를 통하여 강의와 면담을 하고 있습니다. 제가 파킨슨병에 관한 책 『안녕 파킨슨』을 중심으로 이해가 필요한 부분과 최신 치료법에 관하여 소개해드리고 있습니다. 특별히 코로나바이러스와 파킨슨병에 관한 복잡한 현상에 관한 자료가 국내에는 전혀 없어 선진국 사이트 자료를 번역하여서 올리고 있습니다.

이중고통을 겪고 있는 파킨슨병 환우들이 좌절하지 않고 이 어려운 시기를 잘 이겨 나갈 수 있도록 기도 부탁드립니다.

이제 한 학기만 남은 연변과기대 소식입니다.

2주 전까지만 해도 평양과학기술대학 설립 시에 담보로 잡힌 연변과기대 부채청산 문제로 지지부진하여 총장님을 위시한 보직교수들이 눈물로 기도를 해오고 있었습니다. 그런데 2주 전에 일괄 타결이라는 놀라운 결과가 나와서 모두가 기뻐하고 있습니다. 이웃 연변대학과의 20년 계약기간이 끝나고 우리의 정신을 이어갈 중국대학이 설립될 예정입니다. 이름은 가칭 〈동북아과학기술대학〉이며 그동안 평양과학기술대학 건설비를 담보하여 공사를 시작하면서 밀린 공사비와 교직원 숙사 전세대금 도합 한화 600억 원을 동북아과학기술대학 이사회에서 지불하겠다고 약속함으로써 지루했던 대학설립과정의 가장 큰 장애물이 사라졌다고 합니다.

좀 더 구체적이고 하나님의 인도 차원에서 일어난 일은 다음 기도편지에서 더 자세히 말씀드리겠습니다.

2020년 12월 29일 서울에서
김이삭 목리브가 올림.

33

졸업생들의 위로

샬롬.
만개한 꽃처럼 환한 얼굴 같은 보름달이 구름 사이로
미끄러져서 자신의 아름다운 자태 속으로
시간을 노래하듯이
멈춤을 모르고 흘러갑니다.

모두들 추석은 잘 보내셨는지요.

학교는 올해 6월부로 마지막 졸업생들이 나가면서 문을 닫았습니다. 그리고 눈물바다를 이룬 마지막 예배를 끝으로 적막과 추억을 남기고 졸업생들은 떠나갔습니다.

과연 얼마나 연변과기대가 선한 영향력을 미치고 뿔뿔이 흩어졌는지 혼돈과 미확정 시대를 사는 것 같은 괴로운 심정이었습니다.

그 괴로운 마음을 위로하듯 어제 과기대 졸업생으로부터 카톡 메시지가 날아왔습니다.

교수님 때문에 저를 포함한 많은 학생들의 인생이 바뀌었습니다. 세상을 보는 시각이 달라져서 더 이상 과거의 저로 돌아갈 수 없을 만큼요. 제가 목표로 하는 저의 인생이 달라졌고, 제가 하는 행동과 말이 달라졌기 때문에 주변에 주는 영향이 달라졌습니다. 교수님은 세상에 많은 등불들을 켜주셨죠. 그래서 항상 고맙고 감사합니다. 새로운 삶을 주셔서요.^^

이 학생은 93년도 입학한 여학생인데, 불신자 집안 배경을 가진 학생으로 첫 중간고사 시험지를 채점하여 나누어주고 있는데 종이 찢는 소리가 들려서 고개를 돌려보니 제가 나누어준 자신의 답안지를 찢고 있었습니다. 모든 이에게 충격과 놀라움을 안겨준 사건이 있고 난 이후 저는 위 학생에게 더 많은 관심과 배려로 대하였고, 학부 때에 예수님을 영접하고 대학원을 진학하여 졸업하였습니다. 지금은 결혼하여 대기업 엔지니어로 인정받고 있는 전도가 창창한 회사원이 되었습니다.

지난 토요일에는 연변과기대 졸업생을 대상으로 하는 특강을 하였습니다. 물리적으로 문은 닫혔지만 연변과기대 졸업생들에게 약속한대로 After Service 과정으로 필요한 교육을 실시하였습니다. 코로나 시대에 적합한 온라인 강의를 하였습니다(유튜브 주소: https://www.youtube.com/watch?v=kWcZQlrwqvk)

강의가 끝나자 학생들로부터 친구 신청이 들어와서 상담을 해보니 대부분의 학생들이 자녀 문제로 어려워했습니다. 특별히 학교 다닐 때는 건성으로 신앙 생활했던 한 졸업생은 아들과의 마찰로 인하여 감당하기 힘들어서 눈물을 흘렸습니다. 그래서 말씀으로 돌아가자고 제의하고 매일 아침 중국 시각 5시에 성경 묵상을 하기로 하였습니다. 두 명 모두 직장생활을 하기에 아침 새벽에 하기로 결정하였습니다.

연변과기대를 이어갈 중국학교는 아직도 윤곽이 드러나지 않고 있습니다.

2021년 10월 5일 서울에서
김이삭 목리브가 올림

 기도 제목

1. 자녀 문제로 고전하고 있는 졸업생들이 말씀을 통한 영적 성장
2. 연변과기대 후속 대학이 과기대 정신을 이어가도록
3. 파킨슨병 DBS 수술 배터리 교체 12월 예정(수술 1주일 입원 예정, 교체 작업 시 감염이 발생하지 않도록)

34

진정한 평안

샬롬. 예수님의 평안을 전합니다.
사실 저는 세속적으로는 평안하지 못했습니다.

이발하러 갔다 돌아오는 길에 파킨슨 증상이 심하게 나타나서 급발진이 발생하여 보행장애가 일어났습니다. 몸은 까치발로 인하여 콘트롤이 되지 않아서 앞으로 쏠리면서 넘어지고 말았습니다. 지난 8월에 이 급발진 현상을 잡기 위해서 세브란스병원에 입원까지 했으나 잡지 못한 채 퇴원하고 말았습니다. 이렇게 되면 쉽게 낙상이 일어나며 더 이상 걷는 것 자체가 모험이며 위험한 일이 되고 말았습니다.

식은땀이 나는 곡예 걷기로 위기를 모면하다가 어제 드디어 사고가 터지고 말았습니다. 홀로 걷다가 넘어져서 이빨이 세 개가 부러지는 사고가 어제 일어났습니다. 시멘트 바닥에 얼굴이 긁히고 이빨이 빠지면서 피와 섞여서 흘러내렸습니다. 평생 이렇게 강하게 부딪혀 보기는 처음이었습니다. 죽음의 그림자가 선뜻 스쳐 지나갔습니다. 삶과 죽음이 이렇게 맞물려 있음을 깨닫게 되었습니다. 다행히 사건이 집 근처에서 일어나서 응급조치를 하였습니다.

눈물이 많은 둘째는 눈물을 글썽이며 놀라는 모습에 저는 순간적으로 마음의 평화가 깨어졌습니다. 그런데 둘째와 저는 수리 중인 치과로 향하는 엘리베이터 앞에서 망설이고 있었습니다. 바로 그때 20대 중반으로 보이는 청년이 자기 어깨를 들이밀며 "엘리베이터가 수리 중인지라 제가 업어드리겠습니다"라고 하였습니다. 그 청년은 저를 업고 계단을 올라가서 치과 소파에 천천히 내려놓고 내려갔습니다. 청년의 어깨 서비스가 끝나고 돌아간 후에 둘째는 "하나님께서 아빠를 많이 사랑하시나 봐"라고 하였다. 이 말에 이번에는 제가 울컥하였고 제 안에 평안이 채워짐을 느낄 수 있었습니다.

한 달 전 오후 늦은 시간이었습니다. 홀로 등촌중학교에서 걸어 나오는데 갑자기 폭우가 쏟아졌습니다. 우산 없이 집으로 돌아가기에는 심한 비였습니다. 저는 마침 지나가는 학생으로부터 핸드폰을 빌려서 둘째에게 전화로 우산을 부탁하고 중학교 정문에서 기다리고 있었습니다. 그러나 정문 앞에서는 일방통행이고 정문 앞에서는 택시가 서지 않았습니다.

이러다간 둘째를 못 만날 것 같아서 조급해진 전 핸드폰을 빌려줄 행인을 찾았으나 빗줄기가 굵어지자 모두들 한사코 거절하고 발길을 재촉하며 걷고 있었습니다. 50대로 보이는 아주머니 한 분이 발걸음을 돌려서 저 있는 쪽으로 오시면서 "백팩 안에 핸드폰이 들어있는지라" 하시면서 백팩에서 핸드폰을 끄집어내어 주셨습니다. 저와 둘째의 대화를 들으셨는지 저의 발음이 분명치 않음을 눈치채시고 둘째에게 핸드폰으로 자상하게 또박또박 위치를 알려주셨습니다.

그리고 자기가 쓰고 가시던 우산을 주고 가셨습니다.

저에게 우산을 주시면 아주머니께서는 어찌하시려고요.

저는 한사코 거절하였지만 끝내 주고 가셨습니다.

저는 두 아름다운 등을 보았습니다.

그리고 고백합니다.

인간의 등은 하나님의 놀라운 선물이다. 왜냐하면 그 등으로 인하여 평안이 흘러내리기 때문이다.

2023년 10월 21일 서울에서
김이삭 목리브가 올림

 기도 제목

1. 하나님의 평강이 항상 함께하시기를
2. 연변과기대–식학교 재설립
3. 파킨슨병을 잘 다스리도록

35

빛과물 연구소 설립배경

    중국 연변과학기술대에서 생물화공학부 교수로서 1992년부터 2002년까지 초창기 10년 동안 학생들을 가르치고, 과학 기술 전문인으로서 연구 개발과 사역할 때에, 북한에서 기근과 홍수로 인하여 굶주린 수많은 탈북자들이 강을 건너 학교로 매일 찾아왔습니다. 1997년 홍수와 기근으로 3백만 북한 동포들이 굶주려 사망하였고 수많은 백성들이 살길을 찾아 정든 고향을 등지고 두만강 압록강을 건너 목숨을 걸고 탈출을 감행하였던 것이었습니다. 매일 학교로 찾아오는 탈북자들이 잔디밭에서 학생들과 함께 저의 강의를 듣기도 하고 토론에 참여하기도 하였습니다. 이들은 단순히 먹을 것에만 굶주린 것뿐만 아니라 새로운 세상에 대한 지식과 복음과 진리되신 예수님의 참사랑에 대해서 굶주려 있었습니다. 날마다 이분들을 도우면서 알게된 북한 내부의 현실은 미래의 지도자로 세워져야 할 젊은 세대가 굶주림으로 정신적, 지적, 육체적 장애자가 되어 나라 전체가 이미 심각한 문제에 봉착한 것이었습니다. 중국도 1950년대에 공산화되고 60년대에 나라 전체가 기근과 재앙이 덮쳐 수많은 백성들이 굶주리고 문화대혁명으로 인하여 지도자들이 농촌과 감옥에서 고난 가운데 놓여져 중국의 미래를 짊어질 세대가 사라져버린 후

폭풍을 뒤늦게 경험하고 있었습니다.

가장 관심이 많았지만 재정과 연구여건이 부족하여서 현재 세상의 연구 방법(재정과 물질과 인력자원)으로는 할 수 없었던 부분이 탈북자뿐만 아니라 북한 내부에서 식량부족으로 북한의 어린이들이 영양실조로 평생 장애인이 될 경우, 회복이 불가능한 상태에 놓여있는 그들을 치유하는 연구 분야였습니다. 예수님의 제자로서 하나님의 약속의 말씀을 믿고 기도할 때 치유의 역사를 많이 경험도 하였지만, 개인적으로 만날 수도 없고, 영양실조로 장애인으로 고립된 지역에 갇혀서 지내는 북한 어린이들을 치유할 수 있는 방법을 찾던 저는 2003년 미국 미시간대학으로 돌아와서 DNA RNA 바이러스 검측방법을 연구하고, 46세 되는 2006년부터 보스턴에서 회사를 다니며 물과 혈액분석기계를 연구개발하는 프로젝트를 수행하면서, 한편으로 북한 동포들의 장애 회복 방법으로 수소기체와 수소수를 이용하면 불치병이 완치될 가능성이 있다고 생각을 하던 중, 2017년 7월 말에 필리핀에서 사역하시는 김은주 선교사님이 제가 살고 있던 보스턴을 방문하셨습니다.

김은주 선교사님과 일행들이 보스턴으로 오는 비행기를 뉴욕에서 갈아타야 하는 시간에 갑작스럽게 비와 돌풍을 동반한 기상악화로 비행기가 결항되는 바람에, 보스턴에서 뉴욕 케네디 공항으로 제가 아내와 함께 마중을 가게 되었습니다. 만약에 그때 뉴욕에서 보스턴으로 오는 차 안에서 4시간 대화할 시간이 없었다면, 하나님의 수소수에 관한 계획을 들을 수가 없었을 것입니다.

하나님으로부터 비전과 말씀을 직접 보고 들으신 내용을 저에게 전해주셨는데, 앞으로 전세계에 바이러스 감염으로 인한 재난이 있을 텐데 바이러스를 막아낼 수 있는 가장 효과적인 방법은 사람들로 하여금 수소수를 마시도록 준비해야 한다는 것이었습니다. 그리하여 저는 수소수에 대한 연구를 본격적으로 하게 되었고, 성경에서 노아의 홍수 사건 이후로 지구상 대기권과 민물과 바닷물에서 사라져버린 수소수에 관한 말씀들을 찾아서 정리를 하면서, 동시에 수소수에 관한 과학적인 내용들과 의학 논문에 발표된 내용들을 함께 연결하여서 수소수 관련된 내용을 준비하게 되었습니다.

저는 미시간대학에서 분석화학 박사학위를 할 때 물속에 녹아 있는 산소 (산소 센서를 개발할때 산화된 백금전극과 여러가지 금속들의 전극 표면을 환원 시키기 위하여 사용한 방법 중 하나가 수소 기체를 이용하는 것입니다), 암모니아 등 여러가지 기체 및 양이온과 음이온들을 선택적으로 검사하고 분석하는 센서들을 개발하였고, **Thermo Fisher** (2007-2011년) 회사에서 재직할 때 물속에 녹아 있는 산소 이산화탄소 암모니아 등 각종 기체와 이온들을 분석하는 기계들을 개발하였습니다. 물과 기체분야의 전문가로서 수소수에 관한 임상 실험결과는 너무나 과학적으로 예상되는 당연한 결과라서, 이렇게 늦게 2007년이 되어서야 물과 수소가 질병치유 목적으로 의학계의 주목을 받는 것이 이상하고 놀라웠습니다.

현재 세상에서 연구 개발을 위하여 수많은 과학자들과 공학자들이 연구비를 신청하고 연구비를 받아서 놀라운 기초및 응용 과학 연구들이 진행되어 수많은 논문들이 출판되고, 그 결과들을 인류복지 증진을 위하여 활용하여 소비자들을 위한 훌륭한 제품들을 만들어내지만, 수소나 물처럼 저렴한 비용으로 가장 인류의 건강과 생명 치유에 적합한 치료 방법과 개발에는 연구비가 충분히 할당되지 않는 것이 현실입니다.

왜냐하면 수소나 물로 거의 모든 질병들이 쉽게 치료가 된다면, 수많은 제약회사에서 만들어지는 약품이나, 대기업에서 생산하는 의료기기들이 가격이 너무 불필요하게 비싸고 환자들과 일반 건강보험 가입자들에게 불필요한 부담을 주는 것이 세상에 알려지게 될 것이기 때문입니다. 즉 현재 인류 건강과 복지에 관계된 모든 산업과 사회 전체가 사람들로 하여금 건강과 치유를 위해서 엄청난 돈과 물질과 기술이 필요한 것처럼 사람들을 세뇌시키고 교육하고 있는 것처럼 보입니다.

결국 전체 사회체계가 초등학교부터 모든 사회조직에서 사람들을 간단하면서 건강을 유지할 수 있는 가능성에서 멀어지게 하고, 재정이 많이 요구되는 복잡한 의료체계와 값비싼 의약품을 의지하도록 하여 결국 사회 전체가 돈의 노예가 되도록 유도하고, 진정한 자유를 주는 과학적 진리에서 멀어지도록 조장하고 있는 것 같습니다.

2017년 7월부터 본격적으로 수소수 연구를 하며 바이러스의 공격을 대처하기 위하여 준비하던 중 2019년 12월에 중국 무한에서 새로운 종류의 코로나 바이러스가 시작되었고, 온 세계가 바이러스로 인하여 인간의 모든 생산적인 활동들이 중단되었으며 수백만 명의 사람들이 사망하고 후유증으로 지금 이 시간도 고통당하고 있습니다. 2023년 12월 31일 0시 기준 전 세계 코로나바이러스감염증-19 누적확진자는 7억 69만 3,862명 (사망 696만 2397명)으로 보고되었습니다.

2017년 8월부터 연결된 중국 청도에 계신 김충군 대표님 (연변과기대 재료기계 93급) 그리고 한국 인천에서 계신 최광익 대표님 (한동대, 세라젬 유럽지사장, 필리핀 밀알의 교회 장로, 현재는 인천과 청도에서 HG Health Care 와 China Machine, 칭루밍 대표)과 임형식 (연변과기대 교수, 1992-2002, 미국 보스턴에서 혈액분석기계 연구개발 하고, 수소수 연구개발 사업) 선교사는 청도에서 2017년 10월에 김은주 선교사님과 김충군 대표님과 최광익 대표님, 이지선 목사님 (연변과기대 생물화공 93급)과 박호 (연변과기대 생물화공 94급)와 함께 수소수 연구개발사업 회의를 하였고, 허명철 원장님(연변과기대 생물화공 93급)께서 운영하시는 "동행지가" 장애 아동 학교를 방문하였고 수소수 공급을 하기로 하였습니다.

청도에서 사업하시는 2020년 11월 16일에 Oncarewell 이진민 (연변과기대 교수) 대표님과 함께 근적외선 및 수소수 공동 연구 및 사업 토론방(한미중 협력)을 위챗으로 시작하였습니다. 공동연구 및 개발 사업 토론방의 진전이 뜸하던 중에… 전 세계가 바이러스 감염으로 감염자와 사망자가 매우 가파르게 증가하던 2021년 12월 24일 성탄절 전날밤, 연변과기대에서 함께 사역하던 교수님들 몇 분이 성탄절 인사를 나누다가 빛과물 연구소 설립을 추진하게 되었습니다.

■ 2021년 12월 24일 최초 발의 및 시작

이진민 대표님께서 허명철 원장님(연변과기대 생물화공 93급) "동행지가" 장애 아동 학교를 방문하면서 지적장애자 아이들을 이진민 교수님께서 공동연구로 돕자고 제안하였습니다.

같은 날 24일 이진민 교수님이 병원방문과 아이들을 돕고자 하는 협력 연구 이야기를 돌아오셔서 임형식 교수님께 공동 연구 및 사업 토론방(한미중 협력) 위챗으로 말씀드리고 함께 대화를 하던 중에, 같은 날 24일 카톡으로 임형식 교수는 크리스마스 문안인사를 김동일 교수님과 나누실 때 하나님의 인도하심으로 김동일 교수님께서 수소수에 대한 질문을 하셨습니다.

이전에도 김동일 교수님의 치유를 위하여 임형식 교수님의 수소수에 관한 권유가 있었습니다. 그러나 김동일 교수님은 시중에 떠도는 수소수에 대한 부정적인 이야기들로 관심을 가지지 못했고, 수소수가 과대광고와 가짜 치료제로 다루어지고 있는 뉴스들을 임형식 교수님께 구체적으로 말씀드리자, 임 교수님께서 부정적인 세상뉴스와 가짜 수소수를 믿지 마시고, 의학연구 논문에 발표된 실제 임상실험에 기초하여 치유 효과를 나타내는 수소수와 수소 기체를 마시고 흡입하시라고 권하고 이진민 교수가 개발한 근적외선 치료기를 자세히 설명해드리자, 김동일 교수님의 마음이 움직였다고 합니다. 특별히 하나님께서 수소수와 수소/산소 호흡장치를 통해서 코로나19 역병에 간섭하고 계신다고 말씀하여 드리자, 연변과기대가 폐교되고 중국으로 돌아갈 길이 막힌 김동일교수님께서는 이 공동연구개발 프로젝트를 기도제목 명단에 놓고 계속 기도하였습니다. 김동일 교수님의 작명으로 연구소 이름을 빛과물 연구소라 칭하게 되었습니다.

■ 12월 25일

어느 정도 공동 연구에 대한 확신이 들자 김동일 교수는 연변과기대 전산과를 수석으로 졸업하고 강나루 신학교에서 공부하고 싶어하던 제자 김성현에게 전화를 걸어서 다짜고짜 "나와 같이 일을 해볼 생각이 있나" 라고 물었는데 교수님 감사합니다 함께 일하고 싶다고 하였습니다. 김성현 형제가 공동연구개발을 위하여 다음 포탈 웹사이트에 빛과물 연구소 카페를 만들기로 하였습니다.

■ 12월 31일 가칭 Light & Water 연구소로 명명함

청도과기대 디자인학부에서 산동성에 프로젝트 : 예술(중국은 디자인포함) −
기술 − 의학 융합분야로 치매(알츠하이머)연구를 진행해왔다고 산동성 연구개
발비 지원을 했습니다.

그런데 구정부−시정부−성중부까지 모두 합격을 했습니다.

그리고 2022.1.5~1.12 현장실사를 나온다고 했답니다.

문제는 청도과기대는 알츠하이머에 대해 연구를 진행한 적이 없다는 점입니다.
그래서 이진민 교수님이 알츠하이머의 진행중단에 대한 논문을 근거로 근적외
선의 개발가능성을 설명했더니 청도과기대 학장(원장)이 이진민 교수님께 연구
협력을 요청하고 나섰습니다.

청도대학교 부속병원 주임과 회의를 해서 치매분석에 대한 청도의대 측의 분석
정도를 파악했더니 비교적 분석이 된다는 상태였습니다.

회의결과로 청도의대는 임상과 분석을 온케어웰은 근적외선의 파장과 제품을
제공하기로 합의하고, 청도과기대는 AI를 포함한 전체관리를 하는 구조를 하도
록 유도시켰더니, 청도과기대에서 즉석에서 이진민 교수를 청도과기대 겸임교
수로 임명했습니다.

2022. 1.5~1.12 사이 산동성의 실사에 이진민 교수가 근거를 발표하면 총
300만 위안의 개발비가 제공되면서 이 후 연구체제가 형성될 듯 합니다.

겸임교수가 프로젝트를 설계하고 주도하는 이상한 현상이 발생되었지만 일단
뇌 관련된 알츠하이머, ADHD와 파킨슨까지 분석할 수 있는 플랫폼이 만들어
졌다는 측면에서 봐야 하는데 한국과 중국의 양분화된 것을 어떻게 유도시킬지
기술의 귀속을 어디에 유도시킬지를 고민해야하는 입장이 되었습니다.

이 구조가 모두 하나의 흐름으로 이어지게 할 수 있을지 생각해봐야 하는

2021.12.31의 밤입니다.

1월 11일 학부 석사 박사 카이스트 출신 연변과기대 박오진 교수님에게 초청장을 보냄(겸직이면 곤란하다는 난색표시 역시 미래에 같이하실 분, 그분의 화려한 연구경력이 크게 도움이 될것으로 기대함)

2023년 3월 17일 - 23일 김은주, 최광익, 김충군, 김정일, 이진민, 임형식 청도에서 사업모임

2023년 3월 24-27일 임형식교수 연변에서 수소수 건강 세미나 개최

2023년 7월 27일 기산전자 장상환 회장님, 권용승 교수, 최해용 부장에게 빛과물 연구소 프로젝트 소개

2023년 8월 4-6일 뉴욕에서 이승율 총장님과 Jeff Kim과 임형식 평양과기대와 빛과물 연구 협력 방안 회의

2023년 9월 11일 장상환 회장님을 법인대표로 빛과물 연구소 회사 법인등록

본연구소 인적구성

협력 연구원: 김동일, 허명철, 임형식, 이진민, 권대근, 이근배, 조인수, 박오진, 이대영, 권구임, 정용주, 신동헌,

관련 회사 대표: 최광익, 김충군, 이진민, 임형식, 이근배

연구소 직원 및 동역자: 김성현, 허옥실, 박동화, 안유경

현재 연구소 카페에 가입된 분 중에 이근배 교수님은 연변과기대 생물화공과 교수로 96-99년 함께 일하셨었고 전공은 무기화학, 박사학위를 산화질소에 관한 연구를 하셨습니다. 임형식 교수와 지난 몇 년간 수소수 임상실험에 관한 정보를 공유하면서 개인적으로 연구 중이었고, 아직 카페에 가입되지 않은 분 중에 권대근 교수도 연변과기대 생물화공과 교수로 94-95년 함께 일하셨었고 전공은 금속유기화학, 박사학위를 유기

금속 촉매에 관한 연구를 하셨습니다.

그리고 최광익 사장님은 필리핀 한알의 밀알교회에서 선교사역을 하던 2016년경 40일 금식기도 중에 하나님의 꿈과 비젼을 통해서 구체적으로 수소수 사업을 하도록 인도를 받으셨고 김충군 사장님과 함께 사업을 진행 중이십니다. 2016년에 한알의 밀알교회 김은주 선교사님은 마지막 때에 바이러스가 전 세계 사람들을 감염시켜 고통 가운데 빠지는 시기가 다가오니 수소수로 치유할 준비를 하라는 하나님의 비젼과 명령을 받았다고 임형식 교수에게 2017년 7월에 메세지를 전달하였습니다.

2019년 발생한 코비드19 역병은 전 세계를 새로운 환경으로 바꾸어 버렸고, 현재도 바이러스와의 전면 전쟁 중입니다. 중국에서는 2020년 2월부터 수소/산소 기체 발생장치를 이용하여 바이러스에 감염되어 중환자들을 치유하는 데 성공하여서 현재 중국의 대형병원에서 수소기체가 치료목적으로 사용되고 있습니다.

김동일 교수님의 의견으로 만들어진 빛과물 공동연구소를 통해서 고통가운데 놓여있는 수많은 환자들을 치유하고 회복시켜 하나님과 예수그리스도의 복음이 온 세상에 전해질 수 있는 선한 도구가 되기를 우리주 예수 그리스도의 이름으로 축복하며 기도드립니다.

"빛과물 연구소: 현대 의학의 한계를 넘어 새로운 치료 영역의 지평을 열다"

1. 빛과물 연구소 설립 취지:

필요성:

빛과 물은 생명의 근원이자 우주의 창조 가운데 창조주 하나님의 인간을 향한 사랑의 깊은 흔적을 간직하고 있습니다. 이 두 자원을 중심으로 하는 연구소의 설립 취지는 현대 난치병에 대한 새로운 치료 방법과 영역을 개발하는 데 있습니다. 빛과 물이 함께하는 특별한 치료 접근 방법으로 질병으로 고통받는 환자들을 자유하게 만들고자 합니다.

치유의 원천 탐구:

우리는 우주의 창조 가운데 치유의 원천이신 하나님의 존재와 능력을 믿습니다. 손상된 세포안으로 빛과 물에 내재된 특정 파장과 치유 에너지를 환자 개개인의 특성에 맞도록 과학적 방법론과 구조적인 접근을 통해 현대 의학의 한계를 넘어선 치료 방법을 개발하고자 합니다.

2. 현대 의학의 한계를 넘어서는 시도:

빛과물 연구소는 현대 의학이 직면한 한계를 인식하고, 이를 넘어서는 시도를 하고 있습니다. 세포의 각 기관과 원자와 분자 구조를 창조 때의 원래 상태로 복원하는 구조적인 접근, 즉 수소 분자와 미네랄을 포함한 수소수와 근적외선을 이용하여 손상된 세포내의 DNA와 미토콘드리아의 회복 치료와 특정 주파수의 진동을 이용한 파킨슨 환자의 움직임을 부드럽게 도와주는 진동자 개발 등, 혁신적인 치료 방법들이 이에 속합니다.

3. 구현 방식:

A. 세포내의 원자와 이온과 분자 레벨의 구조적 접근:
빛과물 연구소는 세포내의 각 기관을 구성하는 모든 원자와 이온과 분자들의 구조적 특성을 깊이 연구하고, 이를 기반으로 질병의 근본적인 원인에 대한 새로운 해결책을 모색합니다.

B. 미토콘드리아의 치료:
미토콘드리아는 세포 내에서 에너지 생성 및 신경전달 물질 생성 등 중요한 역할을 하는데, 빛과물 연구소는 미토콘드리아의 기능을 최적화하는 특별한 치료법을 개발하고 환자 각 개인의 특성에 따라서 적용하는 구체적인 치유 방법을 제공하고 있습니다.

C. 수소수와 근적외선을 이용한 치료:
수소수와 근적외선은 현대 의학에서 주목받는 치료 방법 중 하나입니다. 이러한 에너지원들을 이용하여 질병의 치유에 대한 혁신적인 방법을 연구하고 있습니다.

4. 임상의 가능성 및 추론:

빛과물 연구소에서 개발한 치료 방법은 다양한 난치병에 대한 임상적 가능성을 제시합니다. 이러한 치료법은 환자들의 생활을 향상시키고, 질병으로부터의 자유로움을 추구합니다.

5. 모델:

A. 수소수와 수소기체를 이용하여 손상된 세포 (폐 세포) 에 필요한 산소 주입:

이 모델은 손상된 세포 내에 수소와 산소를 공급함으로써 세포의 기능을 최적화하고, 건강한 세포 활동을 촉진합니다.

B. 환부에 PBM(PhotoBioModulation) 빛을 투과시키는 모델:
PBM을 이용하여 환부에 빛을 전달함으로써 손상된 세포들을 체내 깊은 영역에서의 세포 활동을 촉진하고, 치료 효과를 극대화합니다.

6. 적용:

A. 파킨슨병:
빛과물 연구소의 치료법은 파킨슨병 환자들에게 특히 효과적일 것으로 기대됩니다.
1. 도파민 생성 메커니즘 연구
2. 5-20년 이상된 중증 환자
3. 수소 돌 + 자연수
4. 근적외선 (650 - 1050 nm)
5. Wearable Device
      1) Start 진동자 (가슴과 손가락)
      2) 다리 착용 Device

B. 치매:
치매에 대한 새로운 치료 방법으로서 빛과물의 접근은 기대를 모읍니다.

C. 기타 난치병(각종 암):
다양한 종류의 난치병, 특히 암에 대한 치료에도 빛과물 연구소의 치료법이 적용될 수 있을 것입니다.

빛과물 연구소의 창립 취지인 창조주 하나님의 도우심을 받아서, 현대 의학의 한계를 넘어선 시도, 구현 방식, 임상의 가능성 및 추론, 모델, 그리고 실제 적용 사례들을 보다 자세히 알아보면서, 미래 의학의 가능성과 희망을 엿볼 수 있는 소중한 자료들을 공유함으로서 하나님께서 사랑하시는 사람을 치유하고 회복시키는 귀한 사역과 사업이 될 것입니다.

| 수소수의 역사와 배경 |

현재 지구의 대기권 생태계 환경은 수소 기체 분자가 거의 존재하지 않는데, 그 이유는 수소와 헬륨같이 가볍고 인공위성보다 속도가 빠른 기체는 지구 중력을 이기고 대기권을 탈출하여 우주공간으로 도망가기 때문입니다. 박테리아를 비롯한 여러가지 경로 (토양이나 암석에 존재하는 마그네슘 같은 금속이 물과 만나서 수소 기체를 생성)로 수소가 발생되어도, 중력을 이기고 대기권 밖으로 날아가버려서, 수소 기체가 지구 대기권에 머무를 수 없습니다. 결국 대기권에 수소가 없기 때문에 질소, 산소나 이산화탄소와 같은 대기권에 존재하는 기체처럼 용존 수소는 존재하지 못하게 됩니다.

그러나 태초에 천지가 창조되는 배경과 우주 만물의 기원이 기록되어 있는 성경의 창세기 1장 기록을 살펴보면…현재의 지구의 대기권 환경과 크게 다른 것을 알 수 있습니다.

1. 태초에 하나님이 천지를 창조하시니라
2. 땅이 혼돈하고 공허하며 흑암이 깊음 위에 있고 하나님의 영은 수면 위에 운행하시니라
3. 하나님이 이르시되 물 가운데에 궁창 (대기권 하늘) 이 있어 물과 물로 나뉘라 하시고

4. 하나님이 궁창 (대기권 하늘) 을 만드사 궁창 (대기권 하늘) 아래의 물과
5. 궁창 (대기권 하늘) 위의 물로 나뉘게 하시니 그대로 되니라

태초에 하나님께서 하늘과 땅을 창조하실때에 하늘과 땅 양쪽에 물 층이 존재하도록 하였다고 성경에 기록되어 있습니다. 즉 창세기 6장에 기록된 노아의 시대에 인간의 죄악과 포악함을 심판하시기 위하여 대기권 위의 물층이 빗방울로 내리게 하셨다고 기록이 되어 있습니다. 온 땅에 대 홍수가 나고 하늘의 물층이 사라지기 전에는 수소 기체와 헬륨이 대기권위의 물층에 가로막혀 우주로 빠져나가지 못하기 때문에, 노아의 홍수 전 대기권 공기조성은 현재 대기권의 공기조성과 많이 다를 것을 예상할 수 있습니다.

대기권 위에 물 층이 존재하는 경우에 수소가 대기권 내 공기뿐만 아니라 다른 기체들과 함께 물속에 녹아 들어서 존재하게 되어, 생명체 내에서 일어나는 신진대사 화학반응 가운데 산화방지 및 노화방지를 함으로, 생명체의 수명 연장과 건강한 생육환경에 미치는 중대한 요인이 될 수 있다는 것을 쉽게 이해할 수 있습니다.

첫째로 대기권 위의 물층에 의해 온도와 습도가 일정하게 유지되어 기후 변화가 없어서 겨울철에도 농사를 지을수 있는 환경을 보존하는 그린하우스처럼 생물이 살기에 적합하게 됩니다.

둘째로 노아시대 대홍수가 있기 전에 지구상에는 이상적인 환경으로 인하여 더 많은 생명체 동물들과 식물들이 존재하였을 것이고, 그로 인하여 생명체의 활동으로 인한 훨씬 많은 기체들이 존재하였을 것을 예상

할 수 있습니다. 따라서 공기의 조성과 밀도가 현재의 대기권 조성이나 밀도와 현저히 달랐을 겁니다. 즉, 더 많은 양의 기체 (산소, 질소, 수소, 헬륨, 이산화탄소, 등등)가 존재하였습니다. 그로 인하여 공기의 밀도가 높아서 현재 지구 대기권 내의 공기 부력보다 크고, 이로 인하여, 칠면조나 닭처럼 날개가 몸통에 비해 작은 조류들이 멀리 날 수 있었고, 거대한 공룡새도 쉽게 날 수 있다는 사실을 예상할 수 있습니다.

대기권에 현재 공기조성보다 산소가 많았다는 증거는 노아의 홍수 이전에 생성된 호박(amber)을 과학자들이 1987년에 조사한 결과로 알려지게 되었는데 호박(amber)에 갇힌 공기의 조성을 측정해보니 산소가 32-35% 정도인 것이 확인되었습니다.

노아 홍수 이전에 하늘에 존재하였던 물층은 위에 간략하게 설명한 것처럼, 그 당시 인류가 천년 가까이 생명을 유지하고, 거대한 공룡새가 하늘을 날아 다니고, 현재의 희박한 공기 조성으로는 멀리 날 수 없는 조류들 (닭과 타조)이 쉽게 멀리 날 수 있었을 것이라 짐작할 수 있습니다.

셋째로 대기권 상층에 물층이 존재한다면, 다양한 기체들이 하늘 위의 물층과 평형상태를 이루어 더 많은 양의 모든 기체들이 우주로 빠져나가지 못하고 대기권에 존재하게 됩니다. 운동속도가 상층권에 있는 인공위성보다 빨라서 지구 중력을 이기고 우주로 탈출할 수 있는 수소와 헬륨 같은 기체들이 대기권 물층으로 인하여 쉽게 도망가지 못하고 대기권 공기중에 남아 있게 됩니다.

대기권 위 물층과 평형상태를 이루는 수소는 대기 상층권에 더 많이 존재하여 물층과 섞여서 온도가 영하 270도 아래에서도 물이 얼지 않고 액체로 존재할 수 있도록 합니다. 그리고 수소와 헬륨 기체가 대기권 물층과 평형상태를 유지하며 물층을 떠 받들기 때문에 하늘에 액체로서 거대한 물층이 존재할 수 있다는 것을 이해할 수 있습니다. 대기권 상층에는 수소 기체 농도가 높지만 인간이 살아가는 대기권 하층 부분은 낮은 농도의 수소 기체가 존재하고 지상의 물들은 수소기체와 평형상태를 유지하여 최고 1.6 ppm 농도의 수소가 녹아 있었을 것입니다.

공기중에 포함된 수소가 물에 녹아 들어가면 수소가 물속에 녹아 있는 미네랄에 흡착되어 함께 몸속에 들어가면 활성 수소로서 몸에 유해한 하이드록시(OH.) 라디칼들을 제거하여 생명체의 수명과 건강에 매우 중요한 항노화, 항산화작용을 하게 됩니다.

네 번째로 대기권 위의 물층에 의해 우주 밖에서 날아오는 유해한 방사선(유전자 변이를 일으키고 암세포가 빠르게 증가되도록 하는 요인)을 모두 차단되어, 생명체의 유전자들이 원래 상태를 유지하고 보호를 받습니다. 또한 수소는 방사선에 의하여 생성된 라디칼에 의하여 화학적 산화 반응에 의한 변이를 일으킨 산화된 유전인자 분자들이 원래 유전자 분자 상태로 환원되게 하여 줍니다. (의학논문) "미국 항공우주국도 수소의 방사선 방어효과에 대한 연구를 하고 있습니다. 2010년 피츠버그대학 연구진과 함께 학술지 medical hypothesis에 연구 결과를 발표하였습니다. 연구에 따르면 수소는 우주비행 중 발생하는 방사선 상해를 억제하는 효과가 있습니다."

다섯 번째로 대기권 위의 물층에 의해 습도가 유지되어 비가 내리지 않아도 땅이 충분한 수분이 있어 생물이 성장하는 데 문제가 없을 것을 예상할 수 있습니다.

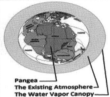
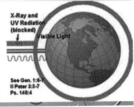

WATER ABOVE ATMOSPHERE BEFORE NOAH'S FLOOD
1. Water layer (green house effect; temperature & humidity) protected life from hazardous radioactive rays.
2. Water layer kept high oxygen (35 %, energy) and hydrogen (3 %, ?) gas.
3. Hydrogen rich water and air kept all creatures from aging and dying.
4. Water layer kept high pressure and dense air (chicken & turkey can easily fly long distance).
5. No rain (earth was soaked by river water and due before the flood, Gen. 2:5).

X-Ray and
UV Radiation
(blocked)
Visible Light

Pangea
The Existing Atmosphere
The Water Vapor Canopy

See Gen. 1:6-7
II Peter 3:3-7
Ps. 148:4

특별히 창세기 6장 기록에 나오는 노아 홍수 이후에 인류의 수명이 급격하게 감소한 이유를 창조과학자들이 설명하는데 빠졌던 가장 중요한 부분이 바로 (대기권 위에 존재하던 물층이 사라지면서) 지구 대기권에서 사라진 수소의 역할 (황산화, 항 노화 작용)인 것을 예상할 수 있습니다.

현재 많은 의학자들은 수소수의 항산화 치료물질로서의 역할에 주목하고 있습니다. 현재 수소수의 질병 억제와 치료효과와 임상실험 결과를 발표한 의학 논문은 2007년 이후 1400편이 넘어가고 있습니다.

2007년 5월에 일본 의과대학 대학원 세포 생물학의 오오타 시게오(太田成男) 교수는 미국의 과학 잡지 「Nature Medicine」에 「강한 산화력으로 단백질이나 유전자DNA를 파괴하여, 암을 포함하여 수많은 질병을 일으키는 활성산소를 수소 기체로 효율적으로 제거할 수 있는 것을 동물 임상실험으로 결과를 발표하였습니다.

수소를 용해시킨 물의 영향을 배양 세포로 조사했는데, 산화력이 강해서 몸에 유해한 하이드록실 래디칼 OH.이라고 하는 활성 산소를 수소가 제거하는 내용의 논문입니다.

의학계는 노화방지와 건강을 위해 노화와 질병의 원인중 하나인 활성산소를 제거하기 위한 연구들을 꾸준히 펼쳐왔습니다.

활성산소에 관한 연구는1956년에 미국 하맨 (Harman) 박사에 의해서, "Aging: a theory based on free radical and radiation chemistry". ("생체내에 들어간 산소가 프리 래디칼 반응을 일으켜, 세포막이나, 세포내의 소기관의 생체막을 파괴, 그 결과, DNA를 손상시켜 암이나 성인병, 노화의 원인이 된다." 라는 최초의 논문 "프리 래디칼 이론, Free Radical Theory"이 발표된 이래, 의생리학의 연구에 의해서 "활성 산소"에 의한 인체내의 산화가, 암을 비롯한 많은 성인병들과 만성 질환, 또 노화의 중요한 원인인 것이 확인되어, 현재의 의학계는 "노화의 진행이나 수많은 병의 발병 과정에는, "활성 산소"가 깊게 관계되어 있다." 것이 분명한 정설이 되었습니다.

1. Harman D (Jul 1956). "Aging: a theory based on free radical and radiation chemistry". J Gerontol. 11 (3): 298–300. doi:10.1093/geronj/11.3.298. PMID 13332224.
2. Harman D (2009). "Origin and evolution of the free radical theory of aging: a brief personal history, 1954–2009". Biogerontology. 10 (6): 773–81. doi:10.1007/s10522-009-9234-2.

즉, 활성 산소에 의한 체내의 산화에 의해서 생체가 가지는 자연치유력이 약해져, 여러가지 질환이나 노화를 일으킨다고 생각되고 있습니다

그리하여 항산화와 항노화 연구들을 통하여, 채소와 과일에서 섭취하는 비타민 C, E와 베타카로틴, 셀레늄 등을 통해 활성산소를 제거할 수 있다는 것을 의학 연구논문들에서 발표되었습니다. 녹차와 홍차의 폴리

페놀 성분도 항산화제 역할을 한다는 임상 실험결과도 알려졌습니다. 그런데 지금까지 알려진 항산화 물질중에서 수소는 그 무엇보다 가장 강력한 항산화 작용을 한다.

1997년 일본의 큐슈대학 시라하타교수에 의해서 「전해 음극수중에 생성되는 활성수소가 활성산소를 소거한다」라는 논문이, 미국 생물 과학잡지 「BIOCHEMICAL AND BIOPHYSICAL RESEARCH COMMUNICATIONS」에 발표되었습니다.

시라하타 교수가 2002년에 「음극수중에 전극으로부터 용출된 금속 나노 콜로이드가, "활성 수소"의 운반자가 되어, 공여자로서 기능한다. 」라는 새로운 논문과 함께, 그 검출법을 수소 래디칼의 검출 방법 및 정량 분석 방법으로서 특허로 공개하였습니다.

2006년 3월에는, 히로시마현립대학 생명과학과의 미와 노부히코교수의 연구팀은, 「물속에 종래 기술의 10배의 수소를 녹이는 것에 성공해, 이 물에 항산화 효과가 있다는 것을 배양 세포에 의한 실험으로 확인했다.」 라는 발표를 센다이시에서 열린 일본 약학회에서 발표하고, 분자장 수소라도 그 용존농도가 높으면 항산화 작용을 나타내는 것을 밝혔습니다.

2007년 5월에 일본 의과대학 대학원 세포 생물학의 오타 시게오 교수는 미국의 과학 잡지 Nature Medicine에 강한 산화력으로 단백질이나 유전자의 본체인 DNA 등에 손상을 주어 암이나 많은 생활 습관병을 일으키는 활성산소를 수소가스로 효율적으로 제거할 수 있는 것을 동물 임상실험으로 밝혀냈다고 발표하였습니다.

2008년 8월에는, 토호대학 약학부 생화학 교실의 이시가미 아키히토(石神 昭人)준교수 그룹이, 수소를 고농도로 용해한 수소수의 음용이 비타민 C의 부족에 의한 뇌에서의 활성 산소의 증가를 억제하는 것을 세계에서 처음으로 밝혔으며, 이 연구 성과는 네델란드의 학술 잡지인Biochemical and Biophysical Research Communications의 8월 14일 자의 속보판으로서 게재되었습니다.

미토콘드리아 전문가인 오타 시게오 교수는 2011년 '수소에 의한 방사선 조사, 쥐의 심장 보호 작용'이라는 논문을 발표했습니다. 논문 내용의 결론은 수소가 방사선을 방어하는 효과가 있다고 발표했습니다. 연구결과 치사율이 거의 100%에 달하는 7Gy의 방사선에 노출된 쥐에게 수소수를 먹인 경우 80%의 생존율을 보였다고 밝혔습니다. 같은 해 발표한 다른 논문에서는 수소를 통해 방사선 치료를 받고 있는 환자의 부작용을 줄일 수 있다고 언급했습니다. 수소수를 복용한 환자는 방사선으로 인한 부작용이 급격히 감소한 것으로 나타났습니다.

미국 항공우주국도 수소의 방사선 방어효과에 대한 연구를 하고 있습니다. 2010년 피츠버그대학 연구진과 함께 학술지 medical hypothesis에 연구 결과를 발표하였습니다. 연구에 따르면 수소는 우주비행 중 발생하는 방사선 상해를 억제하는 효과가 있습니다. 수소수가 파킨스병 예방에 효과적이라는 연구결과도 나왔습니다. 일본 큐슈대학 노다 교수는 2009년 미 온라인 과학지 'PLOS ONE'에 수소가 파킨스병 등의 뇌신경질환 예방 및 치료에 효과가 있다는 연구결과를 기재했습니다. 쥐를 사용한 실험에서 수소농도 0.08ppm 이상의 물을 먹인 쥐의 경우 파킨슨병에서 보이는 흑질 도파민 신경세포의 탈락 억제를 확인했습니다. (Hydrogen in

Drinking Water Reduces Dopaminergic Neuronal Loss in the 1-methyl-4-phenyl-1,2,3,6-tetrahydropyridine Mouse Model of Parkinson's Disease)

암 억제에 유효하다는 연구도 발표됐습니다. 2007년 일본 히로시마 대학의 미와 교수팀은 수소수가 암 억제에 효과적이라는 실험결과를 내놨습니다. 구강암 세포가 농도 0.4~0.8ppm의 수소수에 닿으면 세포증식이 40% 이상 줄어들었습니다. 암 세포 증식 덩어리의 사이즈는 3분의 2로 축소되고 증식 덩어리의 형성률도 54~72% 감소했습니다. 또한 정상세포의 경우 세포 증식에 거의 변화가 없는 등 무해한 것으로 밝혀졌습니다.

알칼리 미네랄 수소수는 RNA 바이러스들 (코비드19, 메르스, 사스, 독감, 등등)을 이겨 내도록 면역 세포를 강화해주고, 바이러스가 몸속의 타겟 세포 벽에 붙어서 세로벽을 뚫고 RNA를 세포 속으로 침투시킬 때 알칼리 미네랄 수소수가 RNA 분자 구조를 가수분해 시켜버리는 탁월한 능력이 있습니다. RNA는 DNA와 달리 1개의 폴리뉴클레오타이드로 이루어진 단일 가닥이며, 자체적으로 상보적 염기쌍을 형성해 접힘으로써 고유의 입체 구조를 가질 수 있다.
RNA에 존재하는 리보스의 2번 탄소에 결합된 하이드록시 기는 당-인산 골격의 인산이 에스터 결합을 분해하는 데 관여한다. 따라서 RNA는 DNA보다 빠르게 물속에서 가수 분해되어 쉽게 파괴되고 mutation이 일어납니다.

2I. Mechanism of Base-catalyzed RNA Hydrolysis

The hydroxyl groups make RNA more chemically labile than DNA by lowering the activation energy of hydrolysis in Alkaline water (⁻OH)

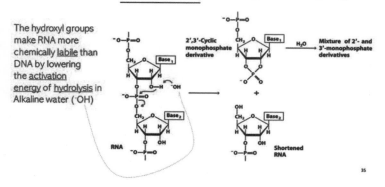

그림 설명: RNA에 존재하는 리보스의 2번 탄소에 결합된 하이드록시 기는 당-인산 골격의 인산이 에스터 결합을 분해하는 데 관여한다. 따라서 RNA는 DNA보다 빠르게 물속에서 가수 분해되어 쉽게 파괴되고 mutation이 일어납니다.

부록

How to overcome Covid-19 (Corona Virus) in daily life.

1. Drink Alkaline Mineral Water (Hydrogen-rich water, 2L/day)
2. Soap water (pH 12) can destroy the protein structure of RNA viruses.
3. Hydrogen reduces oxidative radicals to water and boosts the immune system.
4. Alkaline water (OH-) can destroy the RNA base structure of the Covid-19 virus.
5. Warm temperature helps the function of immune cells in the body.
6. Hydrogen-rich water hydrates the lung cell wall to fight effectively against the virus by the immune system through its antioxidant and anti-inflammation properties.

7. Anti–viral and anti–inflammatory medicines for those who have poor immune Systems.

8. Disinfect public contact areas using solutions such: Bleach (pH 13), Sanitizer, Soap water, etc.

9. Use proper PPE (personal protective equipment): mask, gown, goggles, gloves, etc.

10. Real Case of Family Infection Control (https://www.youtube.com/watch?v=PQxOc13DxvQ)

A preventive and curative method for the pressure ulcer (PU) that is common in immobile elderly patients was developed for the clinical effectiveness of wound healing in patients with PU by hydrogen-dissolved water (HW) intake via tube-feeding (TF). Furthermore, normal human dermal fibroblasts OUMS-36 and normal human epidermis-derived cell line HaCaT keratinocytes were examined in vitro to explore the mechanisms relating to whether hydrogen plays a role in wound healing at the cellular level. Figure 5 showed the time-dependent wound-healing progress for an 85-year-old female patient with PU. In the traditional treatment for PU without HW intake via TF, the crater was never cured. Four months after routine care treatment plus a combination with HW intake via TF, however, the crater disappeared as clearly shown in Fig. 5.

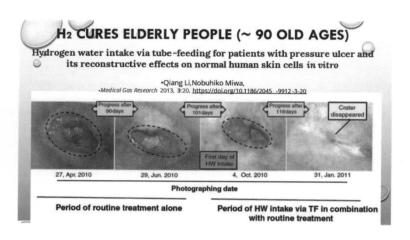

H₂ CURES ELDERLY PEOPLE (~ 90 OLD AGES)

Hydrogen water intake via tube-feeding for patients with pressure ulcer and its reconstructive effects on normal human skin cells *in vitro*

•Qiang Li, Nobuhiko Miwa,
Medical Gas Research 2013, 3:20, https://doi.org/10.1186/2045-9912-3-20

Fig. 5. Results of a typical case on time-dependent wound-healing progress. An annual time-dependent wound-healing progress for an 85-year-old female PU patient is reported for the time-dependent wound-healing progress obtained from the same patient. https://www.ncbi.nlm.nih.gov/pmc/articles/PMC3843550

Hydrogen–Oxygen Inhalation for the Treatment of Covid–19

After the outbreak of COVID-19 in 2019, molecular hydrogen gas that has strong antioxidant and anti-inflammatory properties is currently being used in Chinese hospitals along with oxygen to treat COVID-19 patients. Dr. Zhong Nanshan, an epidemiologist who discovered SARS-CoV-1 in 2003, started O2/H2 gas inhalation therapy in March 2020 for the treatment of COVID-19 and has administered oxygen/ hydrogen gas mixture to patients infected with COVID-19 in numerous hospitals in China. With O2/H2 therapy, the clinical results have been sufficiently successful. In the book "Hydrogen-Oxygen Inhalation for Treatment of Covid-19" published by Dr. Kecheng Xu, who works with Dr. Zhong Nanshan, the pathophysiology of COVID-19 is reviewed, and proposed mechanisms for how molecular hydrogen may ameliorate this disease. The book explains why hydrogen gas is used clinically with oxygen. *Although more research is needed in cases of COVID-19 infection, the Chinese National Health Commission's latest COVID-19 treatment guide (7th edition) includes oxygen/hydrogen inhalation. Patients in China who were provided with a hydrogen-oxygen inhaler testified that the hydrogen-oxygen treatment eliminated chest pain and cough and allowed them to breathe deeply without discomfort.*

The pathophysiology of COVID-19[1] The SARS-CoV-2 virus, the causative agent of COVID-19, enters the lungs and is responsible for the secretion of surfactants that reduce the surface tension of fluids in the lungs, thus attacking type 2 alveoli, alveolar cells important for elasticity. The SARS-CoV-2 virus uses a Spike protein to anchor itself to the cell's ACE-2 receptor. This is how the SARS-CoV-2 virus penetrates and releases RNA into the cell. By inserting RNA, the virus essentially causes viral replication to occur within the cell and takes over the lung cells.

In response, macrophages (white blood cells) are activated to fight infection and release various cytokines, including interleukin-6 (Il-6), IL-1, and TNF-alpha, into the plasma. When cytokines enter the plasma, they attract neutrophils, increasing vasodilation and capillary permeability. Also, inside the cells, reactive oxygen species (ROS) are created to kill infected cells and prevent virus replication. This is an essential component of the body's defense system.

However, as this process progresses, the number of free radicals and inflammation increases. If there is no effective immune system to stop the virus replication process, the lungs cannot function properly as the virus continues to attack the type 2 alveoli. As the surface tension of the lung fluid decreases, the alveoli can no longer

---

1   Oxidative Stress in the Pathogenesis of COVID–19
      Volume 2021 |Article ID 5513868 | https://doi.org/10.1155/2021/5513868
      Duried Alwazeer,1,2,3 Franky Fuh–Ching Liu,4 Xiao Yu Wu,4 and Tyler W. LeBaron5,6,7

울며 씨 뿌리는 자 ——————————————————— 263

maintain adequate gas exchange, which increases the body's demand for oxygen. When the lungs become less elastic, breathing becomes more difficult. If there are too many free radicals, the entire alveoli will die. These are the causes of coughing.

As inflammation and vasodilation progress, you may develop low blood pressure that causes fatigue and weakness. Low blood pressure also causes low blood perfusion, preventing cells from getting the oxygen and nutrients they need to function optimally. It also impairs the ability to remove waste. Low levels of oxygen (hypoxia) cause difficulty breathing. This set of symptoms leads to cell death, complex organ failure (lung, liver, and kidney), acute respiratory distress (ARD), and ultimately death. Most damage is caused by free radicals and systemic inflammation.

To save the patient, a Hydrogen/Oxygen mixed gas Generator with Nebulizer was used to alleviate the oxygen shortage crisis caused by the COVID-19 pandemic. The device supplies hydrogen oxygen mixed gas (H2: 66.6%; O2: 33.3%) for patients with Coronavirus disease 2019 to inhale for therapy.

Hydrogen is the lightest gas and has no toxic effects on the human body. The speed of hydrogen gas (Molecular Weight 2) is extremely fast and inert so it can increase the pulmonary alveoli to intake oxygen quickly through mixed with hydrogen gas, reduce the airway resistance, and decrease its work of breathing, thus improving peripheral capillary oxygen saturation (SO2).

Meanwhile, hydrogen gas has a strong anti-inflammatory ability to prevent the decline of MOF (multiple organ failure) caused by acute inflammation by the virus. It was used for all confirmed COVID-19 patients from mild cases to moderate cases and severe cases and proved as an amazingly effective cure method when combined with other treatments. Inhalation of hydrogen-oxygen mixed gas can alleviate the symptoms of dyspnea (shortness of breath), polypnea (rapid or panting respiration), chest distress, and chest pain in patients with COVID-19 coronavirus and shorten their length of hospitalization by fast and effective recovery. These therapeutic effects of hydrogen-oxygen mixed gas have been reported by Dr. Zhong Nanshan and Dr. Kecheng Xu and published in the book "Hydrogen-Oxygen Inhalation for Treatment of Covid-19".

It is reported that since the COVID-19 pandemic, the therapy of hydrogen-oxygen mixed gas has also been included in Diagnosis and Treatment Protocol for Novel Coronavirus Pneumonia (Trial versions 7 and 8), and Diagnosis and Treatment Protocol for Severe and Critical Cases of Novel Coronavirus Pneumonia (Trial version 3), released by China National Health Commission & State Administration of Traditional Chinese Medicine.

The history of H2 as a medical gas [2]

The first discovery of hydrogen was by Philippus Aureolus Paracelsus in 1520. Paracelsus unknowingly discovered a flammable gas by burning some metal with acid and collecting the products (Royal Chemistry Society). Henry Cavendish, a British philosopher, and scientist, officially distinguished hydrogen as a flammable air that forms water upon combustion in 1766.

However, hydrogen gas never had an official or common name. It was not until 1783, that Lavoisier, who is often referred to as the modern father of chemistry, used the French word "hydrogene" to describe the gas (Royal Chemistry Society). The word derives from the Greek word for "hydro" meaning water, and "gene" meaning forming or creating. Essentially, hydrogen means "water-forming". The first applications of hydrogen were of an aeronautical nature. In 1783, Frenchmen Jacques Charles created the first hydrogen balloon carrier. The Annals of Surgery recorded one of the very first publications that linked hydrogen to medicine in

2   https://h2hubb.com/history/

1888. It referenced Dr. Nicolas Senn, who at the time was using H2 for intestinal applications. Swedish engineer, Arne Zetterstrom, used hydrogen gas for the first time for deep-sea diving in 1943.

The U.S. Navy began using a hydrogen gas mixture called Hydreliox, in the 1960s and noticed that it helped to ameliorate decompression sickness and they were also able to dive deeper while breathing it. They used it at very high concentrations, as high as 98.87% H2, with 1.26% O2 at 19.1 ATM, all with minimal to no cytotoxic effects. Because of this, we can know that the safety profile of using H2 is extremely high.

Dole et al. first reported an anti–cancer effect of hydrogen in Science in 1975.

Article published in the prestigious journal, Nature Medicinec 2007, about how H2 works to selectively reduce the hydroxyl radical.

The company MiZ (MiZ Company, Kanagawa, Japan, 2012) developed the hydrogen-rich water test reagent to determine the dissolved hydrogen concentration of water. Hydrogen-rich water was approved by the FDA as a GRAS-grade supplement in 2014. The approval level is up to 2.14% by volume which is equivalent to 1.8 mg/L (ppm)/ 2L or 3.2 mg of H2.

In 2016, Hydrogen inhalation is approved as an advanced medical treatment for Post-Cardiac Arrest Syndrome (PCAS) by the Japanese Ministry of Health.

"International Hydrogen Standards Association (IHSA) is an international organization focused on determining the standards for measuring hydrogen gas and establishing guidelines for its therapeutic use." in 2016.

감사의 말씀

　이 책이 편찬되기까지 적지 않은 분의 도움이 있었습니다. 보안상의 이유로 귀한 분들의 존함을 다 밝히지 못하는 현실이 안타깝기만 합니다. 그러나 천국에서 충분한 보상이 있으리라 여겨집니다. 이미 천국에 계시는 우리 동료께서는 편안한 안식을 누리시옵고 이 땅에 계시는 동역자분들은 여호수아를 본받아서 앞으로 전진하시기를 소망합니다. 이 책이 출간되도록 애쓰신 기산전자 장상환 회장님께 감사의 말씀드립니다.

2023년 12월 19일
김이삭 올림

울며 씨 뿌리는 자

초판 1쇄 2024년 1월 19일

지은이   김이삭
발행인   김재홍
교정/교열 김혜린
디자인   박효은
마케팅   이연실

발행처   도서출판지식공감
브랜드   문학공감
등록번호   제2019-000164호
주소   서울특별시 영등포구 경인로82길 3-4 센터플러스 1117호{문래동1가}
전화   02-3141-2700
팩스   02-322-3089
홈페이지   www.bookdaum.com
이메일   jisikwon@naver.com

가격   17,000원
ISBN   979-11-5622-846-2 03810

문학공감은 도서출판 지식공감의 인문교양 단행본 브랜드입니다.